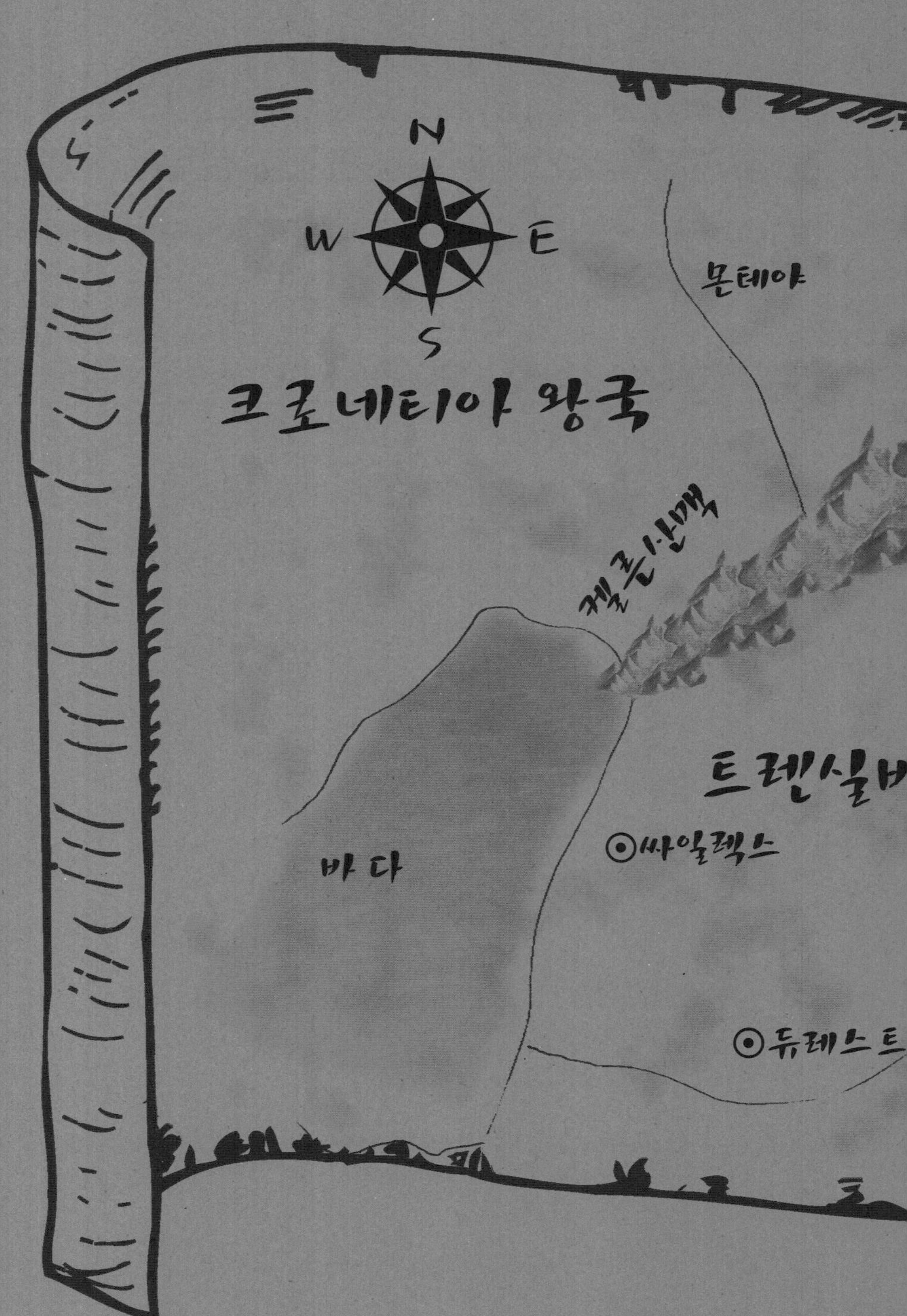

N
W
E
S
크로네티아 왕국
몬테아
켈론산맥
트렌실바
바다
⊙싸일렉스
⊙듀레스트

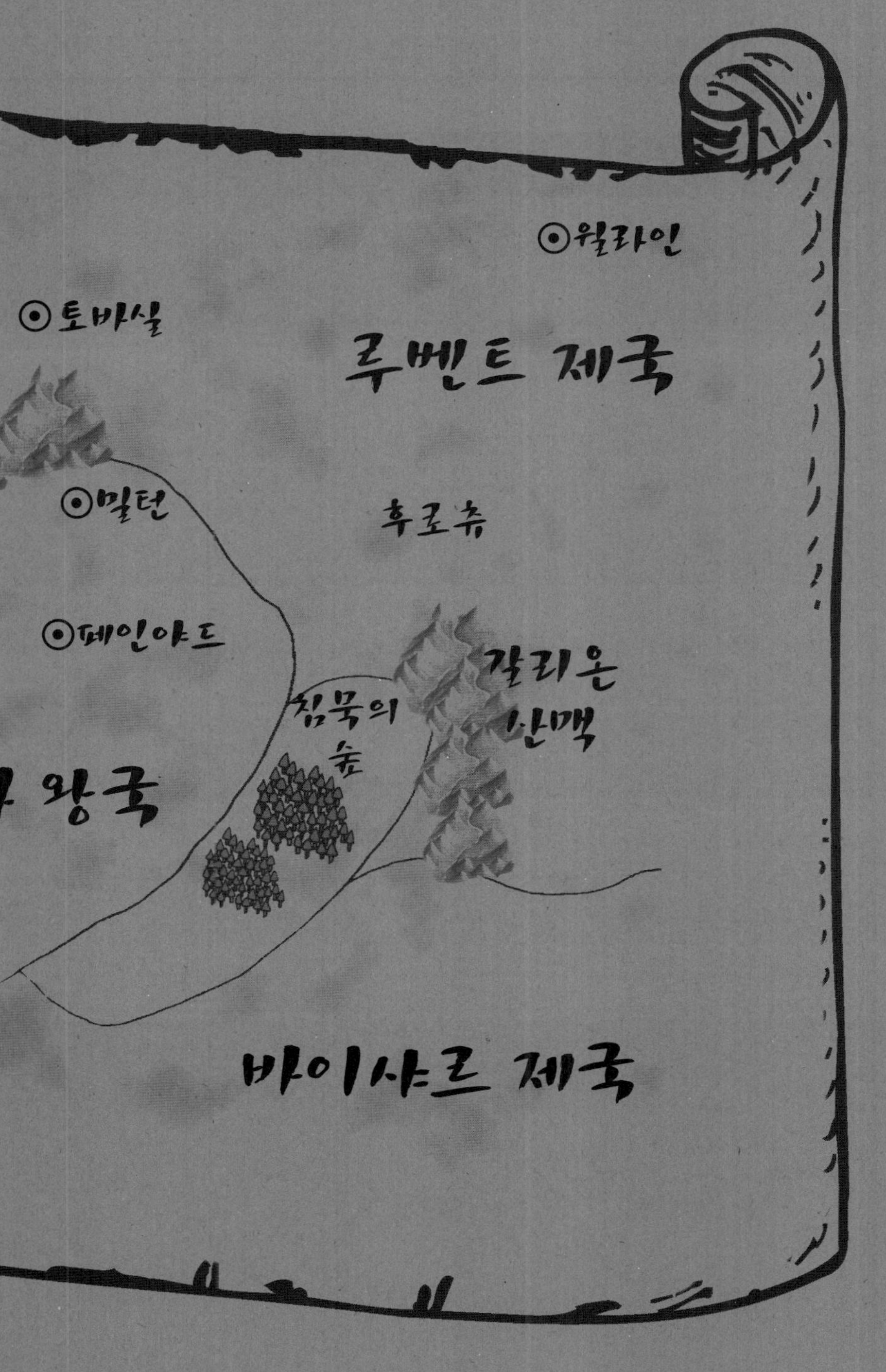
◎월라인
◎토바실
루벤트 제국
◎밀턴
후로슈
◎페인야드
갈리온
산맥
침묵의
숲
왕국
바이샤르 제국

드래곤 체이서

2

드래곤 체이서 2
최영채 판타지 장편 소설

초판 1쇄 찍은 날 § 2000년 7월 30일
초판 1쇄 펴낸 날 § 2000년 8월 5일

지은이 § 최영채
펴낸이 § 서경석
펴낸곳 § 도서출판 청어람

등록번호 § 제 1081-1-89호
등록일자 § 1999. 5. 31

주소 § 경기도 부천시 원미구 심곡1동 350-1 남성B/D 3F (우) 420-011
전화 § 032-656-4452   팩스 § 032-656-4453

© 최영채, 2000

값 7,500원

※ 잘못된 책은 바꿔드립니다.
※ 저자와 협의하여 인지를 붙이지 않습니다.

ISBN 89-88818-93-8 (SET) / ISBN 89-88818-96-2 04810

최영채 판타지 장편 소설

드래곤 체이서

2
던전과 파티

도서출판 청어람

목차

제11장

아기다리고기다리던 돼지 머리

"한스, 오늘도 데미안에게선 아무런 소식이 없나요?"

수심이 가득 찬 마리안느의 음성에 한스는 자신의 뒷머리를 긁적이고는 난처한 표정을 지으며 대답했다.

"데미안님께서는 지금 왕립 아카데미에서 열심히 기사 수업과 훈련을 받고 계실 겁니다."

"무심한 녀석, 페인야드로 간 지 벌써 2년도 더 지났건만 편지 한 통 보내지 않다니……. 난 이렇게 눈물로 매일매일을 보내고 있는데 넌 내 생각을 조금도 하지 않는단 말이니?"

하얀 뺨을 타고 한 줄기 눈물이 흘러내렸다.

"어머니, 너무 걱정하지 마세요. 데미안은 누구보다 강한 아이니까 아무 일 없이 잘 지내고 있을 거예요."

그러나 마리안느를 위로하는 제레니의 음성에도 엷은 수심이 묻어 있기는 마찬가지였다. 옆에서 두 모녀의 대화를 듣고 있던 한스는 난처한 이 자리에서 한시라도 빨리 벗어나려고 했지만 마리안느의 질문 때문에 번번이 실패했다. 슬금슬금 뒤로 물러서는 한스에게 마리안느가 고개도 들지 않은 채 다시 물었다.

"지금 그 사람은 뭘 하고 있나요?"

"그 사람이라면 누굴 말씀하시는지요?"

"자렌토 드 싸일렉스."

왠지 딱딱하게 느껴지는 음성이었다.

"자렌토님께서는 지금 검술 훈련장에서 검술 훈련을 하고 계십니다."

"흥! 데미안에 대한 걱정 때문에 난 눈물로 세월을 보내는데, 그 사람은 한가하게 검이나 휘두르고 있단 말이에요?"

아직도 축축이 젖어 있는 눈가를 재빨리 닦고 마리안느는 창가로 다가갔다. 2층에 있는 마리안느의 방에서 검술 훈련장이 훤하게 내려다보였다. 그리고 그 훈련장 중앙에서 맹렬하게 바스타드 소드를 휘두르고 있는 자렌토의 모습을 발견할 수 있었다. 얼마나 세차게 움직이는지 바스타드 소드가 움직일 때마다 바닥에서 흙먼지가 태풍을 만난 듯 솟구쳤다. 이미 자렌토의 의복은 그가 흘린 땀으로 흠뻑 젖어 찰싹 달라붙어 있었지만 자렌토는 잠시도 멈출 생각을 하지 않았다.

"대체 언제부터 검술 훈련을 했기에 땀을 저렇게 많이 흘린 거죠?"

"예? 예, 아침 식사를 드시고 난 직후부터 시작하셨으니 벌써 3시간은 훨씬 지난 것 같습니다."

"뭐라고요? 저러다 쓰러지면 어쩌려고……. 어서 가서 말리도록 하세요."

마리안느의 말에 한스는 다시 자신의 뒷머리를 긁었다.

"저어…… 백작님께서 절대 자신을 방해하지 말라고 하셔서 저로서도 어떨 수 없습니다."

"그렇다고 보고만 있을 거예요? 지금 난 데미안 걱정만으로도 힘든데, 왜 저 사람까지 저런 짓을 하는지……. 남자가 돼가지고 여자를 안심시키지는 못할망정 이렇게 걱정만 끼치다니, 정말 한심하군요."

마리안느는 차갑게 말을 하고는 고개를 돌려버렸다. 그러나 그녀의 음성에는 자렌토를 걱정하는 그녀의 마음이 담겨 있었다.

데미안이 페인야드로 떠난 후부터 마리안느는 매일매일을 데미안이 무사하기만을 빌고, 또 빌었다. 뿐만 아니라 다혈질인 자렌토 역시 마음이 놓이지 않는지 쉽게 안정을 찾지 못하고 있었다.

6개월에 한번씩 헥터가 싸일렉스로 오는 상인들의 편에 소식을 전하주어 데미안에게 별일이 없다는 것은 알고 있었지만, 그래도 자신의 눈으로 직접 확인한 것이 아니기에 답답한 마음은 이루 말할 수 없을 정도였다.

결국 마리안느는 데미안을 위해 눈물을, 자렌토는 아들 생각에 광란의 검술 훈련을 택했다. 게다가 헥터가 소식을 전해올 때가 벌써 지났건만, 아직 아무런 소식도 없기에 식구들은 며칠째 불안한 마음으로 생활을 하고 있었다.

"어머니, 제가 아버지께 다녀올게요."

"그래라, 제니야."

마리안느의 대답에 제레니는 조용히 자리에서 일어나 방을 빠져 나갔다. 씩씩한 남자가 되어 돌아오겠다던 동생에게서 아무런 소식이 없어 불안하기는 제레니 역시 마찬가지였다. 다만 눈물 많은 어머니와 흥분 잘하는 아버지를 진정시키기 위해 속으로 삭일 뿐이었다.

저택의 옆문으로 빠져 나온 제레니는 검술 훈련장으로 발걸음을 옮겨 미친 듯이 흙먼지를 일으키며 바스타드 소드를 휘두르고 있는 자렌토에게로 갔다. 그러나 자렌토는 검술 훈련에 몰입해 있는 탓인지 딸의 출현을 전혀 눈치채지 못했다.

"아버지."

조용한 제레니의 음성이 들리자 자렌토의 움직임이 갑자기 멈췄다. 자렌토의 움직임을 따라가지 못한 흙먼지가 몇 개의 작은 소용돌이를 만들고는 곧 잠잠해졌다. 자렌토는 천천히 바스타드 소드를 내리고는 딸의 얼굴을 바라보았다.

"이제 그만 하세요."

제레니의 애잔한 말에 자렌토는 어색한 표정을 지었다.

"아버지가 얼마나 데미안을 사랑하는지 알아요. 하지만 이제 그만 하세요. 아버지가 이러실 때마다 어머니가 더 슬퍼하시잖아요. 그러니까 이제 제발 그만 하세요."

그 말을 하는 동안 제레니의 눈에 눈물이 글썽였다. 금방이라도 눈물을 흘릴 듯한 제레니의 모습에 자렌토는 어찌할 바를 몰랐다.

"알았다. 알았으니까 제발 울지 말아라. 너까지 울면 난 어쩌란 말이냐?"

자렌토의 말에 고개를 끄덕이는 바람에 제레니의 눈가에 매달렸던 눈물 방울이 기어코 그녀의 뺨을 타고 흘러내리고 말았다. 자렌토가 우물쭈물하는 사이, 제레니는 그의 품에 뛰어들어 울음을 터뜨렸다.

"흑흑흑, 아버지, 며칠 전 데미안이 우리 곁에서 떠나는 꿈을 꾸었어요. 그런 일은 없겠죠? 그렇죠, 아버지?"

왠지 불안해하는 제레니의 말에 자렌토는 그녀를 안은 팔에 힘을 즈었다. 그리고는 그녀의 어깨를 두드려주었다.

"당연하지. 데미안은 내 아들이자, 하나뿐인 너의 동생이 아니냐. 여기가 그 녀석의 집인데 가기는 어딜 간단 말이냐. 그런 일은 절대 없을 테니 아무 걱정하지 말아라."

자렌토가 그녀를 달래는 사이 한스가 다가왔다.

"페인야드에서 사람이 왔습니다."

한스의 말에 두 사람의 고개가 동시에 한스의 얼굴로 향했다. 두 사람의 기대에 찬 눈길에 한스는 어색한 미소를 지으며 고개를 저었다.

"데미안님의 소식이 아니라 귀족원에서 사람이 왔습니다."

한스의 말에 두 사람은 실망을 감추지 못했다.

"잠깐 옷을 갈아 입고 만날 테니 우선 그 사람을 서재로 안내하도록 하게."

"알겠습니다."

자렌토는 딸의 어깨를 한번 두드려주고는 옷을 갈아 입고 자신의 서재로 향했다.

서재에는 검은색 공단으로 지어진 옷을 입은 40대로 보이는 사내 한 명이 뒷짐을 진 채 서 있었다. 사내의 게슴츠레한 눈빛이나 울긋불긋한 얼굴을 자세히 살펴보았지만 자신이 아는 얼굴이 아니었다.

"본인이 자렌토 드 싸일렉스요. 귀하는 처음 보는데, 실례지만 이름을 알 수 있겠소?"

"전장의 라이온이라 불리는 싸일렉스 백작님을 만나게 되어 진심으로 영광스럽게 생각합니다. 전 무싸크 스파리얼이라고 합니다."

"무싸크 스파리얼?"

"별볼일없는 남작 가운데 하나지요. 제가 싸일렉스 백작님을 찾은 이유는 편지 한 통을 직접 제 손으로 전해드리기 위해서입니다."

"남작이 되어 고작 남의 편지 심부름이나 한단 말이오?"

"남작이 아니라 백작의 작위를 가지고 있다고 하더라도 그분들께서 심부름을 시키시면 당연히 심부름을 해야지요."

상대의 자존심에 상처를 내려는 자렌토의 공격력보다는 방어하는 상대의 능청스러움이 두어 수 위였다. 무싸크는 기분 나쁜 미소를 지으며 품에서 편지를 꺼내 들었다. 무싸크의 손에서 편지를 빼앗다시피 받아 든 자렌토는 재빨리 편지의 내용을 확인했다. 편지를 다 읽은 자렌토의 얼굴은 그야말로 얼음처럼 싸늘하게 변했다.

"회유가 안 되니까 이제는 협박인가?"

"싸일렉스 백작님 같으신 분을 모실 수만 있다면 무슨 짓인들 못 하겠습니까?"

"흥! 그렇게 자신있다면 어디 이 자렌토 싸일렉스를 공격해 보시지. 본인이 왜 전장의 라이온이라 불렸는지 똑똑히 가르쳐 줄 테니 말이야."

자렌토의 적의에 가득 찬 싸늘한 말에 무싸크는 잠시 움찔하는 듯하더니 곧 그를 설득했다.

"그렇지만 제로미스 전하께서 왕위 계승권을 가지고 계신 것만은 사실이지 않습니까? 만약 싸일렉스 백작님께서 제로미스 전하를 지지하신다고 선언을 하신다면 제로미스 전하께서는 큰 혼란 없이 왕위를 계승하실 수 있습니다. 그러나 백작님이 지금처럼 애매한 태도를 계속 취하신다면 백작님의 태도를 오해한 사람들 때문에 트렌실바니아 왕국은 좀처럼 안정을 찾을 수 없을 겁니다. 만일에 그런 일이 생긴다면 과연 누가 좋아하겠습니까?"

무싸-크의 말에도 자렌토의 표정은 변함이 없었다.

"본인은 기사도를 지키며 한평생을 살았고, 앞으로도 기사도를 어길 생각은 없다. 기사도의 어느 부분에 왕자의 왕위 계승에 참견하라는 구절이 있는가? 국왕의 올바른 정책 결정에 조언을 아끼지 말고 충성을 바치라는 말은 들어본 적이 있어도, 작당을 해서 분란을 일으키라는 말은 들어본 적이 없다. 그대는 지금 즉시 싸일렉스 영지를 떠나라. 본인은 귀족원이 누구를 지지하느냐 하는 것에는 조금도 관심이 없다. 오로지 국왕께 충성을 바치고, 귀족으로서 지켜야 할 명예와 의무를 다할 뿐이다."

자렌토의 축객령에 무싸크의 얼굴이 조금은 붉어졌다.

"만약 제로미스 전하께서 왕위를 계승하게 되신다면 틀림없이 싸일렉스 백작님을 그냥 두지 않으실 겁니다."

"흥! 그렇게 된다면 좋아할 사람은 루벤트 제국뿐이겠군."

조금 전 무싸크가 한 말을 따라하며 자렌토는 큰 소리로 한스를 불렀다.

"한스! 손님이 가신다니 배웅을 해드리도록 하게."

"알겠습니다."

서재로 들어온 한스는 말없이 무싸크의 팔장을 끼고는 서재 밖으로 끌어냈다. 무싸크는 한스에게 끌려가면서도 한마디 외치는 것을 잊지 않았다.

"언젠가는 오늘의 이 일을 반드시 후회하게 될 것이오."

무싸크가 떠드는 소리는 아랑곳하지 않고 자신의 의자에 앉은 자렌토는 의자를 돌려 창 밖을 보았다. 11월의 중순을 넘어서인지 창 밖의 나무도 조금씩 앙상한 가지를 드러내고 있었다. 그렇지 않아도 복잡했던 자렌토의 머리 속이 더욱 복잡했다. 데미안이 생각날 때마다 미친 듯이 검을 휘두르기는 하지만 답답한 가슴은 조금도 나아지지 않았다.

"저어, 자렌토님."

"무슨 일인가?"

뒤에서 들린 한스의 음성에 자렌토는 고개도 돌리지 않은 채 대꾸를 했다.

"데미안님의 소식을 가지고 온 사람이 왔습니다."

"뭐?"

의자에서 벌떡 일어선 자렌토는 재빨리 몸을 돌려 한스 옆에 서 있는 여행복을 걸친 30대의 청년을 바라보았다. 별 특징 없이 생긴 얼굴을 한 청년은 자신이 트렌실바니아 왕국에서 가장 유명한 인물 가운데 한 명인 자렌토 드 싸일렉스 백작을 직접 만난다는 사실 때문인지 바짝 긴장하고 있었다.

"어서 안으로 들어오시오. 한스, 어서 마리안느에게……."

자렌토의 말이 끝나기가 무섭게 서재로 들어오는 두 여인이 있었다.

"데미안의 소식을 가지고 온 사람이 있다고 들었는데……."

"어서 와서 앉으시오."

잔뜩 긴장한 마리안느를 자리에 앉힌 자렌토는 그 청년에게 물었다.

"그대는 누구기에 데미안의 소식을 알고 있소?"

"말씀을 낮추시지요. 저는 네오시안 드 보르도 백작님 댁에 있는 하인입니다. 제가 온 이유는 보르도 백작님께서 싸일렉스 백작님께 소식을 전하라는 말씀이 계셨기 때문입니다."

"보르도 백작이?"

자렌토는 지그시 미간을 찡그렸다. 물론 직접 그를 본 적은 없었지만 그에 대한 소문은 익히 들어서 잘 알고 있었다. 7인 위원회의 일곱 명의 소드 마스터를 제외하고는 자신과 비견되는 검술을 지녔다고 들은 적이 있었다. 그렇지만 한 번도 본 적이 없는 그가 뭣 때문에 자신에게 사람을 보낸 것인지 그 이유를 알 수 없었다.

"그분이 전하라는 소식은 다른 것이 아니라 싸일렉스 백작님의 아들이신 데미안 싸일렉스님에 대한 것입니다. 보르도 백작님께서는………."

"그 아이, 데미안은 무사한가요?"

갑작스런 마리안느의 질문에 청년은 당황하며 대답했다.

"예? 예, 무사하십니다."

"어서 보르도 백작이 전하라는 말을 해보게."

"예, 보르도 백작님께서는 데미안님이 무사히 왕립 아카데미에서의 모든 과정을 마치시고 지금 비밀리에 수련 기사로서 수행 과정을 밟고 계시다고 백작님께 전해드리라고 했습니다."

"벌써 모든 과정을 마치다니? 그게 무슨 말인가?"

청년의 말에 그 자리에 있던 사람들은 모두 놀랐다. 자렌토의 질문에 청년은 한 가지씩 자신이 알고 있는 일들을 차례로 설명했다. 네오시안의 하인으로 그도 왕립 아카데미에서 생활을 했기에 네 사람에게 비교적 상세한 설명을 해줄 수 있었다. 자렌토와 마리안느, 제레니와 한스는 청년이 얘기를 하자 숨을 죽이고 그의 말을 들었다.

별일없이 잘 지내고 있다는 헥터의 소식과는 달리 청년이 전해준 소식에 가족들은 놀라지 않을 수 없었다. 데미안이 궁중 예절 시간에 교수에게 정면으로 대든 이야기를 들었을 땐 모두 어이없다는 표정을 짓다가도, 역사 시간에 훌륭한 답변을 해 교수로부터 칭찬을 들은 이야기를 들을 땐 마치 자신들이 칭찬을 받기라고 한 듯 기뻐했다.

게다가 본격적인 수업을 들어갈 때 10개 과목을 신청했다는 말을 들었을 땐 모두들 한숨을 쉬었고, 마법과 용병 훈련을 배우며 고생을 했다는 이야기를 했을 때에 마리안느는 눈물을 닦느라 청년의 이야기를 제대로 듣지 못했다. 결국 2년 6개월 만에 조기 졸업 시험을, 그것도 네 과목 모두 시험에 통과했다는 이야기를 들었을 때 데미안의 가족들은 사회적 지위와 체면 때문에 환호성을 지르고 싶은 것을 억지로 눌러 참아야 했다. 특히 자렌토는 데미안이 그 동안 익힌 검술 실력을 테스트하기 위해 데미안을 그라시아스 후작이 직접 상대했다는 말을 도저히 믿을 수 없었다.

"정말 그라시아스 후작 각하께서 직접 데미안을 상대했단 말인가?"

"그렇습니다. 그날은 저도 그 시험이라는 것을 구경하기 위해 노블 칼리지에 있는 검술 훈련장에 갔었습니다. 제가 살아오면서 데미안님처럼 빠르고, 날카로운 공격을 하는 분은 처음 보았습니다. 그라시아스 후작님께서 놀란 표정을 짓는 것도 여러 번 보았습니다. 게다가 옆에서 구경을 하시던 저희 주인님께서도 '저건 나도 막기 힘들겠는데'라고 말씀하시는 것을 몇 번이나 들었습니다. 정말 멋지셨습니다."

소드 마스터인 그라시아스 후작을 놀라게 한 솜씨라? 자렌토는 데미안이 자신의 곁을 떠난 지 불과 2년 6개월 만에 과연 얼마나 변한 것인지 정말 궁금했다. 가만히 옆에서 날짜를 따지던 한스가 청년에게 물었다.

"그러니까 시험이 있었던 날이 11월 10일이고, 데미안님이 왕립 아카데미를 떠난 날이 그 다음날이라면 무슨 이유로 당신이 여기까지 온 것이오?"

마치 한스의 질문을 기다렸던 사람처럼 청년은 재빨리 품에서 한 통의 편지를 꺼내 자렌토에게 내밀었다. 편지의 봉투 부분에는 붉은 초를 녹여 봉해놓았고, 그 가운데에 그리폰Griffon의 문장이 찍혀 있었다. 초를 제거하고 편지의 내용을 살피던 자렌토의 얼굴이 시간이 지날수록 심각하게 굳어졌다. 영문을 모르는 마리안느와 저레니는 자렌토의 얼굴이 심각하게 굳어지자 심장이 덜컥 내려앉는 것 같았다. 그리고 왠지 불길한 생각이 들었다.

잠시 후 편지의 내용을 모두 살핀 자렌토는 편지를 접어 품에 집어넣었다. 마리안느는 편지를 자신에게 보이지 않고 자렌토가 품에 넣어버리자 더욱 불안한 생각이 들었다.

"왜, 왜 나에겐 보여주지 않는 거죠?"

"이 편지에는 그라시아스 후작 각하께서 나에게 전하는 비밀스러운 이야기가 있기 때문이오."

"설마 데미안에게 무슨 일이 생긴 것은 아니죠?"

불안해하는 아내의 얼굴에 자렌토는 뭐라고 말해야 좋을지 몰랐다.

“데미안에게는 아무런 일도 없소. 그리고 지금 데미안은 이 트렌실바니아 왕국의 운명이 걸린 중대한 일을 처리하기 위해 비밀스런 임무를 수행 중이라 금방 집으로 돌아올 수는 없다는구려. 그러나 헥터가 데미안 곁에 있으니 별일 없을 것이오.”

“아니, 데미안에게 무슨 능력이 있다고 트렌실바니아 왕국의 운명이 걸린 일을 그 아이가 처리한단 말이에요? 말도 안 돼요. 틀림없이 그 아이에게 무슨 일이 생긴 걸 거예요.”

울부짖는 마리안느의 모습에 자렌토는 어쩔 수 없이 마리안느의 뒷덜미에 손을 대고 조심스럽게 마나를 불어넣었다. 그러자 마리안느의 말이 점점 느려지더니 잠시 후 마치 잠에 빠진 것처럼 정신을 잃었다.

“잠시만 기다리게.”

자렌토는 마리안느를 두 팔로 안고 서재를 빠져 나갔다 곧 돌아왔다. 제레니도 억지로 울음을 참고 있는 모습이었다.

“보르도 백작께서 별다른 말씀은 없으셨는가?”

“주인님께서는 그저 데미안님께서 비록 나이가 어리시지만 뛰어난 재치와 실력을 겸비하고 있으니 크게 위험한 일은 없을 거라고 하셨습니다.”

청년의 말에 미약하게 고개를 끄덕인 자렌토가 한스에게 말했다.

“먼 곳에서 데미안의 소식을 전해주기 위해 여기까지 왔으니 저 친구를 편히 쉴 수 있도록 조치해 주게.”

“알겠습니다.”

청년과 한스가 나가자 제레니가 조금 불안한 얼굴로 자렌토를 바라보았다.

“아버지, 정말 데미안에게 아무런 일도 없겠죠?”

“걱정하지 말아라. 이 싸일렉스에서도 열심히 도망을 다니던 녀석이 아니냐? 무슨 일이 있으면 누구보다 빨리 도망을 칠 테니 그 녀석은 걱정하지 않아도 될 거다.”

자렌토는 농담이라고 했지만 제레니의 얼굴에서 불안감을 지우지는 못했다.

“그라시아스 후작 각하께서 편지에 아마 1년 뒤에는 싸일렉스 영지로 돌아올 거라고 하셨으니 일단은 기다려보자꾸나.”

자렌토의 말에 제레니는 힘없이 고개를 끄덕였다.

*   *   *

그의 가족들이 열심히 그의 걱정을 하는 동안 데미안은 헥터와 함께 페인야드를 크게 우회해 ‘안개의 골짜기’로 향하고 있었다.

비밀스런 임무라는 데미안의 말과는 달리 데미안은 들르는 곳마다 크고, 작은 사건을 끝없이 만들었다. 식당에서 음식 맛이 없다고 주인에게 시비를 거는가 하면, 술집에서 여자로 오해한 술꾼들을 신나게 두들겨패서 떡을 만들어놓고 도망치기도 했다. 물론 그때마다 헥터가 개입해 큰 사건으로 번지지는 않았지만 데미안은 끊임없이 사건을 만들었다. 게다가 데미안에게 그 이유를 아무리 물어도 전혀 설명해 주지 않아 헥터로서는 답답할 노릇이었다. 이제 안개의 골짜기가 있는 퀠른 산맥까지는 하루 거리가 남았을 뿐이었다.

백마에 올라탄 데미안은 여전히 흰색의 여행복이었고, 헥터는 검은 말에 검은색으로 된 라이트 레더를 걸치고 있었다. 그들이 여행을 시작한 지도 벌써 10여 일이 지났지만 아무런 일도 없었다. 데미안이 설마 이번 여행에서도 아무 일(?) 없이 그냥 지나가는 것은 아닐까 하는 엉뚱한 생각을 하고 있을 때 헥터가 데미안에게 말했다.

"데미안님, 데미안님께서 말씀하신 그 적이란 것이 구체적으로 누구를 가리키는 말입니까?"

"뭐?"

"데미안님께서 페인야드를 떠나기 전에 말씀하지 않으셨습니까? 적들이 데미안님을 따라와야 한다고 말입니다."

"세상에! 그걸 아직까지 생각하고 있었어?"

데미안이 진심으로 놀랐다는 표정을 지었지만 헥터는 꿈쩍도 하지 않았다.

"그 적이라는 자들이 어떤 자들인지 제가 알아두어야 하지 않겠습니까?"

"글쎄, 나도 가르쳐 주고는 싶은데 실은 나도 그들이 누군지 모르고 있거든. 그렇지만 벌써 우리의 뒤를 따라오고 있을 거라고 난 생각해."

헥터는 데미안의 말을 금방 이해할 수 없었다. 지난 2년 6개월 동안 데미안이 똑똑해져도 너무 똑똑해진 것 같았다. 타고 있던 말의 그림자가 길게 지면에 드리워진 것을 본 헥터는 태양의 위치를 확인하고는 말을 세웠다.

"데미안님, 오늘은 이곳에서 쉬어 가는 것이 좋겠습니다."

"그래."

데미안은 가볍게 대구를 하고는 백마에서 내렸다. 헥터가 나뭇가지를 주워 와 모닥불을 피울 준비를 하는 동안 데미안은 눈을 지그시 감고 숲의 공기를 가슴 가득 빨아들였다.

약간은 차게 느껴지는 공기가 마나와 함께 그의 폐 속으로 밀려들었다가 탁한 공기와 함께 내뿜어지며 허공에 허옇게 입김을 만들었다. 자신이 살던 싸일렉스보다 북쪽으로 왔기 때문인지, 아니면 12월이 가까워지기 때문인지, 그것도 아니라면 켈른 산맥에 가까워져 지대가 높기 때문인지 구별하기는 힘들었지만 공기가 서늘해서 상쾌한 기분이 들었다.

데미안이 몇 번의 숨쉬기 운동에 열중해 있는 사이 헥터가 모닥불을 피우고, 어제 잡아서 보관해 둔 사슴 고기를 꺼내 굽기 시작했다. 고기 굽는 냄새가 숲속으로 퍼지고, 잠시의 시간이 지나자 숲은 순식간에 어둠에 휩싸였다. 타오르는 불길에 익어가는 사슴 고기를 보며 데미안이 갑자기 물었다.

"헥터, 그럼 6년 전에 아버지와 헤어져 아직도 아버지를 만나지 못한 거야?"

데미안의 질문에 헥터의 얼굴이 조금 어두워졌다.

"예, 아버지와 이 트렌실바니아 왕국의 국경선 부근에서 헤어진 이후 한 번도 뵙지 못했습니다. 지금은 살아 계신지, 아니면 무슨 변을 당하셨는지 소문도 듣지 못했습니다."

"걱정하지 마. 헥터보다 더 뛰어난 검술 실력을 가지고 계신 헥터의 아버지가 변을 당하셨을 리 만무하잖아. 어쩌면 오히려 헥터의 걱정을 하고 계실지 모르지. 기운 내."

데미안의 위로에 헥터는 슬그머니 미소를 지었다. 자신보다 열 살이나 어린 데미안이 자신을 열심히 위로하자 왠지 어색한 기분이 든 것이다. 게다가 데미안과 생활을 하면서부터 자주 미소를 짓거나 웃음을 짓게 된 것이 변화라면 큰 변화였다. 자신의 과거 별명이 아이언 마스크Iron Mask였다고 하면 과연 데미안이 믿을까 하는 생각이 들었다. 헥터가 그런 생각을 하고 있을 때 갑자기 데미안이 이상한 행동을 보였다.

"헥터, 뭔가가 이쪽으로 다가오고 있는 것 같지 않아?"

데미안의 말에 헥터는 재빨리 자신의 바스타드 소드를 뽑아 들고 귀에 신경을 집중했다. 그러자 과연 뭔가가 풀숲을 헤치며 자신들에게 다가오는 소리가 들렸다. 게다가 숫자도 스물이 넘는 것 같았다.

"데미안님, 조심하십시오. 아무래도 오크들 같습니다."

"뭐? 오크? 정말 오크란 말이야?"

검을 뽑으면서도 데미안은 드디어 자신이 그렇게 기다리고 기다렸던 몬스터를 보게 되었다는 사실에 기쁨을 감추지 못했다. 그 모습에 헥터는 한숨이 나왔지만 경계심을 늦추지는 않았다. 5분 정도가 지나자 데미안은 어두운 숲속에서 반딧불처럼 반짝이는 눈동자를 발견할 수 있었다. 그러나 나머지 모습은 숲의 그림자에 가려져 도저히 알아볼 수 없었다. 재빨리 스펠을 캐스팅한 데미안은 큰 소리로 외쳤다.

"라이트Light!"

데미안의 짧은 시동어와 함께 주위가 밝은 빛 속에 완전히 드러났다. 그러자 손에 글레이브Glaive나 배틀 엑스Battle Axe를 들고 있는 흉측한 모습의 적들이 보였다.

키는 1미터 40에서 1미터 60센티미터 정도였고, 전체적으로 인간과 거의 유사한 체형을 하고 있었다. 단 얼굴만 제외하고 말이다. 인간의 몸통에 돼지 머리라니……. 데미안이 놀란 만큼 오크들도 놀란 모양이었다.

"취익! 마법사다! 저 여자가 마법사다!"

"취이익! 빨리 흩어져라!"

데미안은 오크들이 사람의 말을 할 줄 안다는 사실에 깜짝 놀랐지만, 오크마저 자신을 여자로 착각하자 그들의 오해에 기분이 더러워졌다. 그러나 난생처음 본 몬스터였기에 그들과 싸우고 싶은 생각은 조금도 들지 않았다.

"이봐, 난 여자가 아니고 남자야. 그리고 너희들과 싸우고 싶지 않으니까 어서 무기를 치워!"

데미안의 말에 오크들은 나무 그늘에 자신의 몸을 숨기며 외쳐댔다.

"취익! 남자인 척하는 저 여자를~ 취익! 먼저 죽여야 한다."

"취익! 죽여라!"

순간 오크들이 글레이브와 배틀 엑스를 휘두르며 데미안을 향해 달려들었다. 재빨리 데미안의 앞을 가로막은 헥터는 달려드는 오크들을 향해 힘껏 바스타드 소드를 휘둘렀다. 그의 바스타드 소드에서 푸른빛이 뿌려진다고 느끼는 순간, 바스타드 소드에 걸리는 것은 그것이 글레이브든, 오크들이든, 아니면 아름드리 나무든 모조리 반쪽이 났다.

데미안은 뒤에서 조금은 멍한 표정으로 일방적인 공격을 퍼붓는 헥터와 그를 피해 도망치려는 오크들의 모습을 보고 있었다. 비록 오크들이 괴상하게 생겼다고는 하지만 인간들과 똑같은 말을 쓰고 있었기에 충분히 말이 통할 것이라고 생각했었다. 그런데 왜 그들은 자신을 공격하고, 또 지금 자신의 눈앞에 펼쳐지는 이 피비린내 나는 광경은 대체 뭐란 말인가?

데미안이 멍한 표정으로 서 있자 도망치던 오크들 가운데 하나가 헥터의 눈길을 피해 데미안을 공격했다. 뭔가 자신의 옆에서 덮치는 느낌에 데미안은 무의식적으로 왼손으로 레이피어를 뽑아 힘껏 찔렀다.

동시에 왼손에 느껴지는 끔찍한 느낌.

자신의 레이피어가 뭔가를 가볍게 뚫고 들어갔고, 이어 딱딱한 뼈마저 뚫어버린 것 같은 느낌에 데미안은 자신도 모르게 고개를 돌렸다. 그러자 그의 눈에 배틀 엑스를 높이 치켜든 채 레이피어에 목이 꿰뚫린 오크의 모습이 보였다.

"헉!"

깜짝 놀란 데미안이 황급히 레이피어를 뽑자, 오크의 목에서 뿜어져 나온 붉은 피가 데미안의 하얀 여행복 위로 뿌려졌다. 그리고 오크가 쓰러지는 둔탁한 소리가 들렸다. 데미안이 그 모습에 정신을 차리지 못하고 멍해 있을 때 오크들을 쫓아버린 헥터가 그의 곁으로 다가왔다.

"데미안님, 이놈들은 인간을 해치는 몬스텁니다. 괴로워하지 마십시오."

"그, 그렇지만 헥터, 사람처럼 말을 했잖아?"

자신이 오크를 죽였다는 사실이 믿어지지 않는지 정신이 나간 사람처럼 멍한 얼굴을 하고 있는 데미안에게 헥터는 분명한 음성으로 말했다.

"데미안님, 인간을 공격하는 모든 몬스터들은 인간의 공통된 적입니다. 설사 그들이 인간의 말을 하든, 아니면 신의 말을 하든 인간을 공격했다면 상대가 그 누구이든간에 그것은 인간의 적입니다."

"그렇지만, 그렇지만……."

데미안은 무슨 말인가를 하려고 했지만 결국 아무 말도 할 수 없었다. 데미안의 라이트 마법은 이미 소멸해 숲은 다시 어둠에 싸였고, 은은히 풍기는 피비린내 때문에 마치 시체가 잔뜩 쌓인 시체 더미 한가운데 서 있는 듯한 느낌마저 들었다.

"제 실수였습니다. 숲에서 고기를 굽다니……. 멍청하게 제가 오크를 불러 데미안님마저 위험하게 만들었습니다."

"아, 아니, 헥터, 난 누가 잘못했다는 것이 아니라……."

"데미안님, 일단 이곳을 벗어나시지요. 오크들의 복수심은 무척이나 끈질깁니다. 이곳에 계속 있다 보면 그들의 공격을 또 받게 될 겁니다."

헥터의 손에 끌려 데미안은 말에 올랐고, 정신없이 말을 몰았다. 나중에는 멈추라는 헥터의 말을 듣지도 못하고 백마가 거품을 물 때까지 말을 몰다가 뒤이어 따라온 헥터가 말을 진정시키고야 겨우 말을 멈출 수 있었다. 들판에서 헥터가 다시 식사를 준비하는 동안 데미안은 놀란 가슴을 진정시키기 위해 안간힘을 썼다. 자신이 검술을 익힌 것이 물론 적에게서 자신의 목숨을 구하기 위해, 더 나아가서는 적을 죽이거나 물리치기 위한 것이긴 하지만 처음으로 살아 있는 무엇인가를 죽였다는 생각에 데미안은 도저히 마음을 진정시킬 수 없었다. 그런 데미안의 모습을 지켜본 헥터가 여전히 식사 준비를 하면서 이야기를 시작했다.

"제가 처음 살아 있는 무엇인가를 죽인 것은 열네 살 때 아버지와 함께 사냥을 나가서였습니다. 활시위에 화살을 먹여 사냥감을 기다리던 저는 지나가던 사슴 떼를 만났고, 화살을 쏘아 사슴을 잡을 수 있었습니다. 저는 어린 마음에 의기양양해하며 제가 잡은 사냥감에게 다가갔습니다. 그러나 그 사슴은 제가 잡으려던 사슴이 아니었습니다. 태어난 지 얼마 되지 않은 듯 보이는 아주 어린 사슴이었습니다. 화살은 배에 박혀 있었고, 상처에서는 많은 피가 흘러나와 주위의 땅을 흠뻑 적시고 있었습니다. 그 사슴은 죽어가는 동안 슬픈 눈으로 계속 저를 보고 있었습니다. 그때 저는 저도 모르게 눈물을 흘렸고, 그 뒤로 한동안 괴로운 기억 때문에 사슴 고기를 먹지 못했습니다."

데미안은 자신도 모르게 헥터를 바라봤다.

"그런데 저희 집에 있던 늙은 하인 한 사람이 저에게 이런 말을 해주더군요. 그 사슴이 세상에 태어난 이유는 저에게 잡히기 위해서라고 말입니다. 그때 전 세상에 그런 이유로 태어나는 생명이 어디 있느냐고 그 하인에게 따졌습니다. 그렇지만 그 늙은 하인의 말이 자신은 저희 집안에 충성을 다할 인생을 타고났고, 저는 그 새끼 사슴을 죽이고 그 하인에게 충성을 받을 인생을 타고났다는 것이었습니다. 그리고 그것을 사람들은 운명이라 부른다고 하더군요."

"운명?"

"그렇습니다. 오크들은 몬스터로 태어나 인간을 공격하는 운명을 타고났고, 저희들은 오크들에게서 인간들을 지키는 운명을 타고났습니다. 모든 사람의 운명이 같지 않은 것처럼 모든 종족의 운명이 같다고 할 수는 없겠지요."

"그럼 인간 이외의 모든 종족들은 조금 전 오크들처럼 인간을 공격한단 말이야?"

"꼭 그렇지는 않습니다. 엘프나 드워프처럼 인간과 공존하는 종족들도 있습니다. 그러나 대부분의 몬스터들이 인간과 공존하기보다는 인간을 공격하고, 인간들이 가진 것을 빼앗으려고 하는 것이 사실입니다."

헥터는 익은 고기를 데미안에게 내밀었지만 데미안은 그 고기를 보는 순간 오크가 생각나 도저히 먹을 수가 없었다. 헥터는 자신의 짐에서 브랜디Brandy를 한 병 꺼내 왔다. 그리고는 잔에 조금 따라 데미안에게 건네주었다.

"브랜디입니다. 조금만 마신다면 진정하시는 데 도움이 될 겁니다."

"고마워."

잔을 받아 든 데미안은 단숨에 브랜디를 마셨다. 비록 볼케이노보다 독하지는 않았지만 브랜디 역시 상당히 독한 술인 것만은 사실이었다. 몇 번 콜록거린 데미안은 다시 술을 청했고, 헥터가 따라준 브랜디를 역시 단숨에 마셔버렸다.

조금 전까지 따스하게 느껴졌던 모닥불의 기운이 뜨겁게 느껴지는 것으로 보아 벌써 술기운이 얼굴까지 퍼진 것 같았다. 브랜디의 강렬함 때문에 데미안은 잠을 청할 수 있을 것 같았다. 바닥에 망토를 깔고 자리에 누운 데미안의 눈에 찬란하게 빛나는 별들이 보였다. 그러다 보니 싸일렉스 영지를 떠나 들판에서 첫날밤을 보냈을 때 보았던 밤하늘이 기억났고, 데미안은 그때의 일을 생각하며 잠을 청했다.

넓은 풀밭이었다. 그러나 풀밭은 온통 상처투성이였다. 크고 작은 구덩이가 수도 없이 패여 있었고, 그 한가운데 자신이 검을 들고 서 있었다. 난생처음 보는 광경에 어리둥절해하던 데미안 앞에 기억 속에 남아 있던 붉은 머리 여전사가 갑자기 모습을 드러냈다.

　자신을 바라보는 여전사의 눈빛에는 아무런 감정도 담겨 있지 않았다. 그 순간 마치 인간 모습으로 조각한 조각상처럼 아무런 표정도 짓지 않던 여전사가 갑자기 일반적인 바스타드 소드보다 훨씬 커다란 바스타드 소드를 휘두르며 데미안을 공격했다.

　깜짝 놀란 데미안이 수중의 검을 들어 여전사의 공격을 막았다. '사각' 하는 소리와 함께 데미안의 검이 어이없이 잘려나갔다. 데미안이 확인하니 자신이 들고 있던 바스타드 소드가 어느샌가 목검으로 바뀌어 있었고, 여전사가 들고 있던 바스타드 소드는 점점 커져 이제는 여전사보다 훨씬 커졌지만 여전사는 바스타드 소드를 마치 단검 휘두르듯 마음껏 휘둘렀다.

　데미안은 필사적으로 도망을 치면서 여전사의 검을 피했지만 여전사는 너무도 쉽게 따라왔다. 그와 동시에 여전사는 조금씩 커지고 있었다. 얼마나 도망을 쳤을까? 데미안은 바짝 마른 자신의 입에서 단내가 풍기는 것을 분명하게 느낄 수 있었다. 지친 얼굴로 뒤를 돌아보았을 때, 키가 거의 7미터 정도로 커진 여전사가 역시 키만큼 커진 바스타드 소드를 휘두르며 뒤쫓아오는 것이 보였다.

　여전사의 표정은 아까처럼 무표정하지 않았다. 마치 얼음으로 이루어진 사람처럼 온몸에서 몸서리쳐지는 냉기를 뿜으며 데미안을 노려보았다. 여전사와 눈길이 마주치는 순간, 데미안은 마치 맹수에게 겁을 먹고 도망갈 엄두도 내지 못하는 초식 동물처럼 아무런 반항도 할 수 없었다. 그저 겁에 질려 부들부들 떨고만 있었다. 그런 데미안의 귓전에 싸늘하기 이를 데 없는 여전사의 음성이 들렸다.

"흥! 드라시안, 도망친 곳이 겨우 여기냐?"

여전사는 말과 함께 엄청나게 커다란 바스타드 소드를 휘둘렀고, 그 순간 데미안은 가슴 부위를 불로 지지는 듯한 통증을 느끼며 비명을 질렀다.

"아악!"

자리에서 벌떡 일어난 데미안은 걱정스러운 눈길로 자신을 바라보고 있는 헥터를 발견했다.

"악몽을 꾸셨습니까?"

"으응……."

헥터의 말에 데미안은 힘없이 대답했다. 헥터가 내민 수건을 받아 들고는 무의식적으로 이마를 닦았다. 그러다 수건이 축축할 정도로 식은땀을 흘렸다는 사실을 깨달았다.

사실 데미안은 평소 거의 땀을 흘리지 않는다. 그렇게 힘든 용병 훈련을 받을 때에도, 또 한여름에 다른 사람들이 엄청나게 땀을 흘릴 때에도 데미안만은 거의 땀을 흘리지 않았다. 그랬기에 체력 소모가 심한 용병 훈련과 검술 훈련 등을 병행할 수 있었던 것이다. 그랬던 자신이 단순한 악몽 때문에 이렇게 많은 땀을 흘리다니……. 그렇지만 도저히 꿈속의 일 같지가 않았다. 지금도 가슴에 뻐근한 통증을 느낄 정도였다. 서둘러 옷을 풀고 자신의 가슴을 살펴보았지만 어디에도 상처는 보이지 않았다. 그 모습을 본 헥터가 걱정스런 음성으로 물었다.

"데미안님, 괜찮으십니까?"

"괜찮아."

대답과는 달리 데미안의 안색은 창백하기 이를 데 없었다. 헥터가 여전히 걱정스러운 눈길로 자신을 바라보자 데미안은 자리에서 벌떡 일어나 팔을 크게 휘둘렀다.

"봐! 멀쩡하잖아."

"알겠습니다. 그럼 아침은 안개의 골짜기로 가기 전에 있는 마을에서 먹도록 하죠."

"그곳에도 마을이 있었어?"

"예, 지도상에 아주 작게 표시된 것으로 보아 그곳에 사는 사람은 그리 많지 않은 것 같습니다."

"그래? 그럼 오랜만에 맛있는 음식을 먹겠군."

데미안의 그 말에 헥터의 얼굴이 야릇하게 일그러졌다.

"그 동안 제 요리가 별로 입에 맞지 않으셨나 보군요."

"아, 아니야. 물론 헥터가 해준 것도 맛있었어. 다만 따뜻한 수프가 먹고 싶어서."

헥터는 말없이 짐을 챙겼고, 데미안은 삐진 헥터를 위로하기에 여념이 없었다. 데미안이 왕립 아카데미에서 열심히 공부와 훈련을 하는 동안 헥터는 데미안을 위해 열심히 요리 연습를 했었다. 물론 그 사실도 이번에 여행을 하면서 알게 된 것이지만 데미안은 자신을 위해 요리까지 배운 헥터에게 진정으로 고마움을 느끼고 있었다.

"데미안님, 저는 전혀 화가 나지 않았습니다. 그러니 저에게 신경 쓰지 않으셔도 됩니다."

굳은 표정으로, 게다가 어금니까지 악물며 입도 거의 벌리지 않은 채 말하는 헥터의 모습에 데미안은 그게 화난 얼굴이 아니냐고 묻고 싶었지만 그러면 정말로 화를 낼 것 같아 차마 그 말만은 할 수 없었다.

　두 필의 말이 가볍게 달려 1시간 정도가 지나자 사십여 채의 집들이 나란히 붙어 있는 마을의 모습이 보였다. 그러나 데미안은 곧 마을의 풍경에서 묘한 위화감을 느껴졌다. 곰곰이 주위를 둘러보던 데미안은 곧 그 이유를 알 수 있었다.

　지금 시간이 아침이니 당연히 굴뚝에서는 연기가 피어나야 하고, 음식 냄새나 부산하게 움직이는 사람들의 모습이 보이는 것이 당연한데, 어느 집의 굴뚝에서도 연기가 피어나는 곳이 없었던 것이다. 마치 아무도 살지 않는 유령의 마을 같았다. 묵묵히 마을로 들어섰지만 사람이 살고 있다는 흔적을 찾아볼 수 없었다. 말로 표현할 수 없는 어색함을 느끼며 데미안은 말에서 내려 가까운 집으로 가 문을 열어보았다. 문은 굳게 닫혀 있었다.

　"계십니까?"

　데미안은 큰 소리로 불러보았지만 아무런 대답도 듣지 못했다. 데미안은 결심을 한 듯 문고리를 잡고 힘을 썼다. 그러자 빗장이 부러지는 소리가 들렸고, 문이 활짝 열렸다. 데미안은 눈을 찌푸리며 어두운 집안을 둘러보았다.

　地獄二刀流를 익히고 난 후 더욱 예민해진 감각으로는 분명 집안에 누군가 있다는 것이 느껴졌다. 바스타드 소드를 뽑아 들고 조심스럽게 집 안으로 들어선 데미안은 누군가 억지로 울음을 참고 있는 듯한 소리를 들었다. 바스타드 소드의 손잡이를 더욱 힘차게 움켜잡고는 천천히 소리가 들린 곳으로 향했다. 그리고는 큰 소리로 외쳤다.

　"꼼짝 마라!"

　그러나 데미안은 곧 바스타드 소드를 힘없이 내려야 했다. 그의 눈앞에는 두 명의 꼬마가 서로를 끌어안은 채 상대의 입을 틀어

막고는 잔뜩 겁에 질린 얼굴로 눈물을 흘리고 있었다. 데미안은 자신의 눈앞에 펼쳐진 모습에 아무 말도 할 수 없었다. 곧이어 뒤따라 들어온 헥터 역시 마찬가지였다. 잠시 후 정신을 차린 데미안이 부드러운 음성으로 누나로 보이는 소녀에게 물었다.

"부모님은 어디 계시니?"

데미안의 음성이 부드러웠던 탓일까? 여전히 동생을 안은 손을 풀지는 않았지만 더듬거리는 음성으로 대답했다.

"어, 없어요."

"없다니? 그게 무슨 말이지?"

"돼지 머리를 한 몬스터들이 모두 잡아갔어요."

"돼지 머리? 오크 말이냐?"

"예."

소녀의 대답에 데미안은 이해를 할 수 없었다.

"오크들이 뭣 때문에 너희 부모님을 잡아갔지?"

"아빠는 대장장인데 물건을 잘 만들어요. 몬스터들이 무기를 만든다고 아빠를 데려갔어요. 그리고 엄마는 요리를 잘 만든다고 잡아갔어요."

소녀는 대답을 하면서 눈물을 글썽였다.

"헥터, 지금 이 소녀가 뭐라고 하는 거지?"

"말 그대로입니다. 오크들은 머리가 나쁘고 게을러서 제대로 된 물건을 만들지 못합니다. 그렇기 때문에 여행객들을 습격하거나 가끔 마을을 습격해 대장장이나 특별한 기술을 가진 사람들을 납치하곤 합니다."

"그럼 이 마을의 어른들이 모두 오크들에게 납치된 거니?"

데미안의 질문에 소녀는 고개를 흔들었다.

"아니에요. 처음엔 돼지 머리 몬스터하고 큰 싸움이 있었고, 그때 사람들이 많이 죽었어요. 그 다음에 몬스터들이 마을에 올 때마다 마을 사람들을 데리고 가서 이제 마을에는 아이들밖에 남지 않았어요."

소녀의 말에 데미안은 기가 막혔다. 자신은 자신이 죽인 오크 때문에 그렇게 괴로워하고, 가슴 아파했는데, 불과 얼마 떨어지지 않은 이 마을은 오크들 때문에 괴로움을 겪고 있었다니……. 오크를 죽였다고 괴로워했던 자신의 행동이 너무나 어리석게만 느껴졌다.

"그럼 너희말고도 다른 아이들이 더 있니?"

"예."

소녀는 대답을 하고는 자신의 동생을 데리고 잠시 밖에 나갔다 곧 돌아왔다. 그런 소녀의 뒤에는 비슷한 또래로 보이는 십여 명의 아이들이 있었다. 모두들 꾀죄죄한 몰골에, 눈은 잔뜩 충혈이 되어 있었고, 하나같이 피곤하고 지친 표정을 하고 있었다. 그 모습을 보다 보니 데미안은 자신도 모르게 분노가 치밀었지만 애써 유쾌한 표정을 지으며 아이들에게 외쳤다.

"얘들아! 일단 식사부터 하도록 하자꾸나."

데미안은 우선 자신들의 식량으로 먼저 식사 준비를 하기 위해 주방으로 갔다. 그러나 막상 주방에 들어가고 보니 자신은 전혀 요리를 할 줄 모른다는 사실이 그제야 생각이 났다. 결국 헥터에게 요리를 맡기고 데미안은 아이들의 세수를 책임졌다. 지저분해 보이던 아이들은 얼굴이라도 씻고 나니 그래도 조금은 나아 보였다.

헥터가 준비한 음식을 아이들에게 날라준 다음 아이들과 함께 식사를 했다. 아이들은 꽤 오랫동안을 굶주렸는지 정신없이 먹어 댔다. 헥터가 준비한 음식은 곧 바닥이 났고, 헥터는 아이들을 위해 다시 음식을 준비해야만 했다.

일단 배가 부르니 다음엔 졸음이 쏟아지는지 식탁에서 꾸벅꾸벅 조는 아이들이 하나둘 늘어났다. 데미안과 처음 만난 소녀도 동생을 끌어안고는 졸린 눈을 비비며 억지로 잠을 쫓고 있었다. 잠이 들려는 소녀를 깨운 데미안이 조금은 엄한 음성으로 말했다.

"지금부터 내가 이 집 주위에 마법진을 설치할 테니 너희들은 절대 집 밖으로 나가면 안 돼. 내 말 알겠니?"

"그럼 아저씬 마법사예요?"

"그래, 그러니까 내 말대로 절대 이 집에서 나가면 안 돼. 다른 아이들에게도 분명히 말해 둬."

"알았어…… 아함! 요."

소녀의 대답을 듣고 데미안은 졸고 있는 아이들을 전부 방에 눕히고 다시 스펠을 캐스팅했다.

"슬립Sleep!"

데미안이 다시 아이들에게 잠을 자게 하는 마법을 거는 것을 보고 헥터가 물었다.

"왜 아이들에게 마법을 거셨습니까?"

"이 아이들의 부모를 찾아가려고. 그런데 시간이 얼마나 걸릴지 모르잖아."

"그렇지만 그들이 어디에 있는지 모르고 또 얼마나 걸릴는지 모르는데, 아이들을 마법으로 잠들여 놓으면 더 위험하지 않겠습니까?"

"괜찮아. 내 마법 실력으로는 저들을 이틀 이상 자게 하는 것은 불가능하거든. 그러니까 이틀 안에 저 아이들의 부모를 찾아 이곳으로 데려오면 괜찮을 거야."

여전히 아이들에게서 눈을 떼지 않는 데미안의 모습에 헥터는 고개를 흔들었다.

"그렇지만 저 아이들의 부모가 어디에 있는지, 또 살았는지 죽었을지도 모르는데……."

"그렇기 때문에 더욱 아이들이 잠들어 있어야 해. 그 동안 아이들이 무사히 있을 수 있도록 마법진이나 설치해 놓자고."

데미안은 곧 나무와 돌을 쌓아 아이들이 있는 집 주위에 마법진을 설치하기 시작했다. 마법진이 복잡해서인지, 아니면 처음 설치하기 때문인지 거의 1시간이 지나서야 설치가 끝났다.

"이게 웬만한 몬스터들은 얼씬도 하기 힘들 거야. 이제 마을 사람들을 찾아 출발하자고."

"아까 여자아이의 말에 사람들이 마을 뒤편으로 끌려갔다고 했으니 우선 그쪽부터 찾아보는 것이 좋겠습니다."

헥터의 말에 데미안은 마을 뒤편으로 돌아갔다. 분명 안개의 골짜기는 마을과 20여 킬로미터나 떨어져 있음에도 불구하고 숲은 자욱한 안개에 싸여 있었다. 주위를 둘러보던 헥터가 위쪽을 가리키며 입을 열었다.

"나무와 풀들이 많이 꺾여 있는 것으로 보아 이쪽 방향인 것 같습니다."

데미안과 헥터는 숲으로 향했다.

제12장
오크와 함께 광란의 춤을

헥터가 앞장을 서고 데미안은 헥터의 뒤를 따랐다. 데미안도 분명 용병 교육을 받았기에 추적을 할 때 눈여겨보아야 할 사항이나 주의해야 할 사항에 대해 자세히 기억하고 있었다. 그러나 이런 숲속에서 자신이 찾고자 하는 흔적을 찾아낸다는 것이 그리 쉽지만은 않았다. 몇 번이나 헥터의 지적을 들으며 주위의 흔적을 찾던 데미안은 그제야 용병 훈련을 받으며 배웠던 추적술을 활용할 수 있었다. 그리고는 헥터보다 한 발 앞서 오크들의 흔적을 찾아냈다.

마을부터 시작된 추적은 한동안 계속되었다. 그들이 산속으로 들어가면 갈수록 조금씩 안개가 짙어져 이제는 헥터와 불과 10미터만 덜어져 있어도 상대의 모습을 전혀 알아볼 수 없을 정도였다.

"헥터, 이렇게 안개가 짙은 걸 보니 여기가 안개의 골짜기가 아닐까?"

"제가 생각하기에도 여기가 맞는 것 같습니다. 그리고 단순히 제 예상이기는 하지만, 오크들이 사는 동굴도 여기서 과히 멀지 않은 곳에 있는 것 같습니다."

"동굴? 그럼 오크들이 동굴에 산단 말이야?"

"그렇습니다. 오크들은 대부분 자연적으로 생긴 동굴이나 지하 굴에서 집단 생활을 합니다. 집을 짓는 기초적인 기술도 모르는 터라 자연적으로 생긴 동굴이나 땅굴을 찾아 끝없이 이동을 하지 요."

"집단 생활을 한다면 대체 얼마나 모여 산다는 말이야?"

"적게는 수십 마리에서, 많게는 수백 마리가 모여 살기도 한다 고 들었습니다."

헥터의 말에 데미안의 머리 속에는 백여 마리의 오크들이 떼를 지어 인간의 마을을 습격하는 모습이 그려졌다.

"휴우~ 그런데 오크들은 무엇 때문에 인간을 습격하는 거지? 인간들에게 조금만 도움을 받으면 집도 짓고, 농사도 짓고 할 수 있잖아?"

"데미안님, 오크들은 천성적으로 게으르고, 욕심이 많은 종족입 니다. 데미안님의 말씀대로 집을 짓는다거나, 농사를 지을 정도의 인내심은 애초부터 가지고 있지 않습니다. 그저 물건이나 식량이 필요할 때마다 인간들의 마을을 습격하거나 여행자들을 습격하면 되는데 그들이 왜 힘들여 농사를 짓겠습니까? 데미안님, 오크를 절대 인간의 기준에서 생각해서는 안 됩니다. 어제 저녁만 해도 그들은 우리를 습격했습니다. 아마도 제가 가지고 있는 물건과 우 리들이 타고 있던 말들이 탐이 난 탓이겠지만, 단순히 우리를 쫓으려 했던 것이 아니라 우리를 죽이고 물건을 강탈하려 했습니다. 그것이 오크들이 가지고 있는 원래의 성격입니다.”

헥터의 말은 계속 이어졌지만 데미안은 인간의 기준으로 오크를 생각하지 말라는 헥터의 말이 머리 속에서 떠나지 않았다. 과연 모든 오크들이 인간을 적대시하는 것일까? 인간들과 우호적인 오크는 없을까? 하지만 그런 생각 역시 헥터의 말처럼 인간의 기준에서 생각한 것이라는 생각이 들었다. 그러는 사이 두 사람은 더욱 깊은 숲속으로 들어갔다.

입고 있던 옷조차 짙은 안개 때문에 잔뜩 물기를 빨아들여 축축하게 젖은 지 이미 오래 전의 일이었다. 신중하게 발걸음을 옮기던 데미안과 헥터는 무엇인가 전방의 안개 속에서 번쩍이는 것을 발견했다. 재빨리 지면에 엎드린 헥터는 귀에 신경을 집중했다. 잠시 후 고개를 든 헥터가 동쪽을 가리키며 데미안에게 조용히 말했다.

“데미안님, 여기서부터 동쪽으로 약 150미터 정도 떨어진 곳에 오크들의 동굴이 있는 것 같습니다.”

“그래?”

데미안이 일어서려는 것을 막은 헥터가 물었다.

“어떻게 하실 생각이십니까? 제가 대략 확인한 숫자만 해도 6, 70마리는 넘을 것 같습니다. 게다가 저희는 지금 단 두 명뿐입니다. 단순히 오크들을 죽이는 것이라면 문제될 것이 없지만, 그들에게 인질로 잡혀 있는 마을 사람을 구하는 것이 목적이니 신중하셔야 합니다.”

“그래도 일단 동굴이 어떻게 생겼는지, 오크들의 정확한 숫자는 얼마나 되는지, 지형은 어떻게 생겼는지를 확인해야 정확한 작전을 짤 수 있는 것 아니야?"

데미안의 조금은 퉁명스러운 말에 헥터는 새삼스럽게 데미안의 얼굴을 바라보았다. 한 발 앞선 데미안은 예의 지면을 스치는 듯 보이는 동작으로 발을 내디뎠고, 헥터는 데미안의 그 이상한 발 동작이 바로 소리없이 이동을 할 때 유용하게 쓰인다는 것을 깨달았다. 두 사람이 조용히 이동을 해 양쪽의 골짜기가 만나는 곳에 도착했다.

그들이 숨어 있는 곳에서 약 10미터쯤 아래쪽 전방에 넓은 공터가 보였고, 또 커다란 동굴과 이어진 것을 확인할 수 있었다. 그리고 서너 마리의 오크가 연신 주위를 돌아다니며 경계에 열중하고 있는 것이 보였다. 데미안은 조용히 주위를 살펴보았지만 공터의 면적이 너무 넓고, 계곡의 경사가 너무도 심해 몰래 접근하는 것은 쉽지 않을 듯했다. 또 시계를 제약하는 안개도 문제였다.

데미안이 막 헥터에게 뭐라고 말을 전하려고 할 때 동굴 안에서 십여 명의 사람들이 걸어나왔다. 사람들의 발에는 족쇄가 채워져 있었고, 허름한 복장을 한 피곤에 지친 사람들을 오크들은 자신들이 들고 있던 창으로 사정없이 내몰았다.

"취익! 빨리 과일을 따라!"

"빨리! 취익! 움직여라."

서너 마리의 오크들에게 이끌려 사람들은 힘없이 숲으로 향했다. 데미안은 헥터에게 눈짓을 하고는 그들의 뒤를 조심스럽게 따랐다. 약 15분 정도 걸어가자 그래도 안개가 엷은 곳이 나타났고, 그곳에서 몇 그루의 나무들이 자라고 있는 것이 보였다. 사람들은 오크의 감시를 받으며 나무에서 과일들을 따기 시작했다.

"헥터, 저 오크들을 소리를 내지 않고 죽일 수 있을까?"

"글쎄요…… 저 혼자서는 무리일 것 같습니다."

"헥터가 왜 혼자야? 나도 있잖아."

데미안의 말에 헥터가 데미안의 눈을 바라보았다.

"데미안님, 저 사람들을 구하려면 오크들을 죽여야 합니다. 하실 수 있겠습니까?"

헥터의 말에 데미안은 어금니를 깨물며 고개를 끄덕였다.

"할 수 있어. 헥터가 말해 준 대로라면 오크들을 죽이고 사람들을 구하겠어."

"알겠습니다. 그럼 하나, 둘, 셋, 하고 나가는 겁니다."

헥터의 말에 데미안은 바스타드 소드와 레이피어를 뽑아 양손에 들고는 고개를 끄덕였다. 헥터도 바스타드 소드의 손잡이를 움켜잡고는 나직하게 숫자를 외었다.

"하나, 둘, 셋!"

헥터의 입에서 셋이란 숫자가 나오는 순간 데미안은 쏜살같이 앞으로 달려나갔다. 나뭇가지가 부러지는 소리에 오크들의 얼굴이 일제히 소리나는 곳으로 향했고, 그런 오크들의 눈에 머리 부분에 빨간 털을 가진 이상한 인간 하나가 양손에 검을 들고 자신들에게로 달려드는 것이 포착됐다.

깜짝 놀란 오크들이 글레이브와 창을 들었을 땐 이미 데미안의 레이피어는 한 오크의 목을 꿰뚫었고, 크게 휘두른 바스타드 소드는 옆에 있던 오크의 목을 날려버렸다. 그러나 데미안의 행동은 거기서 멈춰지지 않았다. 허공으로 치솟은 오크의 목이 지면에 떨어지기도 전에 4미터쯤 떨어져 있던 다른 오크들에게 달려들었다.

오크들은 너무도 빠른 데미안의 행동에 미처 비명도 지르지 못하고 굳은 듯 서 있었다. 레이피어가 한 오크의 심장을 관통할 때,

데미안의 바스타드 소드는 나머지 오크의 머리를 향해 날아갔다.
그러나 뒤이어 도착한 헥터의 바스타드 소드에 의해 오크의 몸은
완전히 두 쪽으로 갈리고 말았다. 과일을 따던 사람들은 불과 눈
을 두세 번 깜빡이는 동안 벌어진 광경에 얼어붙은 듯 꼼짝도 못
했다.
　"여러분들이 저 아랫마을에 살던 분들입니까?"
　레이피어와 바스타드 소드에 묻은 피를 쓰러진 오크의 옷에 닦
으며 데미안이 질문을 하자 그래도 정신을 빨리 차린 남자 하나
가 얼른 대답을 했다.
　"그, 그렇습니다, 기사님."
　"오크들의 동굴에 마을 사람들이 얼마나 남아 있습니까?"
　"예, 약 20명 정도가 아직 갇혀 있습니다."
　남자의 말에 데미안은 주먹을 불끈 쥐었다.
　"그럼 오크들의 숫자는 얼마나 됩니까?"
　"정확하지는 않지만 원래는 80마리 정도였는데 이상하게 어젯
밤에 20마리가 나갔다가 겨우 두 마리만 돌아왔습니다. 그리고 지
금 여기서 네 마리가 죽었으니 이제 60마리 정도가 남았을 겁니
다."
　남자의 말을 들은 데미안은 어제 저녁 자신들을 공격했던 오크
들이 바로 방금 자신들이 죽인 오크들과 같은 집단의 오크들이라
는 것을 깨달았다. 데미안은 곧 사람들을 구할 방법을 생각해 보
았다.
　한 가지 방법이 생각나기는 했지만 그 방법을 시행하려면 마을
사람들 가운데 누군가의 도움이 필요했다. 그렇지만 잘못하면 그
사람의 생명이 위험할 수도 있는 일이기에 선뜻 말을 꺼낼 수가

없었다.

"데미안님, 무슨 계획이 있습니까?"

"있기는 한데 문제가 있어."

"일단 말씀을 해보시지요."

"여기 계신 분 가운데 누군가가 오크들을 유인해 내야 하거든. 그런데 잘못되면 목숨이 위험할 수도 있기 때문에 함부로 부탁할 수도 없고……."

데미안이 곤란하다는 표정을 짓자 처음 대답을 했던 남자가 한 걸음 앞으로 나섰다.

"기사님, 제가 가겠습니다. 제가 어떻게 하면 됩니까?"

"목숨이 위험할 수도 있습니다."

"만약 기사님들이 오지 않았으면 오크들에게 죽었을지도 모릅니다. 오크들에게 복수를 하고 싶습니다."

"여보, 당신마저 목숨을 잃는다면 이제 난 어떻게 살아요?"

남자의 말에 뒤에 서 있던 사람들 가운데 40대 중반으로 보이는 여자가 눈물을 지었다.

"오크들이 자식을 죽이는 것을 보고도 복수조차 하지 못했어. 지금이라도 내게 힘만 있다면 이 세상의 오크들을 모조리 죽이고 싶단 말이야."

남자의 울부짖음에 여자는 고개를 숙인 채 그저 눈물만 지을 뿐이었다. 그 모습에 콧날이 찡해진 데미안은 남자에게 자신의 계획을 이야기했다.

"제 계획은 이렇습니다. 오크들의 숫자가 너무 많으니 일단 오크들을 몇 개의 무리로 나눠야겠습니다. 방법은 마법진을 이용하는 것이 가장 좋을 것 같습니다. 먼저 당신은 동굴로 돌아가 오크들에게 나무 열매가 너무 많아 사람이 더 필요하다고 하십시오. 그리고 경비도 더 필요하다고 하십시오. 그 말을 전하고 다시 이곳까지 오시면 됩니다. 그럼 제가 그때 마법진을 발동시켜 오크들을 마법진에 가두겠습니다."

데미안의 말에 남자는 고개를 끄덕였다. 다시 데미안은 뒤에 서 있던 사람들에게 입을 열었다.

"여러분들은 어서 과일을 따서 바구니에 가득 채우도록 하십시오. 제가 오크들을 마법진에 가두면 잠시 후 여러분들은 다시 동굴로 돌아가 다른 오크들에게 먼저 동굴을 떠난 오크들이 상인들의 행렬을 발견하고 그들을 습격하러 갔다고 말을 전해야 합니다. 그러면 아마도 오크들 가운데 일부가 다시 동굴을 떠날 겁니다. 물론 그들도 제가 마법진으로 가둬버릴 것이고 그런 다음 저희가 동굴로 쳐들어가 남은 오크들을 처치하고 마을 사람들을 구하는 것입니다."

데미안의 설명에 헥터는 고개를 끄덕였다. 이렇게 짧은 시간에 그렇게 치밀한 생각을 해낸 데미안을 보며, 정말 자신이 알고 있던 그 단순한 데미안이 맞는가 싶었다.

데미안이 커다란 마법진을 준비하는 동안 마을 사람들은 바구니 가득 과일을 땄다. 잠시의 시간이 지난 후 남자가 오크들의 동굴로 향하는 것을 보고, 나머지 사람들을 안전한 곳으로 대피시켰다.

"헥터, 지금 마법진의 입구가 오크들의 동굴로 향하고 있어. 그러니 오크들이 이 마법진 안으로 들어가는 순간 헥터는 그 입구를 막아 오크들이 밖으로 나오는 것을 막아줘. 그러는 사이 난 마법진을 발동시킬 테니까."

"명심하겠습니다."

30분 정도의 시간이 지나자 10여 명의 사람들과 그들을 포위하듯 20마리의 오크들이 뒤따라오는 것을 발견할 수 있었다. 마법진과의 거리를 속으로 계산하던 데미안은 재빨리 사람들에게 외쳤다.

"뛰어요!"

데디안의 고함 소리에 사람들은 일제히 정면을 향해 달리기 시작했고, 오크들은 순간적으로 당황해하며 주위를 살폈다. 그러다 사람들이 도망치는 것을 보고는 일제히 뒤를 쫓았다. 사람들과 오크들 사이의 거리가 10미터 이상 차이나는 것을 확인한 데미안은 미리 캐스팅해 두었던 마법을 펼쳤다.

"파이어 볼 세퍼레이션!"

펑펑! 화르르르!

우렁찬 데미안의 외침과 동시에 사람들과 오크들 사이에 서너 개의 커다란 불길이 치솟았다. 오크들은 깜짝 놀라 걸음을 멈추고는 주위를 둘러보다가 자신들 뒤에서 빠른 속도로 달려드는 헥터의 모습을 발견했다.

"취익! 어제 그 칼잡이다."

"도망쳐라. 취익!"

헥터가 오크들의 퇴로를 잠시 막고 있는 사이 데미안은 마법진을 완성할 준비를 마쳤다.

"헥터, 빨리 뒤로 물러서!"

데디안의 말에 헥터는 지체없이 뒤로 물러섰고, 데미안은 재빨리 룬어가 잔뜩 쓰여진 바윗돌 하나를 움직였다. 그러자 이상하게도 20여 마리의 오크들은 지름이 10미터쯤 되는 마법진 안을 미친 듯이 돌아다니며 울부짖는 것이었다.

숨어서 불안에 떨던 마을 사람들이 하나둘씩 데미안 곁으로 다가왔다. 오크들과의 거리가 불과 2미터도 떨어져 있지 않았음에도 불구하고 오크들은 사람들이 자신들의 곁을 스치고 지나가는 것을 전혀 깨닫지 못했다. 그들의 얼굴은 공포로 인해 새하얗게 질려 있었고, 계속 비명을 지르며 마법진 안을 뛰어다니고 있었다.

"기사님, 정말 오크들이 모두 마법진에 갇힌 겁니까? 혹시 풀려나지는 않을까요?"

"그런 걱정은 안 하셔도 됩니다. 이제 동굴 안에 남아 있는 오크들을 불러내야 할 차례입니다. 그러기 위해서는 여러분들이 다시 동굴로 돌아가셔야만 합니다."

"기사님, 걱정하지 마십시오. 여러분, 갑시다."

남자의 인솔로 마을 사람들은 과일 바구니를 들고 다시 동굴로 향했다. 그들의 뒷모습을 보면서 데미안이 중얼거렸다.

"다른 종족을 이해한다는 것이 그렇게 힘든 일일까?"

"데미안님, 언젠가는 데미안님의 뜻을 이해하는 종족을 만나시게 될 겁니다."

헥터는 그렇게 데미안을 위로하면서도 과연 그것이 가능할까 하는 생각을 했다. 하다못해 조화의 종족인 엘프들만 하더라도 자연을 파괴하고, 끊임없이 변화하는 사람들을 전혀 이해하지 못하고 있지 않은가? 물론 엘프들 가운데에서도 인간들과 어울려 사는 엘프가 없지는 않았지만 대부분의 엘프들은 인간들의 삶을 전혀 이해하지 못했다.

말로는 평화를 사랑한다고 하면서도, 뮤란 대륙에서 사는 종족 중 가장 많은 수를 가진 인간들은 하루도 싸움이나 전쟁이 벌이지 않은 날이 없었다. 뮤란 제국 하나에서 갈려져 나온 수백 개의 나라들이 지난 수천 년 동안 수백 번도 넘게 건국과 멸망을 거듭해 이 뮤란 대륙이 인간들의 시신으로 뒤덮일 정도가 되었음에도 불구하고 아직도 싸움은 계속되고 있지 않은가? 같은 인간들도 이해하지 못할 행동을 하는 인간을 과연 다른 종족이 이해할 수 있을까 하는 의문이 드는 헥터였다.

"데미안님, 다시 마법진을 준비해야 되지 않습니까?"

"아니, 마법진의 설치는 이미 끝났어. 이곳으로 올 오크들이 동료들의 모습을 보고 이곳에 다가오는 순간 마법진이 발동할 거야. 하지만 문제는 그게 아니야."

"그럼 다른 문제가 있습니까?"

"이 마법진에 갇힌 오크들은 어쩌지? 마을 사람들을 생각하면 모두 죽여야 하지만 왠지 내키지 않아."

"그럼 마을 사람들에게 오크들의 처분을 맡기시지요."

"그럴까?"

대답을 하는 데미안의 음성에는 힘이 없었다. 멀리서 오크들이 달려오는 모습이 보였다. 두 사람은 재빨리 나무 뒤로 숨었고, 동료들의 괴상한 모습에 놀라 접근했던 오크들은 모조리 동료들과 같은 신세가 돼버렸다. 그 모습을 보고 우울해하는 데미안을 위로하며 헥터는 곧 오크들의 동굴로 향했다.

짙은 안개로 싸인 골짜기를 따라 걸음을 옮기던 데미안과 헥터는 얼마 지나지 않아 오크들의 동굴을 발견하고 몸을 숨겼다. 조금 전 마법진에 걸려 있던 오크들이 30여 마리인 것으로 보아 동굴 안에는 20여 마리의 오크가 남아 있을 것으로 예상되었다. 지금 데미안이 가장 신경이 쓰이는 것은 동굴 안으로 다시 들어간 마을 사람들의 안전이었다.

　물론 오크들을 안심시키기 위해 마을 사람들을 돌려보내기는 했지만 그래도 안심할 수는 없었다. 그들을 위해, 아니, 마을에서 부모를 기다리고 있을 그들의 어린 자식들을 위해 한순간도 마음을 놓을 수 없었다. 바스타드 소드를 쥐고 있는 손에 끝도 없이 땀이 솟아났다. 하다못해 소드 마스터인 넬슨과 대련을 할 때도 이렇게 긴장되지는 않았다.

　"데미안님, 오크들은 빛을 두려워하는 특성을 가지고 있습니다. 그 점을 이용하면 어떻겠습니까?"

　"빛을 두려워하다니? 지금도 오크들이 멀쩡히 움직이잖아?"

　"데미안님은 이곳이 안개의 골짜기란 사실을 잊으셨습니까? 대낮에도 태양빛은 이곳의 안개를 통과하며 약해질 대로 약해져 희미하게 빛날 뿐입니다. 데미안님이 어제 사용하신 라이트란 마법을 사용하면 눈을 제대로 뜨지 못하는 오크들을 쉽게 상대할 수 있을 것 같습니다."

　헥터의 말에 데미안은 고개를 끄덕였지만 그렇다고 주위에 빛이 가득한 지금 라이트 마법을 사용할 수는 없는 일이었다. 그러는 사이 태양은 서산 너머로 지고 있었다. 문득 데미안은 자신이 있는 곳과 오크들의 동굴의 경사를 따져 보고는 골짜기에 자라고 있는 나무들을 살폈다. 데미안이 마음에 드는 몇 그루의 나무를 찾았을 때 태양은 서산 너머로 완전히 사라졌다. 워낙 주위가 밝았기 때문일까? 태양이 서산 너머로 완전히 사라지자 주위는 칠흑같이 어두워졌다.

　데미안의 계획대로 데미안과 헥터는 각자 자신의 몸뚱이만큼 두꺼운 두께를 자랑하는 나무 곁에 서 있었다. 서로를 향해 고개를 끄덕이는 순간, 마나에 휩싸인 그들의 바스타드 소드는 나무의 밑동을 향해 날아갔다.

쿵! 우지지직!

요란한 소리를 내며 20미터에 가깝게 자란 나무가 오크들의 동굴 앞을 향해 쓰러졌고, 갑자기 들린 소리에 놀란 오크들이 동굴 안에서 뛰쳐 나왔다. 오크들이 잠시 우왕좌왕하는 사이 나무의 그늘에 숨어 있던 데미안과 헥터가 그들을 향해 뛰어나갔다. 그들은 각자 자신 앞에 있던 서너 마리의 오크들의 머리를 날리고는 그대로 동굴 안으로 뛰어들었다.

"라이트!"

데미안의 시동어와 함께 동굴 안은 대낮처럼 밝아졌고, 오크들은 각자 고개를 돌리거나 자신의 눈을 가리기에 바빴다. 그들의 사이를 비집고 데미안과 헥터는 바스타드 소드를 마구 휘두르며 지나쳤고, 두 사람은 조금 전 남자가 말해 준 대로 갈림길에서 왼쪽으로 방향을 틀어 글레이브를 휘두르는 오크들을 공격했다.

"라이트!"

다시 한 번 동굴 안은 대낮처럼 밝아졌고, 두 사람의 눈에 오크들을 상대하며 필사적으로 대항을 하고 있는 마을 사람들의 모습이 보였다. 데미안은 마을 사람들에게 마구잡이로 창을 휘두르고 있는 오크의 머리를 왼손으로 뽑아 든 레이피어로 단숨에 날려버렸다. 그리고는 오크들 사이로 파고들어 마을 사람들의 앞을 가로막고 섰다.

"다친 사람은 없습니까?"

"예, 기사님. 다행히 여기 있는 사람들은 모두 무사합니다."

"그럼 제가 지금부터 길을 열 테니 조심해서 따라오도록 하십시오. 아시겠습니까?"

데미안의 물음에 마을 사람들은 고개를 끄덕였다. 데미안이 다시 검을 고쳐 잡는 순간 헥터는 이미 서너 마리의 오크를 상대로 일방적으로 몰아붙이고 있었다. 재빨리 헥터 곁으로 간 데미안은 오크들의 배틀 엑스를 막으며 헥터에게 눈짓을 보냈다. 그리고는 그대로 앞으로 뛰어들며 수중의 바스타드 소드를 휘둘렀다.

마나가 잔뜩 실린 데미안의 바스타드 소드에 오크들의 머리가 삶은 호박처럼 잘려나갔고, 두려움을 모르는 오크들도 온몸에 피를 뒤집어쓴 채 전진하는 데미안의 모습에 겁을 먹고 주춤거리며 조금씩 뒤로 물러섰다.

데미안은 몸 속의 마나를 있는 대로 바스타드 소드와 레이피어에 집어넣고는 오크들을 향해 휘둘렀다. 붉은 마나에 싸인 데미안의 바스타드 소드와 부딪친 오크들의 무기는 모조리 퉁겨나가거나 잘려나갔고, 그 틈을 놓치지 않고 데미안은 레이피어를 휘둘렀다. 얼마나 시간이 지났는지도 느끼지 못했다.

"이젠 끝났습니다."

누군가 자신의 뒤로 다가서는 느낌을 받은 데미안은 재빨리 몸을 돌리며 정신없이 바스타드 소드를 휘둘렀다. 어렵지 않게 데미안의 검을 막은 헥터는 데미안을 달래듯 입을 열었다.

"오크들은 이미 모두 죽었습니다."

헥터의 말에 정신을 차린 데미안이 주위를 둘러보니 동굴 안은 온통 오크들의 시체로 뒤덮여 있었다.

"……마을 사람들은?"

"모두 안전하게 피신했습니다."

헥터의 대답에 고개를 끄덕이던 데미안은 동굴 안에 가득 찬 피비린내에 속이 울렁거리는 것을 느꼈다. 구토가 치미는 것을 억지로 참으며 데미안은 도망치듯 동굴을 빠져 나왔다.

동굴 앞에서는 마을 사람들이 데미안과 헥터가 나오기만을 안타깝게 기다리고 있었다. 데미안이 무사히 동굴을 빠져 나오자 마을 사람들은 데미안과 헥터의 주위로 몰려들며 감사의 말을 했다.

"감사합니다, 기사님."

"저희를 구해주신 기사님의 은혜를 평생 잊지 않겠습니다."

"기사님을 저희에게 보내주신 선더버드께 영광 있으라!"

오크들의 시체를 보고 울적해하던 데미안은 마을 사람들의 환호에 어색한 미소를 띠며 어쩔 줄 몰라 했다.

"지금 마을에서 아이들이 여러분들을 기다리고 있습니다. 일단 마을로 가시지요."

헥터의 말에 마을 사람들의 눈엔 벌써 눈물이 글썽였다. 그 모습을 본 데미안은 자신이 오크들을 죽인 것과 아이들에게 그들의 부모를 되돌려준 것 가운데 어느것이 더 중요한 일인지를 느꼈다. 넬슨에게 수련 기사의 서원을 할 때 분명 약자를 보호하겠다는 맹세를 하지 않았던가. 데미안은 그런 생각에 오크들에게 느꼈던 미안한 마음을 모두 털어버릴 수 있었다.

마을에 도착한 데미안은 아이들이 있던 집의 마법진을 해제하고 집 안으로 들어갔다. 꽤 여러 시간이 지났지만 데미안의 마법 때문인지 아이들은 아직 깨어나지 못하고 있었다. 불안해하는 마을 사람들에게 자신이 아이들을 잠재운 이유를 설명하고 그들을 안심시켰다. 그리고는 천천히 마나를 움직여 아이들의 잠을 깨웠다.

"라이즈Rise!"

데미안의 짧은 시동어와 함께 아이들은 하나둘 잠에서 깨어났고, 정신을 차린 아이들은 자신들의 부모를 발견하고는 울음을 터뜨리며 각자 부모의 품에 뛰어들었다.

잠시 후 마을 사람들은 한 집에 모여 오크들 몰래 감춰두었던 음식들을 꺼내 잔치 준비를 했다. 마을 사람들은 오랜만에 마음놓고 웃고 떠들며 그 동안 쌓였던 괴로운 기억을 모두 잊을 수 있었다. 물론 데미안과 헥터도 그들 틈에 끼여 융숭한 대접을 받았다. 데미안은 그들이 과일을 발효시켜 만든 술을 사양 않고 받아 마셔 벌써 상당히 취해 있었다.

"궁금한 것이 있습니다."

"말씀하십시오."

"이곳은 왜 이렇게 짙은 안개로 덮여 있는 겁니까?"

데미안의 질문에 마을에서 처음 발견했던 여자아이를 무릎에 앉힌 대장장이 사내가 대답했다.

"켈른 산맥의 남쪽 끝인 이곳은 원래 화산 지대였습니다. 언제나 용암이 들끓고 있었기 때문에 식물도, 동물도 살지 못했다고 전해집니다. 어느 날 이곳을 지나던 한 대마법사가 인간들이 살 수 있도록 엄청나게 많은 비를 내리게 해서 용암을 식혔고, 엄청나게 많은 식물들의 씨를 산 전체에 뿌려 동물들이 살 수 있게 했다는 전설이 있습니다. 실지로 산 정상에는 거대한 산정 호수가 있고, 호수의 밑바닥에서는 아직도 용암이 흐르고 있답니다. 이 산 전체를 덮는 안개는 바로 그 호수에서 발생하는 겁니다."

사내의 대답에 데미안은 고심을 했다. 넬슨이 준 지도에는 던전의 대략적인 위치만 나왔지 자세한 설명이나 위치는 기록되어 있지 않았기 때문에 직접 자신의 눈으로 살펴보는 수밖에 다른 도리가 없었다.

"그 산정 호수로 가려면 어떻게 가야 합니까?"

"예?"

데미안의 질문에 사내가 무척 놀란 표정을 지었다. 영문을 모른 데미안은 그 이유를 물었다.

"워낙 위험한 곳이라 가본 적도 없지만 그곳은 사람이 갈 수 있는 곳이 아닙니다. 1년 내내 짙은 안개에 싸여 있는 것은 물론이고 흉측한 몬스터들이 많이 살고 있어 너무나 위험한 곳입니다. 기사님이 처치하신 오크들도 산 정상 쪽에는 얼씬도 하지 않았습니다."

걱정스러움이 배인 사내의 말에 데미안은 더욱 가고 싶은 생각이 들었다. 그곳에 뭔가가 자신을 기다리고 있을 거라는 막연한 예감이 강하게 든 것이다. 그러나 괜히 이들을 자극시킬 필요가 없었기에 알았다는 듯이 고개를 끄덕였다. 마을 사람들이 빈집에 두 사람의 잠자리를 마련하는 동안 여자아이의 아버지가 두 사람을 찾아왔다.

"무슨 일이십니까?"

"전 대장장입니다. 아마도 두 분은 산 정상에 가실 생각이신 모양인데, 두 분의 칼을 제가 손봐드려도 괜찮겠습니까? 그 외엔 제가 해드릴 수 있는 것이 아무것도 없군요."

사양을 하려던 데미안은 간절한 사내의 말에 차마 거절을 할 수 없었다. 데미안의 바스타드 소드와 레이피어를 받아 든 사내는 두 검의 무게에 깜짝 놀랐다. 예쁘장하게 생긴 청년이 들고 다니기에는 너무나 무거웠기 때문이다. 천천히 칼날 부분을 살핀 사내는 놀라움을 감추지 못했다.

"제가 보기에 이 두 자루의 검은 한 사람이 만든 듯하군요. 헤로게니아와 강철, 그리고 또 하나의 금속을 절묘하게 결합시켜 만든 것 같습니다. 아까 오크들과 싸우실 때 보통 검은 아닐 거라고 생각은 했지만 이런 명품(名品)일 줄은 몰랐습니다. 아무래도 드워프의 작품인 것 같군요. 저도 평소 제법 솜씨가 있다고 생각을 해왔는데 이건 제 실력으로 손볼 수 있는 물건이 아니군요."

사내의 말에 데미안은 자신이 들고 다니던 두 자루의 검이 그렇게 좋은 검인 줄 처음 알았다. 뒤이어 헥터의 검을 살피던 장인이 다시 고개를 끄덕였다.

"이 검 역시 상당히 좋은 검이군요. 기사님의 체격에 맞게 특별히 만들어진 검입니다. 일반적인 바스타드 소드보다 거의 30센티미터는 더 길게 제작이 되었음에도 불구하고 적당한 탄력을 가지고 있고, 칼날도 잘 제련되어 있어 더 이상 손볼 필요가 없습니다."

머리를 긁적이며 사내가 일어섰다.

"두 분의 검 모두 상당한 실력을 가진 사람들이 만들어서 전혀 제가 손을 볼 곳이 없군요. 이만 돌아가겠습니다. 그럼 편히 쉬십시오."

사내가 돌아가고 데미안은 자신의 생각을 헥터에게 말했다.

"아까 저 사람이 말한 곳에 뭔가가 있을 것 같지 않아?"

"데미안님, 이제는 말씀을 해주실 때도 되지 않았습니까?"

"왜 여기에 왔는가 하는 것 말이야?"

헥터는 대꾸를 하지는 않았지만 무언의 압력을 가했다.

"내가 찾는 것은 신인(神人)들의 던전Dungeon이야."

"신인들의 던전? 그게 무슨 말입니까?"

헥터의 반문에 데미안은 넬슨에게 들었던 이야기를 그에게 해주었다. 처음 여행의 목적을 단순하게만 생각하던 헥터는 사안이 보통 심각한 것이 아님을 깨달았다.

"그럼 페인야드를 떠나면서 적이라고 말씀하신 것이 루벤트 제국의 스파이를 말씀하신 겁니까?"

"그래. 난 우리가 안개의 골짜기에 도착하기 전에 누군가 우리에게 접근을 할 거라고 생각을 했거든. 그게 아군이든, 아니면 적이든 말이야. 그런데 묘하게도 너무 조용해. 누구든 접근을 해야 뭘 알아내든 말든 할 텐데 말이야."

"그렇다면 지금도 누군가가 저희들을 감시하고 있을지 모르겠군요."

"그렇다고 봐야 할걸. 아함~ 내일 또 움직이려면 일찍 자야지. 요즘 들어 술 마시는 횟수가 너무 잦은 것 같아. 이래서야 수련기사가 아니라 술꾼이 되겠어."

데미안이 침대에 누워 잠을 청하는 동안 헥터의 눈은 데미안을 향해 있었다. 그의 눈길은 난생처음 대하는 사람을 보듯 조금은 어색한 기운을 담고 있었다.

데미안은 미처 모르고 있는 것 같지만 오크들의 동굴에서 오크들과 싸울 때 데미안은 마치 피에 굶주린 흡혈귀처럼 날뛰었었다. 정작 헥터가 처치한 오크는 서너 마리에 불과했고, 나머지는 모두 데미안의 손에 목숨을 잃었다. 처음에는 헥터도 마을 사람들을 구해야 한다는 생각에 골몰했기에 무심히 보아 넘겼지만, 정신을 차리고 보니 데미안이 평소와는 다르다는 것을 알게 되었다.

불과 어제 저녁만 해도 자신의 손에 죽은 오크에 대한 생각에 괴로워했던 데미안이 갑자기 오늘 미친 드래곤처럼 날뛴 이유를 전혀 짐작할 수가 없었다. 동굴 안에서 데미안이 오크들에게 검을 휘두를 때 조금의 망설임도 보이지 않았던 모습과 마법진에 갇혀 있는 오크들의 처리를 고심하던 모습 가운데 어느쪽이 진짜 데미안의 모습인지 알 수 없었다.

붉은 마나에 휩싸인 채 오크들을 도륙하던 데미안의 모습은 전설에나 나오는 악마만큼이나 무시무시했다. 4년 넘게 보아왔던 데미안의 모습과는 너무나 다른 모습이기에 헥터도 어떻게 대해야 좋을지 결정을 내릴 수 없었다. 일단 데미안이 변한 이유를 알기 전까지 그 일는 비밀로 해야겠다는 생각을 하며 잠을 청했다.

다음날 헥터가 눈을 떴을 때 데미안은 다리를 꼬고 앉아 눈을 감고 있었다. 그것이 명상을 할 때면 취하는 자세로 '정좌(正坐)'라고 부른다는 것은 데미안에게 들어서 알고 있었지만 무엇 때문에 그런 자세를 취하는지는 도무지 이해하지 못했다. 한참 동안 데미안을 바라보던 헥터는 자신의 주위에서 마나의 흐름이 미묘하게 변하는 것을 느꼈다.

처음 아주 미약하던 마나의 움직임은 시간이 지날수록 커졌고, 그 소용돌이의 중앙에 데미안이 앉아 있었다. 마치 데미안의 몸으로 마나가 빨려 들어가는 것 같은 착각이 들었고, 그와 동시에 데미안의 몸 주위에 희미하기는 하지만 아지랑이가 피어나듯 붉은 마나가 일렁이는 것이 보였다.

그러한 현상을 헥터는 이해할 수 없었다. 지금 데미안의 실력으로 저만한 양의 마나를 가지고 있다는 것도 믿을 수 없었지만, 왜 다른 사람들은 마나의 색이 푸른색인데 반해 데미안만 붉은색을 띠는 것인지 그 이유 역시 알 수 없었다. 헥터가 그런 생각을 하는 사이 데미안이 눈을 떴다. 유난히 초롱초롱한 눈. 한 6개월 전부터 그 정좌라는 것을 하고 나면 유난히 눈에서 빛이 나는 것 같았다.

"일어났어?"

"예. 편히 주무셨습니까?"

"응, 빨리 아침 먹고 출발하자고."

데미안의 말에 헥터는 간단하게 세면을 마친 다음 출발할 준비를 마쳤다. 마을 사람들이 차려준 음식을 먹고 데미안과 헥터는 산의 정상으로 향했다.

마을 사람들이 말한 대로 산의 정상으로 향할수록 나무들이 잔뜩 우거져 길을 찾기 힘들었다. 게다가 자욱하게 깔린 안개도 점점 후텁지근해지는 것이 숨쉬기도 쉽지 않았다. 이미 점심 시간도 지났지만 데미안과 헥터는 겨우 500미터를 전진했을 뿐이다. 대장장이 사내에게서 빌려온 두 자루 정글도의 이빨이 모두 빠질 정도로 나무들은 억셌고, 또 무성했다.

"제기랄, 불을 지를 수도 없고. 정말 미치고 환장하겠군."

데미안만큼은 아니었지만 헥터 역시 지치기는 마찬가지였다. 나무들이 서로 얽혀 자라면서 바윗돌처럼 굳어 있어 정글도를 휘둘러도 서너 번을 내려쳐야 겨우 가지 하나를 자를 수 있을 정도였다. 갈수록 힘은 빠졌고, 숨쉬기는 거북해졌다. 산의 정상까지는 아직도 거의 1킬로미터도 넘게 남아 있었는데 조금도 거리를 좁힐 수 없었다. 마치 나무들로 몇 겹의 그물을 쳐둔 것 같았다. 하나의 장애물을 없애면 금세 다른 장애물이 나타나고, 거리는 조금도 좁혀지지 않는 것 같고, 정말 힘 빠지는 일이었다.

더 이상 참지 못한 데미안은 헥터를 뒤로 물러서게 하고는 작은 위력의 파이어 볼을 전면으로 날렸다. 그러나 결과는 의외였다.

얼마나 안개가 짙은지 나무에 붙은 불은 순식간에 꺼져 버렸고, 나무에는 미세하게 그을린 자국밖에 남지 않았다. 그 모습에 데미안은 할말을 잊었다. 물론 3싸이클에 해당되는 파이어 볼을 날리면 나무에 불이야 붙일 수 있겠지만 타는 것을 통제할 수 없으니 커다란 화재로 번질 것은 보지 않아도 알 만한 일이었다. 그러던 데미안의 뇌리에 어떤 생각 하나가 떠올랐다. 다시 한 번 헥터를 뒤로 물러서게 하고는 룬어를 캐스팅했다.

"아이스 윈드Ice Wind!"

데미안이 내뻗은 손끝에서부터 하얀 뭔가가 숲을 향해 날아갔고, 조금 시간이 지난 후 이상한 소리가 들렸다. 겨울철 호숫가 같은 곳에서 얼음이 갈라지면서 나오는 소리 같은 것이 들린 것이다. 헥터가 시력을 집중해 전면을 보니 나뭇가지에 하얗게 서리가 내려 있었다. 조금 피곤한 안색을 하고 있던 데미안이 헥터에게 말했다.

"헥터, 나무를 한번 내리쳐 봐."

데미안의 말에 헥터가 자신의 팔뚝만한 나뭇가지를 가볍게 내리치자 마치 그가 쳐주기를 기다렸다는 듯이 박살이 났다. 그와 함께 그 나뭇가지와 얽혀 있었던 다른 나뭇가지들도 연쇄적으로 부러지며 앞길을 열고 있었다. 헥터는 얼어 있던 나뭇가지들을 내리치며 전진을 했고, 순식간에 30미터 정도를 전진할 수 있었다.

그렇게 몇 번을 반복하자 그들은 꽤 먼 거리를 이동할 수 있었다. 지쳐서 쓰러진 데미안은 헉헉대면서도 툴툴거리는 것을 잊지 않았다.

"빌어먹을, 만약 이렇게 힘들여 올라갔는데 아무것도 없으면 어떻게 하지? 아마 난 미쳐 버리고 말 거야."

"데미안님, 힘을 내십시오. 제가 살펴보니 조금만 더 가면 이 잡목 숲을 빠져 나갈 수 있을 것 같습니다."

헥터의 말에 데미안은 힘겹게 정좌를 하고는 빠져 나간 마나를 보충했다. 처음에는 더운 안개 때문에 정신을 집중하지 못했지만 곧 몰두할 수 있었다. 잠시 후 데미안은 다시 몇 번의 아이스 윈드 마법을 펼쳐 헥터와 함께 길을 뚫었다. 그렇게 수백 미터를 전진하자 헥터의 말처럼 조금은 평탄한 길이 나왔다. 그러나 그것도 조금 전의 잡목 숲에 비교했을 때 그렇다는 얘기지, 다른 곳의 숲에 비하면 비정상일 정도로 나무들이 많았다. 한 가지 나아진 것은 그래도 산 정상이기 때문인지 꽤 먼 거리까지 볼 수 있다는 점이었다.

나무들 사이를 헤치고 걸음을 옮기던 헥터가 갑자기 멈춰 서더니 지체없이 바스타드 소드를 뽑아 들었다. 그리고는 데미안에게 주의를 주었다. 검을 뽑아 든 데미안의 눈에 괴상하게 생긴 몬스터가 보였다.

"캬르르르……."

키는 거의 3미터가 넘었고, 몸은 온통 짙고 긴 털로 덮여 있었다. 그렇지만 키에 어울리지 않을 정도로 작은 머리에는 작은 눈과 커다란 입, 그리고 섬뜩해 보이는 날카로운 송곳니가 입술을 비집고 나와 있었다. 또 손에는 돌을 갈아 만든 듯한 거대한 돌도끼가 들려 있었다.

"저, 저건 뭐지?"

"트롤입니다."

"트롤?"

"재생력이 비정상적으로 좋은 몬스터이니 트롤과 싸울 때는 머리를 단숨에 날려 박살을 내버리는 수밖에 없습니다. 게다가 엄청 난 힘을 가지고 있으니 조심하십시오.”

트롤은 감히 별로 맛도 없게 생긴 음식(?) 주제에 자신에게 검을 뽑아 든 데미안과 헥터에게 강렬한 적의를 드러냈다. 트롤이 한걸음을 옮기는 순간 데미안은 재빨리 달려들며 바스타드 소드를 휘둘렀다. 바스타드 소드는 너무도 쉽게 트롤의 옆구리를 베고 지나갔다. 데미안은 자신의 공격이 간단하게 성공을 하자 득의만만한 표정으로 트롤을 보았다. 그러나 그런 데미안의 표정은 곧 이상하게 변하고 말았다.

트롤의 옆구리에는 분명 상처를 입은 흔적이 있었고, 털에는 피가 묻어 있었다. 그러나 쩍 벌어졌던 상처가 눈에 띌 정도의 빠른 속도로 재생되는 것을 직접 확인하고 보니 ‘역시 몬스터구나’ 하는 생각이 들었다.

“세상에! 저렇게 상처가 빨리 낫다니?!”

데미안은 트롤의 비정상적으로 빠른 재생력에 놀랐고, 트롤은 음식(?)에게 찔려서 놀랐다. 자신이 상처를 입었다는 사실에 분노가 치미는지 트롤은 엄청난 포효를 터뜨렸다.

“크아앙!”

그리고는 데미안의 몸통보다 더 큰 배틀 엑스를 마치 대거를 들고 휘두르듯 마구 휘둘렀다. 배틀 엑스에 부딪힌 아름드리 나무들이 수수깡 부서지듯 부서져 나갔고, 데미안도 그 여파에 휩쓸려 주춤거리며 뒤로 물러서지 않을 수 없었다.

그사이 트롤의 뒤로 돌아간 헥터가 트롤의 등줄기를 횡으로 갈랐다. 트롤이 눈부신 재생력을 발휘하느라 잠시 멈칫한 사이 헥터는 가볍게 뛰어올라 트롤의 머리를 날려버렸고, 허공에 뜬 트롤의 머리를 재차 검으로 내리쳤다. 머리가 완전히 날아가 버린 트롤의 몸뚱이는 요란한 소리를 내며 앞으로 쓰러졌고, 잘린 목 부분에서는 몸이 움찔거릴 때마다 엄청난 피가 솟구쳤다. 무지막지한 트롤의 힘에 놀란 데미안은 옷에 묻은 흙을 털면서 헥터에게 다가왔다.

"어디 다치신 곳은 없습니까?"

"조금 놀라기는 했지만 괜찮아."

"다른 몬스터들이 몰려들기 전에 빨리 이 자리를 떠나야겠습니다."

데미안은 헥터의 말에 따라 다시 산의 정상으로 향했다. 마을에서 준비해 온 음식으로 간단하게 요기를 마친 두 사람은 날이 어둑해지기 시작했을 때가 되어서야 겨우 산 정상에 도착할 수 있었다.

정상에는 마을 사람들의 말처럼 거대한 호수가 있었는데, 산 전체를 휩싸고 있는 안개 때문에 정확한 크기를 알 수 없었다. 호수에서는 끝없이 안개가 피어오르고 있었고, 바람이 불 때마다 안개가 출렁거리는 것이 왠지 음산하게 느껴져 불쾌한 느낌을 주었다. 게다가 바닥에는 미끌미끌한 이끼가 잔뜩 뒤덮여 있어 걸음을 옮기기조차 쉽지 않았다.

후텁지근하던 안개도 이제는 뜨겁게 느껴졌다. 데미안은 헥터에게 호스 주위를 살펴보자는 손짓을 했다. 호수의 주위는 마치 누군가가 손으로 바위산의 한 부분을 움푹 떠낸 것처럼 파여 있었고, 바로 그곳에 호수가 있었다.

주위를 살피며 데미안은 어떻게 이런 곳에 호수가 생길 수 있었는지 의문이 생겼다. 아무리 마법사가 비를 오게 했다고 하더라도 이렇게 뜨거운 곳이라면 당장 물이 말라버렸어야 정상일 텐데,

아직까지 이런 호수가 남아 있을 수 있는 것을 이해할 수 없었다.

한참 동안 호수 주위를 살피던 데미안과 헥터의 눈에 암벽에 난 커다란 동굴이 보였다. 동굴은 생긴 지 얼마나 오래되었는지 동굴의 벽면에는 검푸른 이끼가 잔뜩 끼어 있었고, 이름 모를 잡초들이 우거져 입구를 가리고 있었다.

"헥터, 저 동굴이 이상하지 않아?"

"군데군데 사람의 손길이 닿은 흔적이 있군요."

"내 생각도 그래. 그리고 또 이상한 것은, 마을 사람들의 말에 따르면 이곳에 상당히 많은 몬스터들이 있을 거라고 했는데 우리가 본 것은 고작 트롤 한 마리가 전부였잖아. 그건 또 어떻게 된 일이지?"

데미안이 질문을 했지만 이곳에 대해 모르기는 헥터 역시 마찬가지였다.

"일단 조심하는 수밖에 없습니다."

두 사람은 조심스럽게 동굴을 향해 다가갔다. 헥터의 눈짓에 데미안은 라이트 마법을 펼쳤다. 어둡던 동굴 안에 갑자기 밝은 빛이 생기자 헤아릴 수 없이 많은 무엇인가가 동굴 안에서부터 쏟아져 나왔다.

파바바박! 찍찍찍!

귓전을 자극하는 요란한 소리와 함께 동굴 안에서 쏟아져 나온 것은 엄청난 숫자의 박쥐 떼였다. 재빨리 데미안과 헥터는 지면에 엎드리며 고개를 숙였고, 잠시 시간이 지나자 주위는 다시 정적에 휩싸였다. 겨우 고개를 든 데미안은 엄청난 박쥐의 숫자에 놀란 채였다. 대체 동굴이 얼마나 크기에 저렇게 많은 박쥐들이 튀어나왔단 말인가?

　동굴 안은 안개 속보다 더욱 축축한 느낌을 주었다. 게다가 박쥐의 배설물 탓인지 속이 뒤집히는 냄새가 나 제대로 숨을 쉴 수조차 없었다. 데미안과 헥터는 손으로 대충 코와 입을 가리고 동굴 안으로 들어갔다. 그렇게 20미터쯤 들어가자 엄청나게 복잡한 미로(迷路)가 그들의 발길을 가로막았다. 세 개의 동굴로 연결된 갈림길에서 데미안과 헥터는 우선 왼쪽의 동굴을 택했다. 그렇게 50미터쯤 갔을 때 그들의 앞에 다시 세 개의 동굴이 모습을 드러냈다. 다시 왼쪽 동굴을 선택해 갔을 때 얼마 가지 않아 다시 세 개의 동굴이 모습을 보였다.

　그 모습에 데미안은 걸음을 멈추고 동굴을 살펴보았다. 그러나 간간이 몬스터들의 뼈가 흩어져 있는 것을 제외하고는 여느 동굴과 전혀 다를 것이 없었다.

　"헥터, 이렇게 하나하나 동굴을 살펴야 하는 거야?"

　"다른 방법이 없지 않습니까?"

　"일단 처음 갈림길이 나온 곳으로 다시 가서 생각을 좀 해보는 것이 좋을 것 같아."

　데미안과 헥터는 처음 자신들이 출발한 곳을 향해 걸음을 옮겼다. 그런데 이상한 일이 발생했다. 분명 자신들이 갈림길에서 왼쪽의 굴을 선택해 들어왔었는데 지금 자신들의 눈에 보이는 것은 새로운 세 갈래의 갈림길인 것이다. 오던 길을 되돌아간다면 분명 길은 하나만 보여야 하는데 다시 세 개의 굴이 보이다니…….

　헥터가 쉽사리 걸음을 옮기지 못하는 사이 데미안이 곰곰이 생각을 했다. 동굴을 되돌아가는데 다시 갈림길이 보인다는 것은 현실적으로 불가능한 일이었다. 그렇지만 현실적으로 불가능한 일을 가능하게 만드는 것이 바로 마법이 아닌가? 그렇게 생각해 보면 자신들이 지나온 길에 마법이 걸려 있는 것이 분명했다. 그렇지만 바닥에 쌓인 먼지를 보면 수천 년 동안 찾은 사람이 없는 듯 보이는데, 그렇게 긴 세월 동안 이어져 내려온 마법이라니 놀라움을 금할 수 없었다.

데미안은 천천히 손을 내밀어 벽을 더듬어보았지만 손에 닿는 축축하고 찬 기운은 분명 돌의 느낌이었다. 그래도 데미안은 실망하지 않고 세 개의 동굴을 직접 손으로 만지며 살폈다. 그리고는 헥터에게 눈짓을 했다.

"헥터, 내가 보기에 이곳에는 침입자의 눈을 속이려고 미러 Mirror 마법과 마법진이 함께 설치되어 있는 것 같아. 내가 신호를 하면 헥터가 검으로 이곳을 힘껏 찔러줘."

데미안의 말에 헥터는 고개를 끄덕이고는 바스타드 소드를 잡은 손에 힘을 주었다. 데미안 역시 바스타드 소드를 뽑아 들더니 고갯짓으로 숫자를 세었다.

"하나, 둘, 셋!"

데미안이 셋을 세는 순간 헥터와 데미안은 바스타드 소드를 힘껏 동굴의 벽면에 찔러넣었고, 그 순간 눈을 어지럽히는 강한 빛이 벽면에서 터져 나와 어쩔 수 없이 뒤로 물러서야 했다. 두 사람은 자신의 눈을 가렸지만 너무도 강한 빛에 한동안 아무것도 볼 수 없었다.

눈이 다시 어둠에 적응을 하자 두 사람은 재빨리 주위를 둘러보았다. 좀 전까지 보였던 동굴의 벽은 어디론가 사라지고 없었고, 두 사람은 꽤나 넓은 돌로 만든 방의 중앙에 서 있었다. 천장에 있는 주먹만한 구슬에서 빛이 새어나와 희미하게 방안을 비추고 있었고, 바닥에는 갑옷과 갖가지 복장을 한 해골들이 아무렇게나 쓰러져 있었다. 옷과 갑옷 위에 상당히 두터운 먼지가 쌓여 있는 것을 보면 이미 그들이 이곳에서 죽은 지 상당히 오랜 세월이 지난 걸 알 수 있었다.

자신이 왜 이런 곳에 와 있는지 정신을 차리지 못하는 헥터에 비해 데미안은 자신들이 순간적으로 공간 이동을 해왔다는 사실을 꺼달았다. 다만 무슨 이유로 누가 자신들을 이런 곳으로 이동을 시킨 걸까 하는 문제를 곰곰이 생각해 보았지만 이유를 알 수 없었다.

"데미안님, 일단 여기를 빠져 나가시죠?"

"그래, 나도 왠지 기분이 좋지 않아."

데미안의 대답과 함께 두 사람이 움직이는 순간 묘한 소리가 들렸다.

덜거덕— 챙— 덜거덕!

뭔가 딱딱한 것이 돌에 부딪히는 소리와 금속 같은 것이 돌에 부딪히는 소리가 함께 들렸다. 두 사람은 자신들도 모르는 사이 주위로 고개를 돌렸고, 그 순간 두 사람의 얼굴이 창백하게 변했다.

"저건 뭐야? 해골이 움직이잖아?"

"데미안님, 저건 스켈레톤Skeleton입니다."

제13장
플레임과 선더볼트

헥터의 말에 데미안은 자신이 알고 있던 몬스터에 대한 지식 가운데 스켈레톤에 관한 기억을 되살렸다. 스켈레톤은 죽은 자의 뼈를 이용해 마법의 힘으로 되살린 몬스터이다.

일반적으로 살아 있는 몬스터와는 달리 이미 죽은 자들의 시신이나 뼈를 이용하는 것이기에 마법이 유지되는 한 그들을 죽일 수 있는 방법은 전무하다고 해도 과언이 아니다.

다만 마법의 힘으로 되살린 것이기에 그들을 만들 때 사용되었던 매개물이 된 물건을 찾아 그것을 부수면 그들의 공격을 막을 수 있지만 그것은 거의 불가능한 일이였다.

게다가 스켈레톤에 이용된 뼈들은 과거 그들이 살아 있을 때의 전투력을 그대로 가지고 있기에 더 더욱 무서운 몬스터들이었다.

머리에는 투구를, 앙상한 뼈 위에 갑옷과 검을, 그리고 방패를 든 모습은 그야말로 으시시했다. 눈이 있어야 할 부분은 뻥 뚫린 상태였지만 그곳에서 검은색 연기 같은 것이 흘러나와 얼굴 부분을 희미하게 가리고 있어 오싹하기 이를 데 없었다.

"던전에…… 침입한…… 자들을…… 모두…… 죽여라."

해골의 머리 부분에서 흘러나온 음성은 고저 장단도 없었다. 게다가 한 스켈레톤의 입에서 그런 말을 내뱉자 다른 스켈레톤들도 일제히 외치기 시작했다.

"던전에…… 침입한…… 자들을…… 모두…… 죽여라……."

"던전을…… 더럽힌…… 자들을…… 모두…… 죽여라……."

해골이 말하는 모습을 처음 보았기 때문일까? 그들의 말을 듣는 순간 데미안은 소름이 오싹 끼쳤다. 재빨리 바스타드 소드를 뽑아 들기는 했지만 어떻게 상대를 해야 좋을지 몰랐다. 죽일 수도 없을 뿐더러 도망을 가려고 해도 스켈레톤의 숫자가 너무 많아 도망칠 수도 없었다. 게다가 탈출구는 스켈레톤들이 가로막고 있는 문이 유일한 것이었다.

살아생전에는 유명한 기사나 모험가였을지도 모르는 사람들이 이런 곳에서 스켈레톤이 되어 던전에 침입한 자들을 막는 신세가 될 줄 그들이 살았을 때 상상이나 했을까? 데미안은 그들의 신세를 동정하면서도, 그들을 움직이게 한 마법의 매개물이 무엇인지를 열심히 찾았다.

헥터는 데미안의 앞을 가로막고는 바스타드 소드에 마나를 주입했다. 순간, 데미안의 목에 걸려 있던 목걸이가 붉은빛을 냈지만 데미안이나 헥터나 모두 스켈레톤을 보느라 미처 깨닫지 못했다. 결코 죽지 않는 불사의 존재인 스켈레톤과의 대결이라니……. 헥터가 잔뜩 긴장하며 침을 삼킬 때 스켈레톤의 공격이 시작되었다.

살아 있을 때도 상당한 거인이었던 듯 2미터가 훨씬 넘는 스켈레톤 하나가 커다란 브로드 소드를 들어 헥터를 향해 내리쳤다. 헥터는 정신을 차리고 바스타드 소드에 마나를 더 집어넣어 상대의 공격을 막았다. 그러면서 당연히 상대의 브로드 소드가 잘릴 것이라고 예상을 했다. 그러나 상대도 살아 있을 때 소드 익스퍼트 중에서도 최상급의 실력을 가지고 있었는지 스켈레톤의 검은 멀쩡했고, 헥터와 스켈레톤은 서로 충격을 견디지 못하고 한걸음씩 뒤로 물러섰다. 헥터는 자신의 뒤에 데미안이 있다는 사실을 상기하고 그 자리에 버티면서 스켈레톤의 공격을 막아냈다.

물톤 데미안이나 헥터가 방어만 한 것은 아니지만 공격을 해봐야 아무런 소용이 없었다. 설사 두 사람의 마나가 실린 바스타드 소드에 적중이 되어 스켈레톤의 뼈가 부서져 나간다고 하더라도 눈 깜짝할 사이에 다시 날아와 붙어버리니 도무지 상대를 할 방법이 없었다.

15분 정도가 지나자 두 사람은 서서히 힘에 부치는 것을 느껴야 했다. 십여 자루의 바스타드 소드, 배틀 엑스, 글레이브들이 한꺼번에 날아드니 막거나 피하는 것만 해도 보통 일이 아니었다. 그래도 불행중다행은 스켈레톤들은 그저 자신의 공격만 신경을 쓸 뿐 다른 스켈레톤들이 공격을 하든 말든 전혀 개의치 않는다는 것이었다. 그래서 때론 서로의 공격이 얽혀 멈춰지는 틈을 타 잠시나마 숨을 돌릴 수도 있었다.

가쁜 숨을 몰아쉬며 쉴새없이 몸을 움직이던 데미안은 자신이 처음 이 방에 도착했을 때 천장에서 빛을 뿌리던 주먹만한 구슬이 이상하다는 생각이 들었다. 혹시 저 구슬이 이 스켈레톤들을 움직이는 마법의 매개물은 아닐까 하는 생각을 하면서도 감히 그 구슬을 깨버릴 생각을 하지 못했다. 만약 자신의 생각이 틀렸다면 그때부터는 빛도 없는 암흑 속에서 싸워야 할지도 모르는 일이었기에 쉽사리 결정을 내리지 못한 데미안은 헥터에게 재빨리 자신의 생각을 말했다.

"그러니까 데미안님의 생각으로는 저 구슬이 깨지면 이들이 멈출지도 모른다는 말씀입니까?"

"단지 내 생각이야. 맞을지 틀릴지 나도 몰라."

"선택의 여지가 없습니다. 만약 이들이 멈추지 않았을 경우를 대비해 라이트 마법을 준비해 두십시오."

헥터의 말에 데미안은 정신없이 움직이며 고개를 끄덕였다. 그러면서 라이트 마법과 매직 미사일Magic Missile 마법을 캐스팅했다. 그리고는 지체없이 천장의 수정 구슬을 향해 매직 미사일을 날렸다.

"매직 미사일!"

순간 허공에 붉은색의 마나로 만들어진 작은 막대 모양의 빛이 생기더니 천장의 수정 구슬을 향해 빠르게 날아갔다. 매직 미사일은 정확히 수정 구슬의 한가운데 박혔고, 그 순간 방안의 모든 움직임들이 갑자기 멈췄다.

매직 미사일에 부딪힌 수정 구슬은 서너 조각으로 금이 갔고, 그 틈에서 뭔가 검은 연기 같은 것이 빠져 나오기 시작했다. 그와 동시에 스켈레톤들의 얼굴을 감싸고 있던 검은 연기 역시 조금씩 허공으로 흩어졌다. 시간이 지날수록 그들의 뼈가 천천히, 그러나 완전히 먼지로 변하며 그들이 서 있던 자리에 쌓이기 시작했다. 마치 모래로 사람의 뼈를 만들었다가 그 모래알이 조금씩 떨어져 차곡차곡 쌓여 모래 더미를 이루듯 먼지로 변하는 스켈레톤들의 모습을 보며 데미안과 헥터는 그제야 안도의 한숨을 쉴 수 있었다.

　힘이 빠진 듯 그 자리에 주저앉은 데미안은 멍하니 그 모습을 바라브았다. 분명 살이라고는 한 점도 없는 해골의 모습이었건만 마법에서 자신들을 벗어나게 해준 데미안에게 감사의 미소를 짓고 있는 듯 보였다.

　"데미안님, 다친 곳은 없으십니까?"

　"응. 헥터는?"

　"다행히 저도 다친 곳은 없습니다. 정말 큰일날 뻔했습니다. 바닥에 먼지가 쌓여 있는 것을 봐서 상당히 오랫동안 아무도 찾지 않은 것 같은데 설마 스켈레톤이 있을 줄은 전혀 예상치 못했습니다. 저들의 복장이나 무기들의 시대나 형태가 제각각인 것을 보면 아마 마법에 걸리기 전에는 상당한 실력을 가진 모험가나 기사들이었던 것 같습니다."

　"그럼 만약 우리가 죽었다면 우리도 저들과 똑같은 신세가 됐을 뻔했잖아. 설마 이런 함정을 꾸며놨을 줄은 상상도 못 했어. 세상에, 뼈다귀가 움직이다니……. 대체 감춰놓은 것이 뭐기에 스켈레톤까지 만들어놓은 것인지 끝까지 가봐야겠어."

　오기에 찬 데미안의 말에 헥터는 방의 문을 조심스럽게 열었다. 그러나 아무 일도 일어나지 않았다. 보이는 것은 어둠에 싸인 복도뿐이었다. 자리에서 일어난 데미안도 헥터 옆에서 그 광경을 보았다.

　"햐! 대체 이 복도는 얼마나 긴 거지? 끝도 안 보이잖아?"

　"어떻게 하시겠습니까?"

　"어떻게 하긴, 당연히 조사를 계속해야지."

　데미안은 씩씩하게 대답을 하고는 조금은 조심스럽게 발을 내디뎠다. 그러자 데미안의 발 밑에서 미약하게 먼지가 일었다. 그 모습을 본 헥터는 매직 미사일에 의해 깨진 구슬을 들고 나와 머리 위로 쳐들어 올렸다. 워낙 어두웠기 때문인지 구슬에서 흘러나오는 희미한 빛만으로도 몇 미터 안의 사물을 볼 수 있었다. 데미안과 헥터가 걸음을 옮길 때마다 바닥에서는 자욱한 먼지가 일어났고, 곳곳에 인간의 뼈와 정체를 알 수 없는 동물, 혹은 몬스터로 보이는 뼈들이 어지럽게 섞여 있는 것을 발견할 수 있었다. 아마도 마을 사람들이 말한 몬스터들이 이곳에 와서 죽음을 당한 것이 아닐까 하는 생각이 들었다. 너무도 오랜 세월이 지났는지 뼈에서는 퀴퀴한 냄새가 났는데, 바스타드 소드로 가볍게 건드리자 힘없이 부스러졌다.

걸음을 옮기던 데미안과 헥터는 조금은 이상한 모습을 발견했다. 어둠에 싸여 있는 복도에 종류를 알 수 없는 이상한 해골들이 나란히 쓰러져 있는 모습이 보인 것이다. 그리고 그 뼈 사이로 날카로운 촉(鏃)을 가진 쿼럴Quarrel이 보였다. 데미안이 조금 떨어진 곳에서 쿼럴의 모습을 살폈고, 헥터는 벽면을 유심히 조사했다. 그리고 두 사람은 같은 결론을 내렸다.

"헥터, 내 생각에는 이곳에 석궁을 발사하는 장치가 되어 있어서 뭔가가 지나가면 자동으로 화살이 발사되도록 되어 있는 것 같아."

"제 생각도 같습니다. 제가 앞장을 설 테니 데미안님은 제 뒤를 따라오십시오."

말을 마친 헥터는 자신의 바스타드 소드로 바닥에 깔린 포석을 일일이 찌르며 발걸음을 옮겼다. 그 모습을 본 데미안은 어떤 위험이 있을지 모르는데 헥터의 걸음이 너무 더디다고 느꼈다. 천천히 정신을 집중시킨 데미안은 자신과 헥터를 보호할 수 있는 스펠을 케스팅했다.

"피지컬 실드(Physical Shield : 물리적 방어막)!"

데미안의 외침이 끝나자 데미안과 헥터의 주위에는 불그스름한 마나가 둥그런 막을 형성하며 그들을 감쌌고, 그 순간 데미안이 헥터에게 말했다.

"헥터, 빨리 이동해."

데미안의 말을 듣는 순간 헥터는 그의 뜻을 이해하고는 전속력으로 달려갔다. 붉은 마나로 만들어진 방어막에 뭔가가 부딪히는 소리를 들었지만 피지컬 실드를 뚫고 들어오는 것은 없었다. 그렇게 100여 미터를 이동하고서야 두 사람은 멈췄다. 끝없이 이어진 복도는 여전히 어둠에 싸여 있었다.

데미안은 자신이 잠을 자지 않은 것이 4일째인지, 5일째인지 기억도 나지 않았다. 언제나 담담한 표정이던 헥터도 지금은 지친 표정이 역력했다.

끝없이 이어지는 위기와 함정에 두 사람은 지칠 대로 지쳐 있었다. 난데없이 오거들이 나타나 공격을 하는가 하면, 스톤 골렘 Stone Golem들이 자신들을 쫓아오기도 했고, 또 복도 전체가 무너져 내리는가 하면 집채만한 바위가 자신들을 향해 사정없이 굴러 떨어지기도 했다. 도무지 잠시도 숨을 돌릴 만한 틈이 없었다. 마치 함정들이 오랜만에 함정을 찾아온 데미안과 헥터를 위해 융숭한 대접을 하려는 듯 차례차례 자신의 순서가 오면 사정없이 두 사람을 덮쳤다.

몸은 극도로 피곤했지만 정신만은 잠시도 경계를 게을리할 수 없었다. 지금 그들이 서 있는 곳은 막다른 상황에서 선택하게 된 커다란 홀을 가진 방이었다. 홀에는 중앙을 바라보고 있는 거대한 석상들이 서 있었다. 모두 열두 개의 석상.

처음 석상을 발견했을 땐 놀란 마음에 혹시 스톤 골렘이 아닐까 하는 불안한 생각도 들었지만 이제는 완전히 탈진을 한 터라 손가락 하나 까닥할 힘도 없었다.

"헉! 헉! 헉! 헥터, 스톤 골렘은 아닌 것 같지?"

"제가 보기에도…… 그런 것 같지는 않습니다."

헥터의 대답에 데미안은 쓰러지듯 그 자리에 주저앉아 석상들을 살펴보았다. 그 모습에 헥터도 조심스럽게 주위를 살피며 그 자리에 앉았다.

석상들의 모습은 제각각이었다.

거대한 독수리가 막 하늘로 날아오르려는 듯 날갯짓을 하는 석상이 있는가 하면, 검을 든 기사가 말에 탄 채 검을 높이 든 모습을 하고 있는 것도 있었다. 또 발 밑에 갖가지 몬스터들을 짓밟고 있는 여성의 모습도 있었다. 데미안이 잠시 쉬는 동안 헥터가 이 방의 곳곳을 둘러보았지만 이 석상들을 제외하고는 이상한 점이 전혀 보이지 않았다.

높이가 거의 10미터에 이르는 거대한 석상들이 이 방에 있는 이유가 대체 무엇일까? 그리고 이 석상의 정체는 무엇이란 말인가? 헥터는 곰곰이 생각을 해보았지만 영문을 알 수 없었다. 그 모습을 지켜보던 데미안이 희미한 미소를 지으며 헥터를 바라보았다.

"헥터는 이 석상들의 정체를 모르는 모양이지?"

"그럼 데미안님은 아십니까?"

자신도 모르는 것을 데미안이 안다고 하자 헥터는 그다지 큰 희망을 걸지 않은 채 반문했다. 그런 헥터의 모습에 데미안은 만족스런 미소를 지으며 고개를 끄덕였다.

"당연하지. 이것은 트렌실바니아 왕국, 아니, 뮤란 대륙에서 신으로 모시고 있는 열두 분의 신의 모습을 석상으로 조각해 놓은 거야. 다만 한 가지 내가 이해가 가지 않는 것은 왜 이렇게 은밀한 곳에 이 석상들이 있느냐는 거지. 또 신인들이 모두 뮤란 제국이 무너질 때 목숨을 잃었다면 대체 이 신전은 누가 세운 거지? 규모나 함정을 만든 실력을 보면 인간의 힘으로 만들어졌다고 보기에는 무리가 많은 것 같아."

데미안의 말을 듣고 보니 확실히 이상하기는 이상했다. 그러나 그보다 데미안이 이토록 예리한 추리를 했다는 점이 더욱 놀라웠다. 득의 만만해하던 데미안은 자신의 얼굴을 보며 놀라는 표정을 짓고 있는 헥터의 모습을 발견하고는 곧 퉁명스러운 음성으로 투덜거렸다.

"제기랄, 헥터는 점점 한스를 닮아가는 것 같아."

"후후후, 데미안님께서 그렇게 날카로운 지적을 하실 줄은 몰랐습니다. 데미안님의 지적대로 확실히 이상한 일이군요. 시대적으로 차이가 날 텐데 어떻게 석상이 이곳에 있을까요?"

기분이 상한 듯 데미안은 자리에서 일어나 자신의 뒤에 있던 독수리 석상에 기대었다. 그리고 막 헥터에게 입을 열려고 했을 때였다.

그르르릉—

묵직한 소리와 함께 독수리 석상이 뒤로 밀려났고, 그와 동시에 홀의 중앙에서 네모난 기둥이 솟아올랐다. 데미안의 허리 위치에서 멈춘 기둥의 윗면에는 사람의 손 모양으로 생긴 홈이 새겨져 있었고, 그 아래에 기이한 문자들이 적혀 있었다.

"고대어(古代語)군요."

"고대어?"

"그렇습니다. 신인이라는 존재가 살았던 시절 사용했다고 전해지는 문자가 바로 고대어입니다."

"뭐라고 썼는지 혹시 알아?"

"다행히도 제가 살던 레토리아 왕국의 말이 고대어와 그 구조가 거의 비슷합니다. 제가 읽어보겠습니다."

그렇게 말한 후 헥터는 고대어를 술술 읽어 내려갔다.

"신들의 방을 찾은 그대는 이 돌기둥의 윗면에 손을 집어넣어라. 만약 그대가 신인의 후손이 아니라면 신들의 저주를 받아 영원히 이 방에서 빠져 나가지 못할 것이다."

낮게 깔리는 헥터의 음성 탓인지는 몰라도 저절로 오싹해지는 기분을 느꼈다.

"신들의 저주를 받아 영원히 이 방을 빠져 나가지 못한다니……. 그게 무슨 말이지?"

데미안의 말에 헥터는 재빨리 문 쪽으로 다가갔다. 그러나 눈에 보이지 않는 무엇인가가 앞으로 가로막고 있어 도저히 문 쪽으로 다가갈 수 없었다. 그 모습을 본 데미안 역시 문 쪽으로 다가가려 했지만 3미터를 남기고 단 한 발도 움직일 수 없었다. 방을 빠져 나가는 것이 불가능하다는 것을 안 순간 데미안은 자신들 뒤에 늘어서 있는 석상들을 불안한 눈으로 바라보았다.

"헥터, 설마 스톤 골렘처럼 저 석상이 움직이지는 않겠지?"

데미안의 말에 헥터 역시 불안한 마음이 들었다. 그렇지 않아도 여기까지 오면서 스톤 골렘이 어떤 것이라는 것을 이가 갈릴 정도로 철저하게 경험했다. 게다가 데미안은 이 던전에 와서 세상에 존재하는 몬스터란 몬스터는 거의 다 만났기에 몬스터란 소리만 들어도 경기를 일으킬 정도였다. 여행을 시작하며 '이번에는 꼭 몬스터를 만날 수 있겠지' 하며 몬스터를 만날 날만 손꼽아 기다리던 자신이 얼마나 한심하고, 철이 없었는지 스스로 인정해야만 했다.

두 사람이 불안스런 눈으로 한참 동안 석상을 바라보았지만 다행히 석상에서는 아무런 변화도 느낄 수 없었다. 그렇지만 문을 통과하지 않고는 그 방에서 빠져 나갈 다른 방법이 없었다. 헥터와 데미안은 방을 빠져 나가기 위해서는 어쩔 수 없다고 판단을 하고는 돌기둥으로 다가갔다. 그리고 먼저 헥터가 돌기둥 위의 홈에 자신의 손을 가져갔다. 그러자 마치 돌에 조각해 놓은 조각처럼 평범하기만 하던 손 모양의 홈에서 갑자기 붉은빛이 터져 나왔다. 심상치 않음을 느낀 헥터는 재빨리 손을 뗐고, 그 순간 손 모양의 홈에서 날카로운 스파이크(Spike : 커다란 강철 못)가 튀어 나왔다. 만약 헥터가 피하는 동작이 조금만 늦었더라도 그의 손은 단숨에 꿰뚫리고 말았을 것이다.

"헥터, 다치지 않았어?"

"다행히 다치지는 않았습니다만 저런 장치가 돼 있을 줄은 몰랐습니다."

"이번에는 내가 한번 해볼게."

"위험합니다, 데미안님."

"다른 방법이 없잖아. 그리고 왠지 괜찮을 것 같다는 예감이 들어. 잠깐 기다려봐."

데미안은 대답과 함께 자신의 손을 홈에 집어넣었다. 언뜻 보기에 상당히 커 보이던 손자국 모양의 홈이 갑자기 줄어들더니 데미안의 손과 크기가 같아졌다. 그 순간 데미안의 5미터 정도 떨어진 곳에 2미터 정도의 키에 멋있는 용모를 가진 사내가 희미한 모습으로 나타났다.

깜짝 놀란 헥터는 재빨리 데미안의 앞을 가로막았다. 그러나 고대 신관의 복장을 한 사내의 모습은 마치 유령처럼 아무런 실체도 가지고 있지 않아 뒷면의 석상들이 그대로 보였다.

"나 드미트리우스는 신인의 후예인 그대를 환영한다."

유령과 비슷한 모습을 가진 사내가 손을 치켜 들자 데미안과 사내의 모습이 갑자기 방안에서 사라졌다. 깜짝 놀란 헥터는 사방을 둘러보았지만 어디에도 데미안의 모습은 보이지 않았다. 헥터가 불안한 마음을 이기지 못하고 두리번거리고 있을 때, 그의 머리 속으로 데미안의 말이 직접 전해졌다.

"헥터, 걱정하지 마. 여기가 어딘지는 모르겠지만 여기서는 헥터의 모습이 똑똑히 보여. 잠시 후에 돌아갈 수 있을 것 같으니 그때까지 그곳에서 기다려줘."

갑자기 들린 말에 놀라기는 했지만 데미안의 음성이 평소와 다름없다는 것을 알고는 마음을 놓을 수 있었다. 그렇지만 손에 움켜쥔 바스타드 소드를 내려놓진 않았다.

갑자기 자신의 몸이 어디론가로 끌려가는 것을 느낀 데미안은 깜짝 놀랐지만 곧 정신을 차리고 주위를 둘러보았다. 자신의 몸 주위로 빠르게 빛들이 스쳐 지나가는 것을 느끼는 순간, 그의 몸은 갑자기 허공에서 멈추어졌다. 정신을 차리고 보니 자신이 황금빛으로 빛나는 커다란 마법진의 중앙에 서 있는 모습이 보였다.

주위는 암흑으로 뒤덮여 있었고, 드미트리우스라고 자신의 이름을 밝힌 사내가 5미터쯤 앞에 서 있었다. 부드러운 황금색 머리칼과 미소를 가진 아름다운 용모의 사내였다. 나이는 도저히 얼마나 되었는지 짐작조차 할 수 없었다.

"나 드미트리우스는 지난 500년 동안 그대가 오기만을 기다려왔다."

"그게 무슨 말씀인지……."

"그대가 아는지 모르겠지만 나는 신들의 대리인으로 그분들께서 내리시는 신탁을 받아 인간들에게 전하는 임무를 맡은 신관이었다."

"그것보다 이곳이 어디인지……."

"신들을 믿고 따르는 모든 생명체를 구하기 위해 벌인 전쟁이었다. 2,000년 동안 계속된 전쟁으로 많은 신의 대리인들과 뮤란 대륙의 생명체들이 허무하게 목숨을 잃었다. 그러나 결국 드래곤과 몬스터들을 물리치고 신의 이름으로 뮤란제국을 세울 수 있었다."

드미트리우스의 사념(思念)이 계속 데미안의 머리 속으로 흘러들었다. 부드러운 미소를 짓고 있던 그의 얼굴이 어느 순간부터 점점 냉혹하게 변했다.

"뮤란제국이 세워지고 1,000여 년 동안 뮤란 대륙은 평화를 누릴 수 있었다. 그러나 그 평화를 위협하는 존재가 있었으니, 그들은 바로 인간들이었다."

잠자코 드미트리우스의 말을 듣던 데미안은 문득 한스가 자신에게 해주었던 말이 생각났다.

"인간은 다른 동물이나 몬스터에 비해 형편없이 허약한 신체를 가지고 있었다. 우리 신인들과 외형이 비슷한 그들은 한낱 센드 웜(Sand Worm : 모래지렁이)조차 물리치지 못할 정도로 약했기에 우리 신인들은 그들을 불쌍히 여겨 메탈 시터(Metal Seater)를 만들어주어 스스로 자신들을 지킬 수 있도록 배려해 주었다. 그들이 비록 전쟁에서 나름대로 공로를 쌓았다고는 하나

설마 그들때문에 평화롭고, 아름다운 뮤란 제국이 종말을 고하게 될지는 신의 대리인들도 전혀 예상하지 못했다. 악마들과의 전쟁으로 신들의 힘이 약해지지만 않았어도 신탁으로 그들의 음모를 미리 알 수 있었을 텐데……. 결국 신인들은 수많은 메탈 시터를 앞세운 인간들에게 무참하게 목숨을 잃고 말았다. 몇몇 신인의 우두머리들은 눈물을 머금고 인간들의 배신을 저주하며 뮤란제국의 수도 메탈리언을 떠나야만 했다.”

드미트리우스의 음성이 싸늘해지자 주위의 어둠도 온도가 급격히 내려가 몸이 오싹해졌다.

“당시 탈출을 했던 대신관의 숫자는 모두 열두 명. 뮤란대륙의 최고신인 12주신의 신탁을 받던 대신관들이었다. 처음 그들은 인간들에게 복수하기 위해 신들의 봉인을 해제시킬 생각을 했었다. 그렇게 된다면 이 뮤란 대륙에 살아 있는 모든 생명체는 종말을 고하게 될 것이었다. 하지만 결국 그렇게 하지는 않았다. 우리의 복수를 위해 신의 뜻을 거역할 수는 없는 일이었기에 참을 수밖에 없었다. 그리고 먼 훗날 우리의 후손이 찾아온다는 사실을 알게되었다. 비록 신께 물려받은 권능 가운데 하나가 500년의 삶이었지만, 그것이 우리를 더욱 고통스럽고, 고독하게 만들 줄은 미처 몰랐다.”

데미안은 부드러운 빛에 싸인 드미트리우스의 굳은 얼굴을 보며 그의 삶을 추측해 보았다. 이런 곳에서 500년을 산다? 자신으로서는 1년은커녕 단 1개월도 자신없었다.

“어느덧 500년의 세월이 지나고 죽음이 가까워진 것을 느낀 나는 인간들의 미래를 점쳐 보았다. 그런데 인간들의 미래가 전혀 보이지 않았다. 보이는 것은 오로지 암흑뿐이었다. 그것이 정확히 무슨 뜻인지 나로서는 알 수 없었지만 인간들의 미래에 좋지 않은 일이 생기는 것만은 분명했다. 후손이여! 나는 선더버드를 모시는 대신관으로 내가 그분께 받았던 권능 가운데 일부의 힘을 이곳에 남겨두었다. 신인의 후예로 태어나 얼마나 고통스러운 삶을 살

앞을지 모르는 후손이여! 그대가 이곳에 있는 힘으로 무슨 일을 벌이든 그대 마음대로 하라. 죽음에 이르러서야 그 모든 것이 선더버드의 뜻이라는 것을 나는 깨달았다."

냉혹한 표정을 짓던 드미트리우스의 얼굴에 다시 따스한 미소가 떠올랐다. 그와 함께 몸이 점점 투명해지기 시작했다.

"이제 나는 선더버드께 돌아가지만 그대를 영원히 지켜보겠다. 후손이여! 선더버드의 가호가 언제나 그대와 함께 하기를 진심으로 빌겠다."

드미트리우스의 몸이 완전히 사라지자 데미안은 자신의 몸이 어디론가 다시 끌려가는 것을 느꼈고, 정신을 차리고 보니 수십 개의 마법등이 켜져 있는 방이었다. 눈앞에 있는 커다란 거울을 보니 당황한 얼굴로 주위를 두리번거리고 있는 헥터의 모습이 보였다. 거울로 다가간 데미안은 헥터를 안심시키고 싶었지만 어떻게 해야 좋을지 몰랐다. 어떻게든 그에게 자신이 안전하다는 것을 알리고 싶다는 생각을 하자마자 갑자기 헥터가 침착한 모습을 보였다. 비록 원리는 알 수 없지만 자신의 생각이 그에게 전해진 것이 분명했다.

자신을 걱정하지 말라는 생각을 전달해 안심하는 헥터의 모습을 본 데미안은 그제야 주위를 둘러보았다. 환하게 밝혀진 것에 비해 실내에는 별로 눈에 띄는 물건이 없었다. 커다란 거울 하나와 작은 탁자, 그리고 그 탁자 위에 올려져 있는 주먹보다 조금 큰 수정 구슬 하나가 전부였다.

맑고 투명한 수정 구슬은 마법등이 타오르며 내는 불빛을 받아 약하게 붉은빛을 반사시키고 있었다. 계속 바라보자 그것이 마법등의 불빛과는 다른 움직임을 보인다는 것을 깨달았다. 호기심이 인 데미안이 수정 구슬에 손을 뻗었다.

“꺄악! 어딜 만지는 거예요?”

그 순간 터져 나온 날카로운 여자의 비명 소리에 데미안은 깜짝 놀라 뒤로 물러서 주위를 돌아보았다. 그러나 어디에도 사람의 모습은 보이지 않았다.

“까르르륵! 바보 같아. 어디를 보는 거죠?”

다시 들린 여자의 음성에 데미안은 주위를 두리번거렸지만 역시 주위에는 아무도 보이지 않았다.

“여기예요, 여기.”

데미안이 자신의 정면에서 여자의 음성이 들린 것을 확인하고 정면을 바라보는 순간, 수정 구슬이 붉은빛으로 빛나기 시작했다. 그리고 수정 구슬 속에 엄지손가락보다 조금 커 보이는 여자의 모습이 보였다. 신을 모시는 사제들이나 입는 하늘하늘해 보이는 엷은 옷을 걸치고 있는 여자는 허리까지 내려오는 붉은 머리를 손으로 어루만지며 데미안의 모습을 보며 웃고 있었다. 데미안은 갑자기 여자가 수정 구슬에 모습을 보이자 신기한 생각이 들어 자신도 모르게 질문을 했다.

“넌 누구지?”

“전 선더볼트Thunderbolt의 심장이에요.”

“선더볼트의 심장? 선더볼트는 뭐지?”

“피이~ 그런 것도 몰라요? 그것보다 드미트리우스님은 어디에 계시죠?”

수정 구슬 안은 마치 물로 이루어진 듯 여자는 물고기처럼 부드럽게 헤엄치듯 움직이며 데미안에게 물었다. 데미안은 조금은 어색한 표정을 지으며 대답했다.

“드미트리우스란 분은 이미 돌아가신 것 같은데?”

“거짓말! 그럴 리가 없어요. 그분은 선더버드님을 모시는 신관이란 말이에요. 벌써 돌아가셨을 리가 없어요."

격렬하게 말하는 여자의 모습을 보며 데미안은 드미트리우스에게서 들었던 이야기를 해주었다. 잠자코 데미안의 말을 듣던 여자는 슬픈 얼굴로 다시 물었다.

"그러니까, 드미트리우스님이 돌아가신 지 벌써 500년이 지났다는 말인가요?"

"아마 그런 것 같아."

"……당신의 이름은 어떻게 되시나요?"

"나는 데미안 싸일렉스야."

"좋아요, 데미안님. 그럼 저를 일단 선더볼트에게 데려가주세요."

여자의 말에 데미안은 수정 구슬을 잡으려고 했다.

"꺄악! 정말 무례하군요. 손으로 직접 잡지 말고 손수건이라도 사용해 잡으시란 말이에요. 순결한 몸을 막 만지려고 하다니, 데미안님은 정말 무례한 사람이군요."

쫑알대는 여자의 말에 데미안은 어이가 없었다. 도대체 정체도 알 수 없는 여자에게 왜 무례하다는 소리를 자신이 들어야 하는지 이유를 알 수 없었지만, 꾹 참고 손수건을 꺼내 조심스럽게 수정 구슬을 들어올렸다.

"이제 어디로 가면 되지?"

"우선 이 방을 빠져 나가 왼쪽의 복도를 따라 쭉 가세요."

여자의 말에 따라 데미안은 방을 빠져 나와 복도로 걸음을 옮겼다.

"너가 말했던 선더볼트라는 것이 혹시 골리앗을 말하는 거야?"

"골리앗? 골리앗이 뭐죠? 선더볼트는 드미트리우스님께서 만드신 메탈 시타란 말이에요."

삐진 듯 쫑알대는 여자의 말에 자신의 예상이 맞다는 것을 안 데미안은 자신이 궁금하게 생각했던 것을 물었다.

"그럼 너는 골리앗, 아니, 메탈 시터의 '영혼의 구슬'이야?"

"어머어머! 당신은 현명함의 상징인 신인의 후손이라면서 어떻게 그런 것도 모른단 말이에요? 저는 영혼의 구슬이 아니라 선더볼트의 심장이라니까요."

"그럼 넌 뭐지? 신인의 피를 이어받은 여자인가?"

"뭐라고요? 까르르르~"

데미안의 말에 여자는 자신의 배를 움켜잡고 정신없이 웃었다. 그 모습에 데미안은 상당히 기분이 상했지만 초인적인 인내심을 발휘해 그녀가 대답하기만을 참고 기다렸다.

"저는 인간이 아니에요."

"인간이 아니라면 뭐지?"

"전 선더버드님을 모시는 신관이신 드미트리우스님께서 불의 생명력을 모아 신의 권능으로 탄생시킨 불꽃의 영혼일 뿐이에요."

"불꽃의 영혼? 그럼 신인의 피를 이어받은 여자들의 영혼을 봉인시킨 것이 영혼의 구슬이 아니란 말이야?"

"대체 어디서 그런 말씀을 들으셨는지는 모르지만 신의 신탁을 받는 신관께서 살아 있는 생명을 없애가며 메탈 시터를 만들 까닭이 없잖아요. 제가 메탈 시터의 심장을 움직이기 위해 이 수정 구슬에 봉인된 것은 사실이지만, 전 신인의 피를 이어받은 여자, 즉 인간의 여자가 아니에요."

여자의 말에 데미안은 고개를 끄덕였다. 그리고 영혼의 구슬에 순결한 여자의 영혼을 봉인해 골리앗을 만들었다는 한스의 말을 듣고 불쾌해했던 기억을 떠올렸다.

"그럼 네가 말한 메탈 시터란 것은 모두 불꽃의 영혼을 심장으로 해서 움직이는 거야?"

"모두는 아닐지 모르지만 대부분 그런방법을 이용해 만들어졌다고 들었어요."

"그래? 그건 그렇고 네 이름은 뭐지?"

"전 인간이 아니에요. 그러니 당연히 이름이 없죠."

"그렇다고 널 선더볼트의 심장이라고 부를 순 없잖아."

"……그럼 데미안님께서 제 이름을 지어주세요."

마치 그 말을 기다렸다는 듯 데미안이 미소를 지었다.

"그럼 플레임Flame이라고 부르는 것은 어떨까?"

"플레임이라면 '불꽃'이라는 뜻이잖아요."

"그래. 그리고 정열이라는 뜻도 있고, 선명하게 붉다는 뜻도 있어. 또 네 머리색이 불꽃처럼 빨갛잖아."

데미안의 말에 갑자기 여자의 얼굴이 빨갛게 변했다. 물론 데미안이 말한 뜻도 있었지만, 오래된 애인이라는 뜻도 가지고 있기 때문이었다. 갑자기 여자가 얼굴을 붉히자 데미안은 어리둥절한 표정을 지었다.

"그러는 데미안님도 붉은 머리를 가지고 계시잖아요. 그렇지만 데미안님께서 지어주신 이름 정말 마음에 들어요."

"그래? 마음에 든다니 다행이야."

수정 구슬 안의 여자, 플레임과 대화를 나누는 사이 데미안은 거대한 철문 앞에 도착을 했다. 높이가 10미터에 육박하는 커다란 철문에는 푸른 이끼가 잔뜩 끼어 있는 것이 꽤나 오랜 세월 동안 사람들이 찾지 않은 듯했다. 플레임은 철문의 모습을 보더니 조금은 우울한 얼굴을 했다.

"철문에 저렇게 이끼가 낀 걸 보니 정말 오랜 세월이 지났나 보군요."

"이 철문은 어떻게 열지?"

"데미안님은 드미트리우스님이 인정한 그분의 후손이니, 문에게 명령을 하시면 열릴 거예요."

플레임의 말에 데미안은 자신이 신인의 후손이 과연 맞을까 하는 생각이 들었다. 싸일렉스 집안의 아들이 아니라는 것이 밝혀진 지금으로써는 혹시 그 말이 맞을지도 모른다는 생각도 들었다. 철문 앞에 선 데미안은 문을 노려보며 외쳤다.

"드미트리우스의 후손인 나 데미안이 명령한다. 열려라!"

그러자 오랜 세월 동안 움직이지 않았던 철문이 믿기지 않을 정도로 조용히 열렸다.

데미안이 안으로 들어서자 사방에서 마법등이 켜지며 방안이 환하게 밝아졌다. 그리고 데미안의 눈앞에 짙푸른 색의 거대한 강철기둥이 보였다. 천천히 고개를 들어보니 철로 이루어진 거대한 기사의 모습도 보였다. 천천히 걸음을 옮겨 철기사의 정면에 선 데미안은 그 당당한 모습에 저절로 감탄이 터져 나왔다.

투구 끝에서 발끝까지 대략 6미터는 훨씬 넘어 보였고, 플레이트 메일Plate Mail을 걸친 기사와 같은 모습을 하고 있었다. 흉부(胸部)를 덮고 있는 가슴 덮개에는 선명하게 선더버드의 모습이 새겨져 있었고, 또 등에는 4미터는 넘을 듯 보이는 거대한 검이 장착되어 있었다. 짙푸른 색 때문인지는 몰라도 무시무시한 느낌마저 들었다.

"데미안님, 저를 저곳에 있는 테이블로 데려다 주세요."

데미안은 플레임이 말한 곳으로 가서 테이블 위를 살폈다. 그곳에는 복잡한 구조를 가진 이상한 물건이 있었다. 두 개로 나뉘어진 구조물의 중앙에는 수정 구슬이 들어갈 정도의 자리가 비어 있었다.

"저를 저 홈에 집어넣고 두 개로 나뉘어진 선더볼트의 심장을 붙여주세요."

플레임의 말에 따라 수정 구슬을 홈에 집어넣고 두 조각으로 나뉘어 있던 선더볼트의 심장을 하나로 합쳤다. 그러자 희미하게 푸른빛이 나오더니 선더볼트의 심장에서 '윙~' 하는 소리가 들리기 시작했다. 천천히 허공으로 떠오른 선더볼트의 심장은 서 있는 선더볼트의 동체로 날아갔다. 그리고는 모래 속으로 물이 스며들듯 부드럽게 동체 안으로 스며들었다.

잠시 후 선더볼트는 천천히 움직이기 시작했다. 그와 함께 데미안은 주위에 있던 마나가 일제히 선더볼트를 중심으로 움직이는 것을 느꼈다. 데미안 앞에서 걸음을 멈춘 선더볼트는 천천히 왼손을 내려 데미안에게 내밀었다. 선더볼트의 손에는 붉은 보석이 박혀 있는 작은 반지가 들려 있었다. 천천히 반지를 집어 들어 오른쪽 손가락에 낀 데미안의 앞에 갑자기 인간만큼 커진 플레임이 모습을 드러냈다.

"그 반지는 데미안님과 이 선더볼트를 연결시켜는 반지예요. 또한 저의 보금자리라고도 할 수 있지요. 하지만 데미안님이 이 선더볼트의 주인이 되려면 아직 한 가지 거쳐야 할 관문이 있어요."

플레임의 말에는 아랑곳하지 않고 데미안은 갑자기 커진 플레임의 모습을 유심히 살폈다. 자신의 누나인 제레니가 견줄 만한 상대가 없을 만큼 아름다운 미모를 가진 것처럼, 플레임 또한 지독히 아름다운 미녀였다. 제레니가 청순한 백합 같은 미모를 가졌다면 플레임은 활짝 핀 장미처럼 요염하고 사내의 눈을 자극하는 미모를 지니고 있었다.

데미안이 잠시 플레임의 미모에 정신을 팔고 있는 사이, 데미안 앞에 서 있던 선더볼트의 왼쪽 가슴 덮개에 새겨져 있던 선더버드의 문양이 빛나기 시작했다. 그리고는 데미안을 향해 빛을 내뿜기 시작했다. 데미안이 정신을 차리고 고개를 돌렸을 땐 이미 푸른빛에 휩싸인 후였다.

뜨겁지도, 차갑지도 않았다. 아무런 느낌도 주지 않는 푸른빛이 자신의 몸을 감싸고 있는 광경을 데미안은 그저 바라보고 있었다. 1분도 되지 않는 시간이 지나자 푸른빛은 원래 존재하지 않았던 것처럼 사라졌다.

"데미안님, 이제 선더볼트를 향해 '선더볼트, 나에게 문을 열어라'라고 명령을 하세요."

플레임의 말에 데미안은 선더볼트 앞에 서서 큰 소리로 당당하게 외쳤다.

"선더볼트, 나에게 문을 열어라!"

그러자 선더볼트의 가슴에 있던 선더버드의 문양에서 한 줄기 빛이 데미안을 향해 비추었고, 그 순간 데미안의 몸은 순식간에 사라졌다. 데미안이 정신을 차렸을 때는 드미트리우스를 만났을 때처럼 커다란 마법진 위에 서 있었다. 그리고 전면에서 플레임의 음성이 들렸다.

"이제 데미안님은 이 선더볼트의 주인이 되셨어요. 이 선더볼트를 움직이는 방법은 두 가지가 있는데 하나는 제가 움직이는 방법이고, 다른 한 가지는 데미안님이 직접 움직이는 방법이에요. 데미안님께서 마나를 자유자재로 움직이실 수 있다면 선더볼트 역시 자유자재로 움직일 수 있을 거예요."

플레임의 말에 데미안은 정면이 보였으면 좋겠다는 생각이 들었다. 그러자 전면의 어둠에 구멍이 뚫리는 듯하더니 조금 전 자신이 선더볼트에 들어오기 전에 보았던 실내의 모습이 다시 보였다. 직접 선더볼트를 움직여보고 싶었지만 자신을 기다리고 있을 헥터가 생각나 플레임에게 물었다.

"플레임, 빠져 나가려면 어떻게 해야 하지?"

"마음의 문을 닫아라, 라고 생각을 하시면 돼요."

데미안이 그런 생각을 하자마자 그는 어느샌가 선더볼트의 앞에 서 있었다. 데미안은 신기해하며 플레임을 불렀다.

"플레임, 나를 내 동료가 있는 곳까지 안내해 주겠어?"

그러자 데미안의 오른손에서 붉은빛이 번쩍이더니 엄지손가락 크기만한 플레임이 나타나 데미안의 눈앞을 날아다녔다.

"잠깐만 기다리세요."

플레임은 두 손을 머리에 대고 주위를 살펴보더니 곧 철문 밖을 향해 날아갔다. 데미안은 플레임의 뒤를 따라 복잡한 복도를 지나서 열두 개의 석상이 서 있는 홀에 도착할 수 있었다. 그 동안 헥터는 꽤나 초조했는지 데미안을 보자마자 그의 안전부터 살폈다.

"데미안님, 별일 없으셨습니까?"

"헥터, 걱정했지? 별일 없었어."

데미안의 말에 헥터는 그제야 안심했다. 그리고는 데미안의 왼쪽 어깨에 앉아 있는 플레임의 모습을 발견했다. 처음 헥터는 그것이 페어리Fairy인 줄 알았다. 그러나 자세히 보니 일반적인 페어리와는 달리 날개도 없었고, 복장 또한 다르다는 것을 깨달았다.

"데미안님, 왼쪽 어깨에 앉아 있는 그것은 뭡니까?"

"내가 소개를 하지. 이쪽은 내 동료인 헥터 티그리스, 그리고 이쪽은 선더볼트의 심장인 플레임이야."

"티그리스님, 만나게 되어 반갑습니다."

"나도 반가워. 그런데 데미안님, 선더볼트의 심장이라니, 그게 뭡니까?"

"선더볼트는 우리가 흔히 말하는 골리앗의 이름이야."

데미안의 대답에 헥터는 이해가 가지 않는지 눈만 껌벅였다. 그 모습을 본 플레임이 뭐가 그렇게 우스운지 배를 잡고 웃었다. 그 모습에 데미안은 헥터에게 자신이 겪었던 일들을 자세하게 이야기했다. 헥터는 데미안의 자세한 말을 듣고도 잘 이해하지 못했다.

"데미안님의 말씀대로라면 선더볼트라는 것이 데미안님께서 만나신 골리앗이라는 것은 알겠는데, 플레임이 영혼의 구슬에 있던 불꽃의 영혼이라는 말은 전혀 이해할 수 없습니다."

"제가 보기에 티그리스님도 메탈 시터가 있는 것 같은데, 불러주시겠어요?"

플레임의 말에 헥터는 잠시 데미안을 보더니 곧 허공을 향해 짧게 외쳤다.

"엔시아!"

헥터의 말이 끝나자마자 바닥에 거대한 마법진이 순간적으로 나타났고 6.5미터는 족히 돼 보이는 골리앗이 모습을 드러냈다. 골리앗의 등에는 4미터는 충분히 되어 보이는 검이 걸려 있었다. 데미안은 헥터가 골리앗을 가지고 있었다는 사실에 놀란 표정을 지었다.

"헥터가 골리앗을 가지고 있었다니! 믿을 수 없어…… 왜 나에게 말을 하지 않았지?"

"때가 되면 말씀드리려고 했었습니다."

"때라니? 무슨 때를 말하는 거야?"

"데미안님께서 자연스럽게 골리앗과 인연이 닿아 골리앗을 가지게 되었을 때 말입니다."

데미안과 헥터가 대화를 나누고 있는 사이 플레임은 허공을 날아 헥터가 부른 골리앗의 가슴 부분을 살피고 있었다. 그리고는 꽤나 실망스러운 표정을 지었다.

"세상에, 뭐 이런 게 다 있지?"

"플레임, 무슨 일이야?"

"데미안님, 이 엔시아란 메탈 시터의 심장은 너무 조잡하게 만들어졌어요."

"그게 무슨 말이지?"

"전체적인 골격은 선더볼트와 비슷하게 만들어졌지만 심장의 구조와 능력은 선더볼트와 비교도 할 수 없을 정도로 조잡해요. 음…… 아마 드미트리우스님의 능력에 훨씬 못 미치는 사람이 엔시아를 만든 것 같아요."

"심장의 구조와 능력이 떨어지다니, 그게 무슨 말이지? 골리앗은 모두 비슷한 힘이나 능력을 가진 것이 아니었나?"

"어머어머, 데미안님께서는 지금 무슨 말씀을 하시는 거예요? 어떻게 말도 못하는 애하고 저를 비교하실 수 있죠? 게다가 이 엔시아란 애는 겨우 2천 마력의 힘을 가졌지만 선더볼트는, 선더볼트는……."

갑자기 플레임의 말이 작아졌다. 작은 손을 들어 자신의 이마를 만지며 뭔가를 심각하게 생각하더니 어깨를 한번 으쓱하고는 말을 이었다.

"드미트리우스님께서 만드시고 한번도 사용을 안 하셨으니 저도 잘 모르겠어요. 하지만 애보다는 훨씬 셀 거예요."

플레임은 마치 어린 소녀가 지기 싫은 마음에 고집을 부리듯 유치한 투정을 부렸다. 데미안의 말이나 플레임의 말을 듣고 있던 헥터는 플레임이 드미트리우스란 대신관의 신력으로 만들어진 존재라는 것을 알았다. 그렇지만 2천 마력의 힘을 가지고 있는 자신의 엔시아를 보고 조잡하다고 말하는 플레임의 말을 듣고는 자신도 모르게 미소를 지었다. 또 골리앗의 심장이 모두 같은 것이 아니라는 사실도 처음 알게 되었다.

"플레임, 그렇다면 골리앗의 심장인 영혼의 구슬에 봉인된 것이 신인의 피를 이어받은 여자들의 영혼이 아니어도 된다는 말이야?"

"저만 봐도 알잖아요. 그리고 신인들은 절대 신인이나 인간의 영혼을 봉인해 메탈시터의 심장을 만들지 않아요."

"그렇지만 나는 그런 방법으로 만들기도 한다는 말을 들은 적이 있거든?"

"물론 불가능하지는 않을 거예요. 무생물에 영혼을 부여해 수정 구슬에 봉인하는 것보다는 원래 영혼을 가지고 있는 것이라면 더욱 쉽게 메탈 시터의 심장을 만들 수 있을지도 몰라요. 그렇지만 그런 방법은 모든 살아 있는 것을 아끼는 신의 의지를 거역하는 행동이에요."

플레임의 말에 데미안은 고개를 끄덕였다.

"제가 보니까 엔시아란 메탈시터의 심장은 대자연의 마나를 마법을 이용해 강제적으로 모아 만든 것 같아요. 그래서 스스로의 의지가 전혀 없어요. 주인의 말에 따라 움직이기는 하지만, 스스로 움직일 수는 없을 거예요."

"플레임, 그렇다면 골리앗 가운데는 너처럼 스스로 의지를 가지고 있는 골리앗도 있단 말이야?"

"저도 자세한 것은 모르겠어요. 하지만 제가 존재한다는 것은 다른 것도 존재할 수 있다는 것이 아닐까요?"

플레임의 말에 헥터는 고개를 끄덕였다. 골리앗을 그저 자신의 뜻대로 움직일 수 있는 커다란 무기정도로밖에 여기지 않았었는데 플레임의 말을 듣고 보니 골리앗이 마치 살아 있는 생명체처럼 느껴졌다.

"아마도 뮤란 제국을 탈출했던 열두 명의 대신관 정도의 능력을 가진 사람이라면 아마 저와 같은 존재를 만들어낼 수 있다고 생각해요."

"스스로의 의지를 가진 골리앗이라……."

"참! 플레임, 선더볼트는 어떻게 하지?"

"어떻게 하다니 그게 무슨 말이에요?"

"항상 선더볼트와 함께 다닐 수는 없잖아. 그렇다고 어디에 숨겨둘 수도 없는 일이고."

"데미안님은 조금 전 티그리스님이 메탈시터를 호출하는 것을 못 보셨어요? 선더볼트는 아까 그곳에서 기다리다가 데미안님의 호출이 있으면 그곳이 설사 이 뮤란 대륙의 끝이라고 하더라도 모습을 나타낼 거예요. 다만 선더볼트가 움직일 수 있는 충분한 공간이 있어야 한다는 것을 잊지 마세요."

"그러니까 이동 마법진을 이용한단 말이야?"

"예, 게다가 이곳에 있는 마법진은 드미트리우스님께서 직접 설치한 마법진이니 성능에 대해서 걱정하지 않으셔도 돼요."

"그렇지만 난 선더볼트를 조종할 줄도 모르는데?"

"그것 역시 걱정할 필요가 전혀 없어요. 선더볼트를 그저 옷이라고 생각을 하시면 돼요. 데미안님은 옷을 어떻게 움직일까 하는 생각을 하지는 않으시잖아요. 선더볼트는 데미안님이 생각하시는 대로 움직이니 특별하게 조종에 신경을 쓸 필요는 없어요. 또 제가 항상 데미안님의 곁에 있으니 결코 데미안님이 위험한 상황에 빠지지 않도록 선더볼트를 조종할 수 있어요."

플레임의 말에 데미안은 고개를 끄덕였다.

"그건 그렇고, 여기에 선더볼트를 제외한 다른 골리앗은 없는 거야? 마법 책이나 무기들은?"

데미안의 말에 플레임은 고개를 흔들었다.

"저도 잘 모르겠어요. 저는 드미트리우스님께서 만들고 난 후 데미안님께 발견되기 전까지 그 방에서 나와본 적이 없기 때문에 무엇이 있는지 알지 못해요."

"그럼 그걸 알 수 있는 방법은 없어?"

"드미트리우스님께서 평소 연구를 하시던 연구실에 가보면 혹시 알 수 있지 않을까요?"

"그분의 연구실이 있다고?"

"그럼요. 얼마나 책을 좋아하시고 연구를 좋아하신 분이셨는데요."

"그래? 그럼 그곳까지 안내를 부탁해."

데미안의 말에 플레임은 가볍게 허공으로 날아올랐다. 그리고는 1미터 정도 앞장서서 걸음을 옮겼다. 데미안과 헥터 두 사람은 플레임의 뒤를 따라 걸음을 옮겼다.

제14장

드라시안

“그래, 싸일렉스 백작이 우리의 결정을 따를 수 없다고 했단 말인가?”

“그렇습니다.”

사내의 대답에 실내가 잠시 소란스러워졌다가는 곧 조용해졌다. 그러자 다시 사내에게 질문이 쏟아졌다.

“그럼 싸일렉스 백작의 뜻은 알렉스 왕자를 지지하겠다는 것인가?”

“그렇지는 않은 것 같습니다. 자신은 기사도를 지켜 어떠한 경우에도 왕위 계승 문제에는 개입하지 않겠다는 뜻을 분명하게 비쳤습니다.”

“호호호, 자신은 기사도를 지키며 깨끗하게 살겠다? 훌륭해, 정말 훌륭해. 하하하!”

나직하던 웃음이 갑자기 커졌다. 그리고는 갑자기 그쳤다.

“우리에게 포섭되지 않은 다른 귀족들의 동태는 어떤가?”

“대부분의 귀족들이 싸일렉스 백작의 행동을 주시하며 쉽사리 결정을 내리지 못하고 있습니다.”

“기회만 엿보는 쓰레기 같은 놈들. 알렉스 왕자의 행방은 찾았는가?”

“부하들을 동원해 조사를 하고 있지만 좀처럼 흔적을 찾지 못하고 있습니다.”

“스파리얼 남작! 대체 시간을 얼마나 줬는데 아직도 행방을 찾지 못했단 말인가?”

“죄송합니다, 후작님.”

창문에 쳐진 커튼 탓인지 실내는 무척 어둡고, 또 무거워 보이는 곳이었다. 반월형으로 생긴 탁자에 둘러앉은 사람들 가운데 중앙에 있던 사람의 호통에 무싸크는 고개를 숙였다. 물론 불만이 없는 것은 아니었다. 그들도 몇 년 동안이나 찾지 못했던 알렉스 왕자의 행방을 어떻게 단 몇 달 만에 찾을 수 있겠는가. 그렇지만 상대는 뛰어난 검술을 익히지 못했으면서도 후작의 직위에 오른 입지전적인 인물이었다.

물론 반드시 뛰어난 검술을 익혀야만 높은 작위를 받을 수 있는 것은 아니지만, 트렌실바니아 왕국처럼 작은 나라에서는 뛰어난 검술 실력이 곧 작위로 이어지는 일은 당연했다. 그렇기에 소드 마스터인 두 명의 공작과 다섯 명의 후작들이 트렌실바니아 왕국의 군부를 장악하는 일이 가능했던 것이다.

지금 트렌실바니아 왕국에서 그들 7인 위원회를 제외하고 공작이나 후작의 작위를 가지고 있는 사람은 단 한 명, 바로 귀족원의 대원로인 안토니오 드 니컬슨 후작뿐이었다. 원칙적으로 귀족원의 최고 우두머리는 국왕이 맡게 되어 있지만, 실질적인 지배자는 안토니오 드 니컬슨 후작으로 이미 30여 년 동안 귀족원을 지배하고 있는 사람이었다.

"그럼 알렉스 왕자에게 충성을 맹세한 신흥 귀족들은 모두 파악을 끝냈는가?"

"의심스러운 자들은 몇 명 발견을 했지만 그들이 알렉스 왕자님께 충성을 맹세했는지는 좀더 조사를 해봐야겠습니다. 그리고 그러기 위해서 저에게 뛰어난 부하들을 몇 명 붙여주신다면 감사하겠습니다."

무싸크의 말에 안토니오는 자신의 턱수염을 만지며 고심했다. 자신이 70여 년 동안 살아오며 요즘처럼 피곤한 적이 별로 없었다. 처음에는 자신이 괜히 제로미스 왕자를 지지한다고 말한 것이 아닌가 하고 생각도 들었지만 지금은 아니었다. 자신이 볼 때 제로미스의 성격이 조금 급한 것은 사실이지만 그렇다고 어리석은 사람은 아니었다. 따라서 자신이 해야 할 일이 무엇인가를 분명히 알고 있다고 판단을 했다. 게다가 루벤트 제국에 빼앗긴 옛 영토를 되찾으려면 제로미스 왕자같이 과감하고 결단성 있는 인물이 아니면 불가능하다고 판단했기에 안토니오로서는 무슨 일이 있어도 제로미스 왕자를 왕위에 등극시켜야만 했다.

다행히 7인 위원회에서 엄정 중립을 선포했기에 망정이지 그렇지 않았다면 트렌실바니아 왕국은 더욱 혼란스러워졌을지도 모르는 일이었다. 만약 무능한 둘째 왕자 기난 왕자나 심약한 성격의 소유자인 셋째 왕자 알렉스 왕자가 왕위를 계승한다면 트렌실바니아 왕국은 그날로 끝장일 것이라고 안토니오는 판단을 했기에 첫째인 제로미스 왕자를 지지하고 나선 것이다.

왕위 계승에 별 무리가 없을 것이라고 예상했던 그의 생각과는 달리 아무런 힘도, 지지 세력도 없었던 셋째 알렉스 왕자가 벌써 몇 년째 속을 썩이고 있었다. 게다가 제로미스 왕자의 성격에 비해 온순한 성격을 가졌기 때문인지는 모르지만 온건주의 성향을 띤 귀족들과 또 젊은 귀족이나 기사들의 지지를 받아 꾸준히 세력을 넓히기 시작해 지금은 도저히 무시할 수 없는 수준에까지 도달한 것이다. 몇 번을 다시 생각해도 역시 왕위는 첫째인 제로미스 왕자가 이어야 한다고 결론 내린 안토니오는 자신의 명령을 기다리고 있는 무싸크에게 명령을 내렸다.

"스파리얼 남작, 그대에게 제4용병단에서 필요한 인원을 착출할 수 있는 명령서를 주겠다. 조속한 시간 안에 만족할 만한 소식을 가져오도록."

"명심하겠습니다, 니컬슨 후작 각하."

무싸크가 회의실을 빠져 나가자 안토니오는 고개를 돌려 옆에 있던 중년 사내에게 물었다.

"지금 전하께서는 무엇을 하고 계신가?"

"근위 기사 단장이신 랄프 경과 검술 연습을 하고 계십니다."

"다른 말씀은 없으셨는가?"

"모든 것을 후작님께 맡기겠다는 말씀 이외에 다른 말씀은 없으셨습니다."

중년 사내의 대답에 안토니오는 지그시 눈을 감고 잠시 옛 생각에 빠졌다.

자신이 태어나면서부터 들어왔던 이야기는 아름답고, 평화스러웠던 트레디날 제국이 루벤트라는 대제국의 침입을 받아 영토를 빼앗기고, 고통을 받게 되었다는 이야기뿐이었다. 그의 부친은 안토니오에게 귀족의 한 사람으로 반드시 빼앗긴 땅을 되찾고, 트렌실바니아 왕국을 강한 나라로 키워야 한다고 몇 번이나 강조하곤 했다.

이제 세월이 지나 그 아버지는 이 세상에 없지만 그가 한 말은 아들 안토니오의 인생의 지표가 되었다. 불행인지 다행인지 안토니오에게는 뛰어난 검술을 익힐 자질이 없었다. 그런 탓에 어려서부터 정치와 외교에 관심을 두었고, 비교적 젊은 나이에 귀족원의 실세로 자리잡을 수 있었다. 비록 7인 위원회가 장악한 군부에는 손을 댈 수 없지만, 그들 역시 귀족원을 무시하고 정치에 개입할 수는 없었다.

현 국왕은 너무나 무능해 7인 위원회가 군부를 장악하는 것을 말리지도 못했다. 다만 귀족원에 소속된 귀족들이 산발적이고 지속적으로 7인 위원회에 반발하고 저항하지 않았다면 이 정치권 역시 벌써 그들의 손아귀에 들어갔을지도 모르는 일이었다.

"샤드 공작의 동태는 요즘 어떤가?"

"무슨 생각인지는 모르지만 자신의 저택에서 꼼짝도 하지 않고 있습니다."

"그래?"

이미 수십 년 동안 군부를 장악해 온 전설적인 인물인 에이라 폰 샤드 공작이 자신의 저택에서 꼼짝도 하지 않는다는 소식은 왠지 신경에 거슬렸다. 그가 군부를 장악하는 데 걸린 시간은 불과 2년, 그만한 힘과 능력을 가진 인물이 지난 20년 동안 별다른 움직임을 보이지 않았다는 사실을 그대로 받아들이기에는 샤드 공작이 가지고 있는 카리스마가 너무 강했다.

그히 크지 않은, 아니, 오히려 일반 사람보다 더 작은 체구를 가진 샤드 공작을 처음 보았을 때 안토니오는 자신의 몸이 겨울 호수에 빠진 듯한 오싹함을 맛보았다. 그와 동시에 든 생각은 무슨 일이 있어도 절대 이 사람을 건드리거나 자극해서는 안 된다는 생각뿐이었다. 그런 느낌은 20년이 지난 지금도 마찬가지였다. 땀이 비 오듯 쏟아지는 한여름에도 그 생각만 하면 온몸이 오싹해지는 것이 한동안 시원하게 보낼 수 있을 정도였다.

"샤드 공작을 감시하는 자들을 모두 철수시켜라."

"예?"

"샤드 공작을 더 이상 감시하지 말란 말이다."

"알겠습니다, 후작 각하."

"그리고 단테스 공작의 동정은 어떤가?"

"그분 역시 자신의 저택에서 꼼짝하지 않기는 샤드 공작과 마찬가지입니다."

"이 트렌실바니아 왕국에 단 두 명뿐인 공작들이 전부 자신의 집에서 꼼짝하지 않는다니 정말 신경에 거슬리는군."

안토니오의 중얼거림에 중년 사내는 고개를 저었다.

"그렇지만 단테스 공작 각하께서는 거의 매일 귀족들을 불러 파티를 베풀고 계십니다."

"그런 보고는 나도 받았다. 특별한 움직임이라도 있느냐?"

"그렇지는 않습니다. 공작 각하께서는 순수하게 파티를 즐기시는 것 같았습니다."

안토니오는 중년 사내의 대답에 '이 멍청한 놈!' 이란 말이 목까지 치밀었지만 필사적인 노력으로 눌러 참았다. 겨우 백작의 가문에 태어나 놀라운 검술 솜씨로 전쟁에서 공을 세워 공작의 작위까지 받은 자가 날마다 파티를 하는데 어떻게 순수하게 파티를 즐긴단 보고를 할 수 있단 말인가? 아무리 돈이 들더라도 부하들을 똑똑하게 교육을 시키든지, 아니면 똑똑한 놈을 뽑던지 해야겠다는 생각이 저절로 들었다.

"스파리얼 남작 몰래 다시 사람들을 뽑아 알렉스 왕자의 행방을 찾도록 해라."

"알겠습니다."

중년 사내가 대답과 함께 회의실을 빠져 나갔고, 안토니오는 턱을 어루만지며 생각에 빠졌다. 너무도 골몰한 탓인지 누가 자신의 곁으로 오는 것도 전혀 깨닫지 못했다. 안토니오의 곁으로 다가온 사람은 천천히 그의 목에 팔을 둘렀다.

"어?"

"할아버지, 이렇게 컴컴한 곳에서 뭐 하고 계세요?"

"오오~ 내 사랑스런 강아지 아니냐."

"피이~ 또 강아지래."

입을 삐죽이 내미는 젊은 여자는 그래도 팔을 풀지 않은 채 안토니오의 뺨에 자신의 뺨을 비볐다. 물결 모양으로 굴곡이 진 부드러운 금발이 어깨를 가리고 있었고, 주름이 잡힌 연분홍 색의 드레스가 화사하게 보였다. 보기 드문 미녀였다. 특히 여자에게서는 좀처럼 볼 수 없는 짙고, 일자로 쭉 뻗은 눈썹이 인상적인 미녀였다. 안토니오는 부드러운 미소를 지으며 손녀가 전해주는 혈육의 온기를 내심 행복한 기분으로 즐기고 있었다.

"구슨 일로 왔느냐?"

"당연히 할아버지가 보고 싶어서 왔죠."

"혹시 제로미스 전하가 보고 싶어서 온 것은 아니냐?"

안토니오의 놀리는 듯 한 말에 에린, 아니, 에이드리안의 얼굴이 붉어졌다. 그런 손녀의 모습에 안토니오는 만족스러운 표정을 짓고 있었다.

자신이 아들을 낳았을 때 안토니오는 트렌실바니아 왕국의 귀족들과 정계를 휘어잡을 모든 계획을 세웠었다. 그러나 세월이 지나 아들이 장성함에 따라 안토니오는 아들의 무능력에 하늘이 무너지는 것 같았다. 게다가 자신이 허락지 않는 결혼을 했을 땐 당장 그 자리에서 죽이고 싶은 마음까지 들었다. 더 더욱 그를 실망시킨 것은 그들이 낳은 자식이 가문을 이을 수 있는 아들이 아니라 딸이었다는 사실이었다. 그러나 시일이 흐른 후 그 손녀의 영특함을 알게 된 안토니오는 수십 년 동안 가슴속에 쌓였던 그의 야망이 다시 한 번 살아나는 것을 느꼈다.

"피이~ 할아버지는 괜히 이상한 말씀을 하시고 그래요!"

조금은 화가 난 듯한 에이드리안의 말에도 안토니오는 얼굴에서 미소를 지우지 않았다.

"그래? 지금 전하께 같이 갈까 했는데 그럼 그만두어야겠구나."

"아니에요, 저도 같이……."

"허허허."

자신의 잔꾀에 속아 금방 본심을 이야기하며 얼굴을 붉히는 손녀의 모습에 안토니오는 가슴 깊은 곳에서 치밀어 오르는 웃음을 참을 수 없었다.

"그래, 같이 가서 전하를 뵙도록 하자꾸나."

"고마워요, 할아버지. 쪽!"

에이드리안은 기뻐하며 안토니오의 뺨에 커다란 소리가 나도록 입맞춤을 했다. 안토니오는 기뻐하는 손녀와 함께 팔짱을 낀 채 제로미스에게로 향했다.

*　　　　*　　　　*

　"이게 뭔가?"

　"전하께 전해드리라는 디미트리히님의 편지입니다."

　"유로안이?"

　지저분한 차림의 청년이 편지를 받아 읽는 동안 그 모습을 지켜보던 중년 사내는 기구한 청년의 신세를 진심으로 안타까워했다. 누구보다 고귀한 신분을 가지고 태어난 그이기에 지금 왕궁에서 영화를 누리고 있어야 할 신분임에도 불구하고 생명의 위협을 느껴 이런 지저분한 여관을 전전하고 있다는 사실이 너무도 안타까웠던 것이다. 편지의 내용을 다 읽은 청년은 힘없이 편지를 내렸다.

　"아버님의 병세가 그렇게 악화되셨단 말인가?"

　"자세한 것은 알 수 없지만 요즘은 디미트리히님과 대신관이신 칼슨 대주교께서 매일 폐하 곁에 계시는 것으로 보아 그다지 호전되지는 않은 것 같습니다."

　중년 사내의 대답에 청년은 나직이 한숨을 쉬었다. 궁정 마법사인 유로안 디미트리히나 왕가의 신으로 정한 선더버드를 추종하는 칼슨 메로아 대주교가 함께 있을 정도라면 상태가 심각해도 보통 심각한 것이 아니라는 것을 쉽게 짐작할 수 있었다. 몇 해 전까지만 해도 두 사람의 사랑을 받았던 자신의 어린 시절이 기억나자 지금 당장 궁성으로 갈 수 없다는 현실에 울분이 치밀었다.

　"요즘 페인야드의 사정은 어떤가?"

"휴우, 귀족원의 힘이 날로 강해져 이제는 7인 위원회의 샤드 공작 각하라 할지라도 함부로 대할 수 없을 정도입니다. 많은 귀족들을 회유나 협박, 황금으로 매수해 귀족원에 소속되지 않은 귀족들은 찾아보기 힘들 지경입니다."

"형님은 어떠신가?"

"형님이라면 누굴?"

"제로미스 형님 말일세."

청년의 말에 중년 사내는 어이가 없었다. 아무리 친형제라고 하더라도 자신의 목숨을 노리는 상대에게 형님이라고 부를 수 있는 청년의 나약함에 저절로 고개가 저어졌다.

"그분은 귀족원의 막강한 힘을 바탕으로 왕위를 계승할 준비를 거의 마치신 상태입니다. 아마도 알렉스 전하의 신병(身柄)만 확보가 된다면 곧바로 왕위 계승을 하실 겁니다."

중년 사내의 말에 알렉스는 저절로 한숨이 새어나왔다. 비록 자신의 주위에 사람들이 몰려들기는 하지만 아직까지도 자신이 형님인 제로미스와 피를 흘러가며 왕위 계승을 다투어야 할지 결정을 내리지 못하고 있었다. 물론 자신도 제로미스가 트렌실바니아 왕국의 국왕이 된다면 당장 루벤트 제국과 전쟁을 일으킬 것이라는 소문을 듣지 못한 것은 아니다. 또 어렸을 때부터 보아왔던 그의 성격으로 볼 때 충분히 가능성이 있는 일이란 사실도 인정한다. 그러나 그와는 같은 어머니에게서 태어난 형제란 사실이 못내 마음에 걸렸다.

"알렉스 전하, 지금 전하의 마음이 어떤지는 잘 압니다. 그러나 지금도 음지에서 전하를 위해 목숨을 걸고 활동하는 사람들의 충정을 잊지 마시고 용기를 내십시오. 제로미스 전하께서 왕위를 계

승할 경우 이 트렌실바니아 왕국은 그날로 멸망할지도 모르는 일
입니다. 이 땅에는 국왕이나 귀족들만 사는 것이 아닙니다. 더 많
은 수의 국민들이 살고 있다는 점을 잊지 마시고 용기를 내시기
바랍니다. 전하, 그럼 다음에 뵐 때까지 안녕히 계십시오."

중년 사내는 그 말을 남기고 방을 빠져 나갔다. 홀로 남은 알렉
스는 자신의 머리를 움켜쥐며 괴로워했다.

"대체 나보고 뭘 어쩌라는 거지?"

*　　　*　　　*

"헥터, 이것 참 신기하지 않아?"

드미트리우스의 던전을 찾고, 그곳을 떠난 지 벌써 10여 일이
흘렀건만 데미안은 그곳에서 찾은 물건을 하나하나 꺼내 살피며
매일매일을 신기해하며 보냈다.

지금 데미안의 손에 들려 있는 것은 뻣뻣한 검은 가죽으로 만
든 원통 모양으로 생긴 이상한 물건이었다. 각각 앞과 뒤에는 유
리를 깎아서 눈을 대고 볼 수 있도록 만들어졌으며, 전체적으로
이 등분이 되어 있어 접고 펼 수 있도록 만들어져 있었다. 가장
큰 특징은 작은 곳에 눈을 대어 사물을 보면 원래 있던 위치보다
상당히 가까이, 그리고 자세히 보였고, 반대로 큰 쪽으로 보면 원
래의 위치보다 더 멀리 보였다.

데미안은 드미트리우스의 던전에서 꽤 여러 가지 물건을 챙겨
서 나왔고, 그중에서도 지금 손에 들고 있는 물건을 제일 신기하
게 생각했다. 그 모습을 본 헥터는 그 물건이 텔레스코프Telescope
라고 부르는 망원경(望遠鏡)이란 사실을 도저히 밝힐 수 없었다.

"데미안님, 그 던전은 안전한 겁니까?"

"응. 그럼 안전하고 말고. 플레임이 말한 대로 했으니까 헥터가 다시 가서 찾는다고 해도 쉽게 찾지는 못할 거야."

데미안의 말에 헥터는 전혀 안심이 되지는 않았지만 그래도 일단은 믿는 수밖에 없었다. 점점 늦어지는 자신의 말을 채근하며 데미안에게 물었다.

"그럼 다음 목적지는 어디입니까?"

"서쪽 국경선 근처에 있는 '침묵의 숲' 이야."

데미안의 태연한 대꾸에 헥터는 긴장하지 않을 수 없었다. 침묵의 숲이라면 뮤란 대륙에 사는 사람치고 모르는 사람이 없었다.

처음 사건이 일어난 것은 200년 전 그 숲을 통과해 물건을 운송하던 인부들에 의해 발생했다. 엄청나게 많은 물건을 싣고 그곳을 지나치던 상인의 행렬이 어느 순간 사라져 버린 것이다. 물건을 잃어버린 상인은 사색이 되어 용병들을 고용해 자신의 물건을 찾기 위해 다시 침묵의 숲을 찾았고, 그들 역시 숲을 횡단하는 동안 사라지고 말았다. 문제는 점점 커져 마침내 트레디날 제국의 병사들마저 출동하는 사태에 이르렀지만 그들 역시 어느 순간 사라지고 말았다.

그 일은 결국 트레디날 제국의 황실에 알려졌고, 몇 번에 이르는 조사가 이루어졌지만 그때마다 조사에 참가한 사람들은 영원히 돌아오지 못했다. 결국 트레디날 제국의 황제는 그 숲에 사람이 다닐 수 없다는 푯말을 거는 것으로 일단락을 지었다. 그렇지만 가장과 전재산을 날린 상인의 가족들은 남은 재산을 털어 계속해서 용병들을 고용했고, 수많은 용병들을 그곳으로 보냈지만 그곳은 마치 지옥의 입구라도 되는 양 단 한 사람도 돌아오지 못했다. 그 소문이 뮤란 대륙으로 퍼져 나름대로 자신의 검술에 자신이 있는 사람들이 도전을 했지만, 그들 역시 돌아오지 못하기는 마찬가지였다. 그런데 그곳에 신인들의 던전이 있다니…….

심각해하는 헥터와는 달리 데미안은 아무 생각 없이 망원경을 만지며 낄낄거리고 있었다. 겉으로 보기에는 견줄 만한 상대가 없는 데미안이건만—물론 얼굴만이다—하는 짓은 아직도 어린아이와 다를 바가 전혀 없었다. 나직하게 한숨을 쉰 헥터가 여전히 망원경을 만지고 있는 데미안에게 물었다.

"데미안님, 침묵의 숲에 있는 던전의 위치를 정확하게 아십니까?"

"아니."

데미안은 당연하다는 듯 대답을 했다.

"데미안님께서 알고 계시는지는 모르지만 침묵의 숲은 거의 트렌실바니아 왕국의 크기와 맞먹습니다. 그곳의 정확한 위치를 모른다면 던전을 찾는 데 얼마만큼의 시일이 걸릴지 모르는 일입니다."

걱정에 싸인 헥터와는 달리 데미안은 망원경을 눈에 대고 사방을 둘러보며 별일 아니라는 듯 대답했다.

"그럴지도 모르지만 어쩌면 더 쉽게 찾을지도 모르는 일이잖아. 그런 걱정은 침묵의 숲에 도착해서 하는 것이 어때?"

"그럼, 며칠 전부터 우리의 뒤를 누군가 뒤따르고 있다는 사실은 아십니까?"

헥터의 말에 비로소 데미안은 조금 심각한 표정을 지었다.

"나도 대강 누군가 우리의 뒤를 따른다는 느낌을 받기는 했지만 그것이 누군지, 또 얼마나 되는진 알 수가 없더라고. 그래서 일단은 그냥 두고 보는 거야."

"그럼 그들이 루벤트 제국의 스파이라고 생각을 하십니까?"

"헥터, 이제 보니까 성격이 무지하게 급하구나. 나를 감시하는 것이 목적이라면 계속 감시만 할 것이고, 제거가 목적이라면 언젠 가는 공격을 하겠지."

하나마나한 소리를 태연스럽게 하는 데미안의 모습을 헥터는 어이가 없다는 표정으로 바라보았다. 게다가 뭐, 자신의 성격이 급하다고? 이스턴 대륙의 검술을 익히고 난 후부터 데미안은 이상할 정도로 자신감에 차 도무지 헥터의 말을 들으려고 하지 않았다. 지금도 마찬가지였다. 정체도 알 수 없는 적에게 감시를 당하고 있음에도 불구하고 데미안은 마치 피크닉이라도 나온 어린아이처럼 태연하기 이를 데 없었다. 어느덧 날이 어두워지고 있었다.

"데미안님, 오늘은 야영을 해야 할 것 같습니다."

"그래? 그럼 그러지 뭐."

데미안이 말을 세우고 땔감으로 쓸 몇 개의 나무를 주워 와 불을 피우는 동안 헥터는 요기할 준비를 했다. 빨간 불꽃이 하늘 높이 치솟아 오르며 모닥불이 피어나자 언제 나타났는지 플레임이 데미안의 왼쪽 어깨에 앉아 있었고, 데미안과 플레임은 타오르는 모닥불을 정신없이 바라보고 있었다. 이미 12월도 중순이 지났지만 바람이 불지 않았기 때문인지 별로 추위를 느끼지 못했다.

트렌실바니아 왕국은 뮤란 대륙의 중앙에 위치한 관계로 겨울이 12월 중순에서 다음해 2월 중순까지로 두 달밖에 되지 않았다. 그런 날씨 덕분에 싸일렉스 같은 지방에서는 이모작뿐만 아니라 삼모작까지 가능했다.

"뭘 그렇게 열심히 보십니까?"

"이 불을 보면 말이야 항상 뭔가가 생각날 것 같은 그런 느낌이 들거든. 내가 기억하지 못하는 뭔가가 생각날 것 같아."

데미안은 말과 함께 품에서 페인야드를 떠나며 그렸던 여전사의 초상화를 꺼내 들었다. 순간 데미안은 얼마 전 꿈에서 그녀에게 죽음을 당하던 자신의 모습이 떠올랐다.

"헥터."

"예?"

"헥터는 혹시 드라시안이라는 말을 알아?"

"드라시안이요? 글쎄, 처음 들어보는 것 같습니다."

헥터가 대답을 하는 사이 플레임은 불꽃 위에서 춤을 추고 있었다. 하얀 옷을 나풀거리며 춤을 추는 플레임의 모습은 환상적이었다. 그녀가 움직일 때마다 불꽃이 따라 움직여 마치 불꽃을 다스리는 불의 여왕 같았다.

"데미안님, 드라시안은 원래 드래곤들의 언어예요."

"드래곤의 언어?"

"드래곤이 원래의 모습에서 낳은 새끼는 헤츨링Hatchling이라고 부르지만, 인간으로 폴리모프(Polymorph : 변신)한 상태에서 낳은 자식은 드라시안Dracian이라고 불러요."

플레임의 말에 데미안은 충격을 받지 않을 수 없었다. 분명 꿈에서 여전사는 자신을 드라시안이라고 불렀었다. 그렇다면 자신이 인간의 자식이 아니라 드래곤의 자식이란 말인가? 자신이 자렌토 싸일렉스 백작의 자식이 아니라는 것을 알게 된 것도 불과 몇 개월 전이었는데, 이제는 드래곤의 자식이라는 말까지 듣게 되다니……. 데미안은 아무런 말도 할 수 없었다. 데미안은 상당한 충격을 받았는지 멍한 얼굴을 하고 있었고, 옆에서 그 모습을 본 헥

터는 방금 플레임이 한 말과 데미안이 어떤 연관이 있다고 직감
했다. 데미안이 정신을 차린 것은 한참 후의 일이었다. 딱딱하게
굳은 얼굴로 다시 질문했다.

"그럼 드라시안은 꼭 죽여야 할 위험한 존재야?"

"드라시안이 얼마나 위험한 존재인지는 저도 들은 적이 없어 잘 모르겠어
요."

"그 헤츨링인가 하고 드라시안에 대해서 좀더 자세히 설명을
해 주겠어? 어쨌든 둘 다 드래곤의 자식인 것만은 사실이잖아."

"아니에요, 둘은 완전히 달라요. 헤츨링은 드래곤으로서의 특성을 가지고
태어나지만, 드라시안은 인간의 특징을 가지고 있어요. 인간과 드래곤은 엄
연히 다르죠."

"그럼 드래곤은 성별이 없는 거야?"

"성별이 없는 것이 아니라 두 개를 모두 가지고 있어요. 신과 악마는 단지
외형적인 모습일 뿐 성별이 없지만 드래곤만은 남성과 여성, 두 가지 성별을
모두 가지고 있는 유일한 존재예요."

데미안이 여전사가 자신을 죽이려 했던 꿈을 기억하고 있을 때
플레임이 말을 이었다.

"전에 드미트리우스님께서 말씀하실 때 드래곤은 자신들이 세상에서 가
장 우월하다는 망상에 사로잡힌 존재들이기 때문에 세상의 조화를 깨는 행
동을 자주 한다고 말씀하셨어요. 게다가 그들에게는 신의 능력에 필적하는
마법의 힘이 있는 탓에 일평생 고독하게 살 수밖에 없는 존재라고도 하셨
죠."

헥터가 음식 준비를 마쳤지만 데미안은 플레임에게 계속해서
질문을 했다.

"플레임, 네 말대로라면 그렇게 잘난 존재가 왜 인간의 자식을 낳

은 거지? 게다가 자신이 그렇게 무시하는 존재의 자식을 말이야?"

"음, 이런 비유는 어떨까요? 물론 성격에 따라 다르기는 하겠지만, 만약 데미안님이 5,000년을 산다고 가정하면 데미안님은 어떻게 살겠어요? 게다가 남성과 여성, 두 개의 성별을 모두 가지고 있다면 말이에요."

갑작스런 플레임의 질문에 데미안은 심각하게 고민을 했다.

"잘은 모르겠지만 여러 가지를 했을 것 같아."

"여러 가지라면 어떤 것을 말씀하는 거죠?"

"기사도 되었다가, 모험가도 돼보고, 소작농이 돼보기도 하고…… 그렇군, 여자도 될 수가 있으면 결혼을 해 애를 낳아볼 수도 있겠구나."

데미안의 대답에 헥터는 어이가 없었지만 일단 두 사람(?)의 말에 귀를 기울였다.

"그래요, 오랜 세월을 산다는 것은 어떻게 생각하면 지루한 일일 수도 있어요. 제가 만약 인간만큼 복잡한 생각을 가지고 있었다면 아마 미쳐버리고 말았을 거예요. 그러나 드래곤은 인간보다 훨씬 복잡한 생각을 할 수 있는 존재예요. 그들이 인간에 비교해 거의 무한하다고 할 수 있는 수명을 잠시라도 즐기는 방법은 두 가지뿐이에요. 드래곤의 본성인 파괴를 즐기거나 아니면 다른 생명체들의 삶에 끼여드는 것이죠."

플레임은 타오르는 불씨처럼 하늘거리며 설명했다.

"그들이 인간으로 변신해 인간의 자식을 낳은 것은 어찌 생각하면 그들의 지루하기 이를 데 없는 삶을 즐기는 놀이 가운데 하나일지도 모르죠."

플레임의 말에 데미안은 자신도 모르게 주먹을 움켜쥐었다.

"그럼 그렇게 태어난 자식들은?"

"데미안님, 드래곤을 인간의 관점에서 보지 마세요. 조금 전에도 말씀드렸지만 아이를 낳거나, 결혼을 하거나 하는 것은 드래곤의 입장에서는 모두 재미있는 놀이에 불과해요. 재미있게 놀면 그만이지, 놀고 난 다음 장난감을 어떻게 해야 할까 하는 걱정까지 드래곤이 해야 될 이유는 없잖아요."

플레임의 그 말을 듣는 순간 데미안은 가슴속에서 온몸을 태워 버릴 것 같은 분노가 치미는 것을 느꼈다. 자신의 존재가 한낱 드래곤이 심심해서 가지고 놀다 버린 하찮은 장난감이 불과하단 말인가? 자신이 싸일렉스 백작의 아들이 아니라는 사실을 알았을 때는 커다란 충격과 실망을 느꼈지만, 인간의 자식이 아니라는 사실을 알게 된 지금은 까닭 모를 엄청난 분노가 치밀었다. 부서질 정도로 주먹을 움켜쥐었던 데미안은 어금니를 깨물며 억지로 마음을 진정시켰다.

만약 꿈에서 여전사가 말한 것같이 자신이 드래곤의 자식이기에 죽이려 했다면 그녀에게 두려움이나 공포를 느끼는 것은 이해를 하지만, 그리움이나 반가움을 느끼는 이유는 대체 무엇 때문이란 말인가?

데미안이 미친 듯이 자신의 머리를 감싸며 괴로워할 때 누군가가 그들의 모닥불 쪽으로 다가오는 것이 보였다. 순간 헥터가 재빠르게 바스타드 소드를 움켜쥐며 일어서자, 어둠 속에서 사내의 음성이 들려왔다.

"공격하지 마시오, 우린 상인들이오."

모닥불 가로 그들이 다가오자 곧 그들의 모습을 확인할 수 있었다. 고급스러운 옷을 걸친 상인 하나가 말을 타고 있었고, 그 뒤를 10여 명의 하인들이 짐이 잔뜩 실린 말과 당나귀들을 끌며 다가왔고, 그들 주위를 다시 네 명의 사내가 호위를 하고 있었다.

"우리는 밀턴시로 가는 상인들이오. 이렇게 넓은 들판에서 만난 것도 인연이니, 하루저녁 같이 보냅시다."

부드러운 인상을 가진 상인의 말에 헥터는 고개를 돌리고 데미안을 바라보았다. 그러나 데미안은 꿈쩍도 하지 않은 채 머리를 숙이고 있었다.

"데미안님, 어떻게 할까요?"

그제야 고개를 든 데미안은 헥터의 설명을 듣고는 고개를 끄덕였다. 잠시 데미안과 헥터의 모습을 바라보던 상인은 곧 하인들에게 명령해 야영할 준비를 했다. 꽤 요란한 소리가 났지만 데미안은 여전히 자신만의 세계에 빠져 있었다.

"아직 식사를 하지 않았으면 같이하도록 합시다."

다시 데미안에게 다가온 상인은 예의 그 미소를 띠고 있었다. 상인이 계속해 자신의 사색을 방해하자 신경질을 내려던 데미안은 곧 생각을 바꿔 상대의 호의를 받아들였다.

"귀하의 성의, 감사히 받아들이겠습니다."

그들 일행에 합류한 데미안은 꽤나 호사스러운 음식을 먹으며 상인에게 물었다.

"저는 데미안이라고 하는 용병입니다만……."

"그러고 보니 아직 내 소개를 하지 않았구려. 난 이반 호미테란 사람이오. 트렌실바니아 전역을 떠돌아다니며 조그맣게 장사를 하는 상인이오."

"저는 헥터라고 합니다. 데미안님을……."

"하하하, 이 친구는 저와 함께 다니는 동료입니다. 친구처럼 지내자고 해도 통 말을 듣지 않는군요."

자신의 말을 자른 데미안의 행동에 헥터는 데미안이 무슨 생각을 하는지 몰라 걱정이 앞섰다.

"혹시 귀족의 자제가 아니오?"

역시 상인답게 눈치가 빨랐다. 그러나 얼굴이 두껍기로 따지자면 데미안도 남부러울 것이 없는 사람이었다.

"하하하! 그렇게 보입니까? 알고 보면 저도 어렸을 때 꽤나 고생을 많이 했습니다. 하지만 선천적으로 얼굴이 희어 종종 그런 소리를 듣지요."

"그랬군. 혹시 바쁜 일이 없다면 나와 우리 일행을 좀 보호해 주겠나? 밀턴시까지 가야 하는데 서둘러 오느라 용병을 넷밖에 구하지 못했소. 만약 두 사람이 밀턴시까지 우리를 호위해 준다면 내 대가는 섭섭하지 않게 지불하겠네."

"그렇게 하도록 하죠."

데미안의 시원스러운 대답에 이반은 만족스러운 듯 고개를 끄덕였다.

"그건 그렇고, 자네, 정말 사내가 맞는가?"

이반의 말에 데미안은 기분이 상했지만 최대한 인상을 편 다음 대답했다.

"종종 그런 말을 듣기는 합니다만 전 분명히 남잡니다."

"정말 아름다운 얼굴이야. 여자들이 보면 한눈에 반하고 말겠군. 나도 트렌실바니아 왕국 전역을 돌아다니며 장사를 하지만 자네만큼 아름다운 얼굴을 가진 사람은 처음 보네. 아니, 그러고 보니 또 한 사람이 있군."

자신보고 여자 같다는 소리만 들으면 번번이 열 받는 데미안이지만 자신의 미모(?)와 견줄 만한 사람이 있다는 사실에 기분이 묘해졌다. 그리고 그 상대가 누군지 궁금해졌다.

"그 사람이 누굽니까?"

"하하하, 그렇게 궁금한가? 바로 싸일렉스 백작의 따님이신 제레니 드 싸일렉스님이시지. 비록 먼 곳에서 보기는 했지만 그분만큼 아름다운 분은 아직 보지 못했네. 자네 얼굴을 보니 문득 제레니 싸일렉스님이 생각나는군."

상인의 대답에 데미안은 그제야 자신이 페인야드를 떠나며 집에 아무런 연락도 하지 않았다는 사실이 떠올랐다. 그렇기는 헥터 역시 마찬가지였다. 조금은 켕기는 얼굴로 서로가 바라보자 이반은 그 모습을 오해했다.

"자네들이 아직 그분을 못 뵈서 그렇지 직접 그분의 얼굴을 한 번이라도 본다면 당장 사랑에 빠지게 될 것이네. 이제 그분의 나이도 스무 살이 넘었으니 곧 결혼을 하시겠지. 그분을 차지하는 행운아는 과연 누굴까?"

이반의 말에 데미안은 문득 제레니의 아름다운 얼굴을 떠올렸다. 그리고는 언제나 걸고 다니는 목걸이를 꺼내 가만히 손에 쥐었다. 제레니가 속아서 샀는지, 아니면 데미안이 위험한 일이 없었던 탓인지는 모르지만 그 목걸이가 어떤 징후를 나타낸 것을 한 번도 본 적이 없었다. 희미하게 마법의 힘이 느껴지는 것을 보면 마법의 목걸이가 맞는 것 같긴 한데 아무런 변화도 없으니 그것이 마법의 목걸이가 맞는지 틀리는지 확인할 수 없었다. 지금은 제레니가 자신에게 준 부적으로 생각하고 항상 걸고 다닐 뿐이었다.

저녁 식사를 마치고 사람들이 잘 준비를 할 때 헥터와 용병들 간에 가벼운 말다툼이 벌어졌다. 네 명의 용병 가운데 헥터보다도 큰 덩치를 가진 자가 데미안에게 시비를 건 것이었다.

"이봐, 꼬마. 어디서 검술을 익혔냐?"

난생처음 꼬마란 소리를 들은 데미안은 처음엔 그가 누구를 부르는 것인지 몰라 어리둥절한 표정을 지었다. 그리고는 덩치 큰 용병에게 물었다.

"지금 나에게 한 소리야?"

"흐흐흐, 말하는 싹수가 마음에 드는군."

머리를 빡빡 밀어버린 용병이 끼여들었다.

"꼬마야! 어른께서 물으시는데 어서 대답을 해야지. 그렇지 않으면 바지를 벗기고 볼기를 때려줄 거야."

눈을 부라리며 말하는 대머리 용병의 말에 나머지 셋은 정신없이 웃었다. 마치 자신을 어린 소년 대하듯 하는 용병들의 태도를 데미안은 이해할 수 없었지만 곧 대답했다.

"왕립 아카데미의 용병 학교."

"왕립 아카데미의 용병 학교? 페인야드에 있는 그 시시한 용병 학교를 말하는 거냐? 흥! 그곳을 나온 놈치고 제대로 된 실력을 가진 놈을 본 적이 없어."

"그러는 당신들은 어디서 무술을 배웠지?"

"당연히 용병 길드Guild의 용병 훈련원에서 배웠지."

"그럼 어디 한번 겨뤄볼까?"

데미안의 도전에 용병들은 가소롭다는 표정을 지었다. 도대체 외관상 보기에도 상대가 되지 않아 보이는 데미안의 도전에 용병들은 웃고만 있었다. 용병 가운데 가장 작은 자가 헥터와 비슷한 키와 덩치를 가지고 있었다. 가장 덩치가 커다란 용병이 이반에게 허락을 구했다.

"이반님, 잠시 저 꼬마와 놀아도 되겠습니까?"

"그럼 다치지 않도록 하게. 자네들끼리 싸우라고 고용한 것이 아니니 말일세."

"조심하도록 하겠습니다."

돌아선 용병은 데미안 앞에 버티고 섰다. 그리고는 험상궂은 표정을 지으며 입을 열었다.

"무엇으로 교육을 시켜줄까? 주먹? 검? 어디 마음에 드는 것으로 골라봐라."

"검."

"흐흐흐, 검이라고? 그렇다면 내가 왜 '팔치온Falchion의 그렉슨'이라고 불리는지 똑똑히 가르쳐 주마."

데미안은 바스타드 소드를, 그렉슨은 무식하게 커다란 팔치온을 든 채 서로를 노려보았다. 그 모습을 이반은 느긋하게, 헥터는 불안한 마음으로, 나머지 사람들은 즐거운 여흥거리로 지켜보고 있었다.

그렉슨은 데미안이 자신의 위압적인 모습을 대하면서도 조금도 위축된 모습을 보이지 않자 슬슬 신경질이 났다. 비록 자신이 충성을 바칠 만한 사람을 만나지 못해 이런 상인 나부랭이나 호위해주고 있지만 웬만한 용병 서넛 정도는 간단하게 처리할 수 있는 힘과 검술을 가지고 있었다.

"언제까지 그렇게 서 있을 거야? 졸리니까 빨리 끝내자고."

따분한 듯한 데미안의 말에 그렉슨은 더 이상 참지 못하고 덤벼들었다. 자신이 가진 팔치온은 무게가 무려 7킬로그램, 게다가 자신의 힘까지 보태 내리치는 것이니 절대 데미안이 막을 수 없을 것이라고 생각을 했다.

챙!

날카로운 금속음이 멀리까지 울렸고, 그렉슨의 팔치온은 너무도 간단히 데미안에게 막혔다. 자신이 두 손으로 힘껏 내려친 팔치온을 데미안은 그것도 한 손으로 가볍게 막은 것이다. 도저히 믿어지지 않은 광경에 모두들 눈이 휘둥그레졌다. 상대가 멍하니 서 있자 데미안은 뒤로 물러서며 말했다.

"언제까지 그러고 있을 거지? 공격은 다 끝난 거야?"

물론 걱정할 만한 상대는 아니지만 그래도 데미안이 너무 방심하고 있는 것 같아 헥터는 조마조마한 마음이 들었다.

"그, 그래도 바, 방어는 할 줄 아는군."

그렉슨이 놀란 마음을 진정시키려고 할 때 데미안의 공격이 시작되었다. 지그재그로 움직이는 데미안의 모습이 너무도 빨라 그렉슨은 눈이 어지러울 지경이었다. 팔치온을 든 팔에 힘을 주고는 길게 숨을 쉬며 데미안의 공격을 대비했다. 그렉슨의 3미터 앞에서 뛰어오른 데미안은 무식하다고 할 정도로 단순하게 바스타드 소드를 내리쳤다.

그 모습에 몸을 피한 다음 허공에 뜬 데미안을 공격하려던 그렉슨은 데미안의 공격이 생각보다 훨씬 빠르다는 사실을 깨닫고 어쩔 수 없이 팔치온을 치켜들었다.

챙!

바스타드 소드와 팔치온이 부딪치는 순간 그렉슨은 자신의 손목이 부러지는 듯한 통증을 느꼈다. 두 손이 저린 것은 말할 것도 없고, 팔 전체에 진동이 전해져 팔치온을 계속 잡고 있을 수가 없었다. 이를 악물고 견딘 그렉슨을 보고 데미안은 재차 허공으로 뛰어올라 바스타드 소드를 내리쳤다. 그러한 공격이 두 번, 세 번 계속되자, 마침내 그렉슨은 더 이상 팔치온을 잡고 있을 수 없어 그만 놓치고 말았다.

그렉슨과 동료들은 놀란 눈으로 데미안을 바라보았고, 그렇기는 이반이나 하인들도 마찬가지였다. 그렉슨은 중부 지방에서는 나름대로 인정을 받고 있었다. 그런 그렉슨이 예쁘장한 청년에게 너무도 간단히 져버린 것이다.

"억울하면 더 할까?"

"아, 아니, 내가 졌어."

게다가 그렉슨이 순순히 승복을 하자 동료들은 더욱 놀라움을 감추지 못했다. 그렉슨과 동료가 된 후 그가 패하는 모습을 본 적도 없지만, 그보다는 그가 이렇게 순순히 상대에게 패배를 인정했다는 사실이 더욱 놀라웠다. 데미안이 태연스럽게 잠을 자러 간 사이 그렉슨은 주먹을 쥐었다 폈다 하며 저린 팔의 감각을 찾기 위해 안간힘을 썼다. 그렉슨의 곁으로 다가온 용병들은 그에게 물었다.

"아니, 왜 저 꼬마를 봐준 거야?"

"봐주긴 누가 봐줬다고 그래?"

"그럼 정말로 졌단 말이야?"

"제기랄, 쬐그만 게 힘은 더럽게 세더군."

그렉슨의 푸념에 동료들은 더욱 어이없다는 표정을 지었다.

"자네들이 못 봤겠지만 그 꼬마 놈은 실실 웃으며 공격을 했단 말이야. 그런데도 난 팔이 저려 검을 잡고 있을 수도 없었어. 대체 왕립 아카데미에 있는 용병 학교에서는 어떻게 가르쳤기에 저런 괴물을 길러낸 거지?"

그렉슨의 말에 용병들은 다시 고개를 돌려 이미 잠들어 있는 데미안의 얼굴을 보았다. 지저분한 변태들이나 여자들이 보면 환장할 얼굴을 한 저 야들야들한 꼬마의 몸 어디에 그런 굉장한 힘이 있는지 도무지 모를 일이었다.

"자네들도 그 정도 했으면 됐으니까 그만 자도록 하게. 내일은 아침 일찍 출발할 거야."

이반의 말에 용병들은 자신들의 잠자리로 향했다.

데미안과 헥터가 이반 일행들과 합류한 후 10여 일 동안 별다른 일은 발생하지 않았다. 다만 12월 중순이 넘어서면서 날씨가 조금씩 쌀쌀해져 밀턴시로 향하는 발걸음을 빨리 했을 뿐이다.

밀턴시는 페인야드에서 북쪽으로 약 40여 킬로미터쯤 떨어진 작은 상업 도시였다. 작은 도시치고는 상업 활동이 활발해 상인들의 발길이 끊이지 않는 곳이었다.

밀턴시로 들어가는 대로(大路)로 들어서자 높은 성벽이 보였고, 그 너머로 뾰족한 첨탑들과 커다란 신전의 모습이 보였다. 또 성문에는 번쩍이는 플레이트 메일을 걸친 병사들이 통행하는 사람들을 감시하고 있었지만, 특별히 검문을 하거나 하지는 않았다. 페인야드를 떠난 후 처음 도시를 만난 데미안은 무엇이 그리 신기한지 주위를 두리번거렸다.

이반은 일행들에게 요기를 하고 있으라고 말한 뒤 하인들을 인솔하고 자신이 거래하던 가게로 향했다. 밀턴시에 와본 적이 있는 그렉슨의 안내로 일행들은 '초원의 빛'이라는 이름의 식당을 찾았다. 그리 크지 않은 식당 안은 그야말로 발 디딜 틈도 없을 정도로 복잡했다. 상인, 용병, 떠돌이 검사, 음유 시인, 성직자 등 온갖 직업을 가진 사람들로 북적였다. 그 모습을 본 데미안은 감격스러운 표정을 지었다.

"그래, 바로 이거야. 이게 바로 내가 원했던 모습이야."

데미안의 말에 그렉슨과 그의 동료들은 어이없다는 표정을 지었다. 말로는 꽤 험한 생활을 했다고 하지만 지금 보인 표정은 세상 구경을 처음 하는 사람만이 보일 수 있는 표정이 분명했다.

앞장서서 걸음을 옮기던 그렉슨은 다섯 명의 용병들이 앉아 있는 곳으로 향했다. 그리고 그들에게 시비를 걸었다.

"이봐! 처먹을 만큼 처먹었으면 그만 일어나시지."

그렉슨의 말에 테이블에 앉아 있던 용병 가운데 하나가 인상을 쓰며 그렉슨을 노려보았다.

"혓바닥을 함부로 놀리는 것을 보니 힘깨나 쓰는 모양인데, 나한테는 안 통해. 딴 곳에 가서 알아봐."

"이 자리가 마음에 드니 너희들이 다른 곳으로 가줬으면 좋겠는데 말이야. 오랜 여행을 마치고 돌아오는 길이니 성질 건드리지 말고 조용히 자리를 비켜. 괜히 어디 부러지기라도 하면 너만 손해잖아."

"뭐야?"

자리를 박차고 일어난 용병을 그렉슨을 노려보았다. 그와 동시에 그의 일행들도 일어나 당장이라도 검을 뽑을 듯 험악한 표정을 지었다.

"손님들, 왜 이러십니까? 자리는 제가 마련해 드릴 테니 잠시만 기다려 주십시오."

"싫어. 난 이 자리가 마음에 드니 꼭 이 자리에 앉아야겠어."

그렉슨의 고집에 식당의 주인은 어쩔 줄 몰라 했고, 상대는 치밀어 오르는 화를 참지 못해 얼굴이 벌겋게 변했다. 그 모습을 지켜보던 데미안은 그렉슨이 왜 시비를 거는 것인지 이유를 알 수 없었다. 벌써 식당 안에 있던 사람들 가운데 상당수가 식당을 빠져 나갔고, 남은 사람들은 두 사람의 대결을 흥미진진하게 바라볼 뿐 말리려는 사람은 한 사람도 없었다. 그렉슨을 말리려는 데미안을 제지한 헥터는 데미안에게 조용히 말했다.

"데미안님, 제가 보기엔 그렉슨이란 친구, 뭔가 이유가 있어 시비를 건 것 같으니까 일단 두고 보시지요."

헥터의 말에 데미안은 궁금함을 참을 수 없었다. 자신이 보기에 그렉슨도 시비를 건 용병을 오늘 처음 보는 것 같은데 무슨 이유로 시비를 건 것인지 영문을 알 수 없었다. 그렉슨의 동료들도 그렉슨의 등뒤에서 상대들을 노려보며 언제든 검을 뽑을 수 있는 준비를 하고 있었다.

"넌 누구냐?"

"그렉슨이다."

그렉슨의 대답에 상대의 얼굴이 조금 묘하게 변했다.

"그렉슨? 그렉슨이라면 '팔치온의 그렉슨'이라고 불리는 그 그렉슨이 바로 너냐?"

"흐흐흐, 어디서 내 이름은 들어본 모양이군. 그렇지만 이미 늦었다. 오늘 내 기분을 불쾌하게 만들었으니 어딘가 하나는 부러뜨려야 속이 풀릴 것 같아."

"건방떨지 마라. 나 역시 '파이크Pike의 로스웰'이라고 불리는 몸이다. 어디 누가 더 강한지 두고 보자. 여기서 벌일까?"

"파이크의 로스웰이라고? 그런 거지 같은 이름은 들어보지도 못했다. 상대의 실력을 제대로 판단할지도 모르는 오크보다 멍청한 놈. 내가 네놈의 버릇을 고쳐 주지. 나가자."

그렉슨과 동료들이 먼저 나가고, 그 뒤를 로스웰 일행들이 따라 나갔다.

제15장
아마조네스

그 모습을 보고 있던 데미안은 자신이 어떻게 행동해야 좋을지 몰랐다.

"헥터, 말리지 않고 그냥 둬도 괜찮을까?"

"그렉슨도 나름대로 이유가 있어 일을 벌인 것 같으니 그냥 지켜보시지요."

헥터의 말에 데미안은 고개를 끄덕이기는 했지만 여전히 불안한 마음을 감추지 못했다. 헥터와 함께 식당을 나가 그렉슨 일행을 찾았다. 식당에서 10미터도 떨어지지 않은 곳에 사람들이 웅성거리는 것으로 보아 그곳에서 드잡이를 벌이는 것 같았다. 데미안은 걸음을 빨리 했다.

도착을 하고 보니 이미 아홉 명이 서로 얽혀 치열하게 싸움을 벌이고 있었다. 비록 검을 뽑아 들지는 않았지만 험악한 기세만은 검을 들고 싸우는 것만큼이나 살벌했다. 그러나 모여든 사람들은 그저 그들의 싸움을 구경만 할 뿐 말릴 생각을 전혀 하지 않았다. 그렇기는 밀턴시를 지키는 경비병 역시 마찬가지였다. 검을 들고 싸우는 것이라면 적극적으로 개입해 말리겠지만 지금처럼 주먹으로 싸우는 것이라면 편안한 마음으로 그저 구경할 뿐, 구태여 말리지는 않았다.

이 밀턴시는 예전부터 상업이 발달했기에 많은 상인들이 밀턴시를 찾아왔고, 또 그들을 보호하기 위해 수많은 용병들과 떠돌이 무사들이 방문을 하던 곳이다. 그렇기에 크고 작은 싸움이 끊일 날이 없었다. 그런 탓인지 주위 사람들에게 피해가 갈 정도의 싸움이 아니라면 밀턴시를 지키는 경비병도 눈감아주는 실정이었다.

싸움은 종반으로 들어서고 있었다. 누가 보아도 로스웰보다는 그렉슨의 싸움 실력이 한 수 위였다. 게다가 로스웰의 동료들은 이미 그렉슨의 동료들에게 패해 풀이 죽은 채 옆에 서 있었다.

"그래도 계속할 거냐?"

그렉슨이 의기 양양해하며 말하자 로스웰은 자신의 무기인 파이크를 꺼내야 할지를 잠시 고민했다. 만약 자신이 파이크를 꺼내게 되면 상대도 팔치온을 꺼내게 될 것이고, 그렇게 된다면 목숨을 잃을 수도 있는 일이기에 망설인 것이다. 냉정하게 판단을 해보아도 자신이 그렉슨보다 실력이 떨어지는 것을 어쩔 수 없이 인정해야만 했다.

"쳇, 졌다."

"흐흐흐, 다음부터는 사람을 보고 까불라고."

그렉슨은 동료들과 함께 목에 잔뜩 힘을 주고는 다시 식당으로 향했고, 데미안과 헥터도 그 뒤를 따라갔다. 눈치 빠른 주인은 그렉슨이 이겼다는 것을 눈치채고는 테이블을 깨끗하게 치우고 주문을 받았다. 술과 음식이 나오기를 기다리는 동안 데미안이 물었다.

"그렉슨, 물어볼 것이 있는데……."

"내가 왜 그 녀석에게 시비를 걸었는지 궁금하지?"

"그, 그래."

그렉슨은 생긴 것 같지 않게 눈치가 빨랐다.

"이 밀턴시는 말이야, 상업 도시거든."

그렉슨의 말을 전혀 이해 못 한 데미안은 눈만 껌벅였다. 때마침 주인이 내 온 술 한 잔을 쭉 들이키고는 말을 이었다.

"상업 도시라는 것은 상인들이 이곳으로 몰려든다는 말이고, 그건 상인들을 호위하는 용병 역시 모여든다는 말과 같아. 용병은 말이야, 자신의 검술 실력을 팔아먹는 사람들이잖아. 상인들에게 비싼 값으로 고용되려면 자신이 가지고 있는 실력을 널리 알려야 되는데, 그렇다고 일일이 찾아다니면서 내가 실력이 있다는 사실을 알릴 수도 없지 않겠어?"

데미안은 그렉슨의 말에 호기심을 느꼈는지 나온 음식에는 손도 대지 않았다.

"가장 좋은 방법은 좀 전같이 술집에서 싸우는 방법이지. 물론 아무하고나 싸우는 것은 아니지. 만약 싸움에서 이기게 되면 이 밀턴시에 자연스럽게 소문이 퍼지게 되고, 그 소문을 들은 상인들이 날 찾아오거든. 그것이 용병인 나를 알릴 수 있는 가장 손쉬운 방법이야."

"그렇다고 아무나 잡고 시비를 걸 수는 없잖아."

"데미안, 그렇지는 않아. 이 테이블을 봐. 이 가게에서 가장 중앙에 있고 또 넓잖아. 보통 이런 자리는 검술에 자신 있는 녀석들이 차지하거든. 그중에 가장 강한 녀석만 쓰러뜨릴 수 있다면 이 도시에서 이름을 날리는 것은 그리 어려운 일이 아니야."

"그렇지만 그렇게 싸우는 것은 너무 위험하지 않아?"

데미안의 질문에 그렉슨은 고개를 저었다.

"그렇게 위험한 일은 좀처럼 벌어지지 않아. 네 눈에는 어떻게 보였는지는 모르지만 그 녀석과 난 같은 용병이거든. 물론 너무 건방진 녀석은 따끔하게 혼을 내주겠지만 어지간하면 조금 전처럼 주먹으로 싸우고 말지. 무기를 사용하는 경우는 거의 없어."

그렉슨의 말에 데미안은 고개를 끄덕였다. 그들이 대화를 나누며 식사를 하는 동안 그들에게 다가오는 사람이 있었다. 비단으로 만든 호사스런 예복을 입고 입가에는 거만한 미소를 지은 채 정성스럽게 기른 콧수염을 만지작거리며 다가와서는 그렉슨에게 입을 열었다.

"자네가 이 파티Party의 리더인가?"

"누구십니까?"

"난 헤밍턴 자작이라네."

상대의 신분이 뜻밖에도 귀족인 것을 안 그렉슨은 자리에서 일어서며 그가 무슨 이유로 자신을 찾은 것인지 그 이유를 생각해 봤지만 알 수 없었다.

"좀 전 자네의 싸움은 잘 보았네. 상당한 실력을 가지고 있더군. 지금 하는 일이 있는가?"

"특별한 일은 없습니다."

"그렇다면 나를 위해 한동안 일을 해주겠는가? 그 일만 무사히 처리된다면 자네를 정식 기사단에 넣어줄 수도 있는데 어떤가?"

헤밍턴의 말에 그렉슨은 어떨떨한 표정을 지었다. 용병으로서 정식 기사단에 소속될 수 있다는 것은 그야말로 파격적인 일이었다.

　지금 트렌실바니아 왕국에 있는 정식 기사단은 모두 3개. 전원 귀족들로 이루어진 선더기사단을 제외하면 뛰어난 검술 실력을 자랑하는 알렌기사단이나 소속 인원, 검술 실력, 신상 명세가 모두 비밀인 쉐도우Shadow기사단 둘 중 하나에 들어갈 수 있다는 말이었다.

　"제가 어떤 일을 해야 합니까?"

　"지금 이 자리에서 밝힐 수는 없고, 저녁에 '풀밭'이라는 여관으로 나를 찾아오게. 그때 자세하게 이야기해 주지."

　헤밍턴은 그 말만을 남기고 가게를 빠져 나갔다. 그렉슨은 자신에게 찾아온 행운이 믿어지지 않는다는 얼굴을 했다. 그렇기는 그의 동료들도 마찬가지였다. 평소 용병들을 하찮게 여기는 기사들 때문에 속으로 얼마나 분노를 삭혔는지 기억도 나지 않았다. 그런데 갑자기 정식 기사단의 일원이 될 수 있는 기회가 찾아온 사실에 정신을 차릴 수 없었다. 그러나 옆에서 그들의 모습을 본 데미안은 궁금함을 참을 수 없었다.

　"그렉슨, 정식 기사단에 들어가는 것이 그렇게 좋은 일이야? 난 이해가 안 되는데?"

　"데미안, 귀족이 아니면 들어갈 수도 없는 선더기사단은 말할 필요가 없고, 알렌기사단의 단장이 누군 줄 알아? 바로 에이라 폰 샤드 공작이고, 부단장이 세무엘 드 맥시밀리언 후작이라면 얼마나 들어가기 힘든 줄 짐작이 가겠지. 쉐도우기사단은 누가 있는지, 어디에 있는지, 또 몇 명이나 있는지 모두 비밀이란 말이야. 결국 들어갈 수 있는 곳이 알렌기사단인데, 나에게 거길 들어갈 수 있는 기회가 주어졌는데 너 같으면 기쁘지 않겠어?"

　데미안은 정식 기사단에 들어가는 것이 그렇게 어려운 일이라고는 생각해 보지 않았기에 그렉슨의 심정을 쉽게 이해할 수는 없었다. 그러나 샤드 공작이 알렌기사단의 단장이라는 사실에는 정말 깜짝 놀랐다.

"알렌기사단에 발을 들여놓으려면 최소 소드 익스퍼트 중에서 중급 이상의 실력은 가져야 한단 말이야. 나야 이제 겨우 마나라는 것을 느끼기 시작했으니 알렌기사단에 들어갈 실력이 되려면 앞으로도 10년은 더 걸릴 거야."

그렉슨의 말에 데미안은 고개를 끄덕였지만 왜 그렇게 정식 기사단에 들어가려는 것인지는 이해할 수 없었다. 데미안의 얼굴을 힐끔 본 그렉슨이 다시 설명했다.

"데미안, 정식 기사단에 들어가게 되면 성(姓)을 가질 수 있는 자격이 생기지만, 정식 기사가 되지 못한 사람은 이름밖에는 가질 수 없거든. 성을 가진다는 것은 비록 그 사람이 설사 혼자라고 할지라도 하나의 가문으로 인정을 받을 수 있으니 우리 같은 평민으로서는 그 이상 바랄 것이 없지. 너도 마찬가지잖아."

그 말을 듣고서야 데미안은 자신이 평소 무심하게 생각했던 싸일렉스라는 성을 다시 한 번 생각하게 됐다. 그리고 평민은 이름밖에 가지지 못한다는 사실 또한 처음 알았다.

"그럼 저녁에 그 자작이라는 사람을 찾아갈 거야?"

"가봐야지. 그분이 말한 일이라는 것이 뭔지 알아야 하든지 말든지 할 테니까. 언제까지 용병 일을 계속할 수는 없을 테니까 될 수만 있다면 무슨 일이든 할 거야."

그렉슨은 식사를 마치고 동료들과 함께 헤밍턴 자작을 찾아갔다. 그리고 얼마 지나지 않아 이반이 돌아왔다. 한데 무슨 일이 있었는지 그의 얼굴빛이 별로 좋지 않았다.

“무슨 일이 있었습니까?”

“아니네. 다만 나라가 돌아가는 꼴이 하도 웃겨서.”

“무슨 말입니까?”

“제로미스 왕자님이 포고령을 내렸네. 자신의 동생인 알렉스 왕자님의 거처를 신고하는 자에게 3만 골드와 남작의 직위를 준다고 말이야.”

이반의 말에 데미안은 자신이 생각했던 것보다 훨씬 사태가 심각하다고 느꼈다. 제로미스 왕자가 포고령을 발표할 수 있을 정도라면 왕국 내의 전권을 움켜잡고 있다는 말과 다름없었다. 문득 고심에 싸여 있을 넬슨 후작의 얼굴이 떠올랐다.

“알렉스 왕자님을 좋아하시는 모양이죠?”

“젠장, 내가 누굴 좋아하면 무슨 소용이 있는가? 그저 누가 왕위를 물려받든 저 빌어먹을 루벤트 제국만 혼내줄 수 있다면 그 사람에게 내 모든 재산을 바칠 수도 있어.”

이반은 화가 나는 듯 자신 앞에 놓여 있던 술을 단숨에 마셔버렸다. 곰곰이 생각을 하던 데미안이 이반에게 물었다.

“이곳의 일이 끝나면 어디로 가실 생각이십니까?”

“일단은 페인야드로 돌아가야지. 그곳에서 일을 마치고 다시 동쪽으로 떠날 거네.”

“그럼, 이만 작별을 해야겠군요. 저희들은 서쪽으로 가야 하거든요.”

“그래? 섭섭하군. 불과 며칠밖에 안 됐지만 자네가 꽤 마음에 들었는데 말이야.”

이반은 고개를 끄덕이며 품에서 작은 주머니 하나를 꺼내 데미안에게 주었다.

"이건 자네들 두 사람이 우리를 호위해 준 대가네."

난생처음 일을 하고 돈을 받게 된 데미안은 자신이 그 돈을 받아도 되는 것인지 망설여졌다.

"뭐 하나? 어서 받게."

"아무것도 한 것이 없는데 그 돈을 받아도 되는지 모르겠습니다."

"하하하, 이 사람아! 자네같이 순진한 사람은 처음 보겠군. 어서 받게. 만약 내가 산적이나 몬스터들을 만났으면 자네들은 나를 지키기 위해 서슴없이 검을 뽑았을 것 아닌가? 그 대가로 받는 것이니 망설일 필요 없네."

"그럼 감사히 받겠습니다."

데미안이 감사의 인사를 하자 이반은 기분이 좋은 듯 웃음을 터뜨렸다.

아침 일찍 떠날 준비를 한 데미안은 헥터와 함께 간단히 식사를 마치고 여관을 떠났다. 제로미스 왕자가 포고령을 발표한 이상 자신도 하루빨리 남은 던전을 찾아야겠다고 결심을 굳혔다. 그것이 알렉스 왕자를 위한 일인지, 아니면 트렌실바니아 왕국을 위한 일인지를 판단하는 것은 뒤로 미루기로 했다.

데미안과 헥터가 밀턴시를 떠난 지 이틀이 지났다. 거의 쉬지 않고 달렸기에 침묵의 숲까지는 이제 하루 거리가 남았을 뿐이었다. 잠시 말을 쉬게 할 생각으로 천천히 몰던 데미안이 헥터에게 물었다.

"헥터, 침묵의 숲 말이야. 그럼 거기에 들어갔다 살아 나온 사람이 정말 아무도 없었던 걸까?"

"정확한 거야 알 수 없지만, 아직까지 침묵의 숲에서 살아 나온 사람이 있다는 말은 들어본 적이 없습니다."

"대체 그 안에는 무엇이 있을까?"

데미안의 중얼거림에는 아랑곳하지 않고 헥터는 잔뜩 찌푸린 하늘을 바라보았다. 진한 잿빛으로 물든 하늘에서는 당장이라도 비를 뿌릴 듯 보였다.

"데미안님, 비가 쏟아질 것 같으니 그 전에 어서 쉴 만한 곳을 찾아봐야 할 것 같습니다."

헥터의 말에 다시 두 사람은 말을 달렸다. 날이 어둑해지고서야 두 사람은 겨우 숲 근처에 있는 낡은 오두막 하나를 발견할 수 있었다. 재빨리 두 사람은 오두막 안에 들어섰고, 그 순간 하늘에서 무엇인가가 쏟아졌다. 눈이었다.

하늘에서 흰 무엇인가가 나풀거리며 떨어지자 데미안은 그 모습을 신기하게 보았다. 물론 그것이 눈이라는 것을 모르는 것은 아니지만 직접 자신의 눈으로 본 것은 처음이었다. 싸일렉스는 워낙 따스한 곳이라 겨울이 되도 그저 찬바람만 불 뿐 눈은 구경도 할 수 없는 곳이었기에 더 더욱 신기해했다.

헥터는 다행히도 비가 아니었기에 사냥을 하러 오두막을 떠나려고 했다. 그 모습에 한번도 사냥을 해보지 못한 데미안이 헥터를 졸랐다.

"헥터, 사냥할 거면 나도 데려가. 응?"

처음에는 안 된다고 하려다가 며칠 전 플레임과의 대화 이후 괴로워하던 데미안의 모습이 생각나 고개를 끄덕였다. 용병 훈련을 받으며 당연히 활 쏘기를 배운 터라 데미안은 재빨리 활을 준비해 헥터의 뒤를 따랐다.

숲에서 토끼를 몇 번이나 만났지만 데미안이 자신의 첫 사냥감으로 토끼는 어울리지 않다고 고집을 부려 두 사람은 더욱 깊숙한 숲속으로 들어갔다. 얼마나 들어갔을까? 갑자기 두 사람의 발걸음이 멈춰졌다.

"데미안님, 들으셨습니까?"

"응, 누군가 싸우는 소리 같은데?"

두 사람은 재빨리 활을 치우고 검을 뽑아 들고는 소리가 들리는 곳으로 향했다. 8백 미터쯤 전진하자 두 사람의 눈에 조금은 황당한 모습이 보였다.

보라색 머리를 가진 전사 하나가 돌도끼를 든 두 마리의 오거와 싸우고 있는 모습이 보였다. 전사가 휘두르고 있는 검은 길이가 1미터 50센티미터에 폭이 40센티미터는 넘어 보이는 무식한 크기의 브로드 소드였다. 물론 무기도 사람의 취향에 따라 특별히 제작하는 경우가 있으니 그리 놀랄 일은 아니지만, 그 검은 정말 무지막지해 보였다. 그러나 정작 두 사람이 놀란 것은 그 전사가 여자라는 사실 때문이었다. 게다가 몬스터들 가운데에서도 힘이라면 알아주는 오거를, 그것도 두 마리를 상대로 여유있게 싸우고 있었던 것이다.

"헤, 헥터. 우, 우리가 도와줘야 하는 거야?"

"글쎄요, 저로서도 어떻게 해야 될지……."

데미안과 헥터는 조금은 멍한 표정으로 여전사가 오거와 싸우는 모습을 쳐다보고 있었다. 언뜻 봐도 30킬로그램은 넘어 보이는 검을 가볍게 휘두르던 여전사는 곧 따분한 표정을 짓더니 단숨에 눈앞에 있던 오거의 허리를 갈라버리고 돌아서면서 검을 휘둘러 오거를 두 토막으로 만들어 버렸다. 오거의 털에 자신의 검에 묻은 피를 닦은 여전사는 고개를 돌려 데미안과 헥터가 있는 곳을 바라보았다.

"어이, 거기. 웬만큼 구경을 했으면 이제 그만 나오시지."

여전사의 말에 서로의 얼굴을 본 두 사람은 떨떠름한 표정을 지으며 걸어나갔다. 데미안의 모습을 본 여전사는 한쪽 입꼬리가 올라가며 희미하게 미소를 지었다.

"이봐, 이 언니를 그렇게 무서워하지 않아도 괜찮아. 나도 알고 보면 부드러운 여자거든."

"어, 언니?"

데미안이 뜻하지 않은 상대의 말에 당황해 말을 더듬고 있을 때 이미 여전사의 눈은 헥터를 향하고 있었다.

"호오, 이제 보니 상당한 실력을 가진 전사시군. 그래, 연약한 여자가 몬스터와 싸우고 있는데 도와줄 생각도 안 하시나?"

"여, 연약한? 누구 말이오?"

"당연히 나지, 그럼 누굴 말하겠어?"

여전사의 말에 헥터의 얼굴은 그야말로 멍청하게 변했다.

"그렇게 무식하기 이를 데 없는 브로드 소드를 휘두르는 사람이 뭐가 연약하단 말이야?"

데미안의 퉁명스러운 말에 다시 고개를 돌린 여전사는 데미안을 유심히 살피더니 한마디했다.

"얼굴을 보니 아직 나이가 어린 것 같은데, 그래서 그런가? 꼭 남자 음성 같잖아."

"저 기랄, 남자 같은 게 아니라 난 남자란 말이야. 남자, 남자, 남자!"

데기안의 신경질적인 말에 여전사는 다시 한 번 데미안을 유심히 살피더니 다시 한마디했다.

"얘가 누굴 속이려고! 가슴만 절벽이면 다 남자야?"

데미안은 여전사의 말에 황당하다 못해 할말을 잃었다. 그러는 사이 헥터는 여전사의 모습을 살폈다. 검은 가죽으로 만든 조끼나 반바지는 몸에 완전히 달라붙어 육감적인 몸매를 사정없이 드러내고 있었고, 몸엔 무기 상인이라고 해로 믿을 정도로 엄청나게 많은 무기들이 매달려 있었다.

우선 허리에는 두 자루의 쇼트 소드Short Sword가 좌우에 매달려 있었고, 허리에 찬 가죽 혁대에는 십여 자루의 대거가 꽂혀 있었다. 게다가 한쪽 어깨에는 컴포짓 보Composite Bow와 화살통이 걸려 있었고, 두 개로 분해한 파이크도 매달고 있었다. 거기에다 무지막지한 브로드 소드까지 가지고 있었다.

그렇지만 얼굴을 자세히 보면 다른 사람에게서는 찾아볼 수 없는 독특한 아름다움이 그녀에게 있었다. 보라색의 머리카락도 특이하지만 그녀의 어디에서도 여자 특유의 부드러움은 찾아볼 수 없었다. 굵고 진한 눈썹이나 크지만 날카로워 보이는 눈, 탄탄한 근육으로 덮인 몸이 중성적이면서도 아름다워 보였다. 특히 육감적인 몸매나 화려한 수가 놓여진 머리띠와 어울리는 이마, 장미처럼 붉은 입술은 그녀를 보는 사람이라면 누구든 반해버릴 정도의 미인이었다. 기분이 잔뜩 상한 데미안은 퉁명스럽게 헥터에게 말했다.

"헥터, 가."

데미안이 홱 돌아서 가버리자 헥터는 재빨리 뒤를 따라갔다. 그 모습을 지켜보던 여전사가 역시 한마디했다.

"세상에 저렇게 잘 삐지면서도 여자가 아니라니, 나참, 기가 막

혀서……"

　나풀거리면서 내리던 눈이 제법 쌓였다. 헥터가 사냥해 온 토끼를 불에 굽는 동안에도 데미안은 여전히 잔뜩 심통이 난 얼굴을 하고 있었다. 데미안의 모습을 힐끔 쳐다본 헥터가 물었다.

　"왜 그렇게 화를 내십니까?"

　"그럼 화가 안 나게 생겼어? 내가 어디를 봐서 여자란 거야? 그리고 왕립 아카데미에서 힘든 훈련을 받게 되면 훨씬 남자다워질 줄 알았는데 이게 뭐야?"

　"좀더 시간이 지나면 차차 나아지겠지요."

　그 말을 하면서도 헥터는 자신이 없었다. 확실히 데미안의 얼굴은 싸일렉스를 떠나올 때보다 훨씬 더 아름다워졌다. 단순히 아름다운 것이 아니라 뭔가 성숙한 느낌이 든다고나 할까? 그런데 세월이 지난다고 데미안의 얼굴이 지금보다 남자다워질 것이라고는 도저히 장담할 수 없었다.

　"당신은 당신 여자만 챙길 건가?"

　갑자기 들린 여자의 음성에 두 사람은 고개는 자연스럽게 돌아갔고, 데미안의 얼굴이 다시 찌푸려졌다. 조금 전 보았던 여전사가 커다란 사슴 한 마리를 둘러맨 채 오두막에서 조금 떨어진 곳에 서 있었다. 사슴을 털썩 내려놓은 여전사는 허리에 꽂혀 있던 대거 중 하나를 꺼내 익숙한 솜씨로 사슴 가죽을 벗기고는 굽기 알맞은 크기로 잘랐다. 그리고는 꼬챙이에 꿰어 불 위에 올려놓고 굽기 시작했다.

　"대체 당신은 누구야?"

　"나? 난 저 위대한 아마조네스의 족장 데보라 칸."

"아마조네스? 그럼, 정말 그런 부족이 있단 말이야?"

"이 보라색 머리카락이 내가 아마조네스임을 증명해 주지."

데보라는 자랑스러운 듯이 자신의 머리를 쓰다듬었다. 뭔가를 생각하던 데미안이 물었다.

"내가 알기로는 아마조네스들은 활 쏘기가 불편하다고 모두 한 쪽 가슴을 잘라낸다고 들었는데……."

"어떤 멍청한 놈들이 그따위 소리를 해?"

데보라의 얼굴이 삽시간에 빨갛게 변했다.

"그럼 아마조네스들은 모두 가슴 한쪽이 없는 병신들이란 말이야 뭐야! 가슴을 자르는 게 아니라 활을 사용할 때는 가슴을 눌러주는 가죽옷을 입는단 말이야."

상대가 너무 화를 내자 데미안은 조금 미안한 생각이 들어 얼른 사과했다.

"나도 그저 책에서 그런 내용을 보고 궁금해서 물어본 거니까 너무 화내지 마."

"대체 어떤 멍청한 인간이 잘 알지도 못하면서 그런 이야기를 쓴 거야? 아마조네스는 순결과 풍요의 여신 아레네스에게 선택받은 종족이란 말이야. 결코 함부로 자신의 몸을 훼손하지 않아."

"알았으니까 그만 진정해."

데미안이 다시 한 번 사과하자 데보라는 그제야 화를 풀었다. 다 익은 고기를 헥터가 넘겨주자 데미안과 데보라는 식사를 시작했다. 그렇지만 좀 전의 일 때문인지 꽤 어색한 분위기였다. 그러나 10분도 안 돼 세 사람의 고개가 일제히 숲 쪽으로 향했다.

"뭔가 다가오는데?"

"게다가 숫자도 하나둘이 아니야."

데미안과 헥터는 바스타드 소드를, 데보라는 보기에도 무식해 보이는 브로드 소드를 움켜잡았다.

"크아앙!"

커다란 포효와 함께 모습을 드러낸 것은 20마리 가까이 되는 오거였다. 제각기 손에는 커다란 돌도끼를 휘두르며 세 사람을 향해 달려들었다. 그 모습을 본 데보라는 싸늘한 미소를 지었다.

"이것들이 감히 내 식사 시간을 방해해? 내가 오늘 네놈들을 완전히 몰살시켜 주마."

데보라는 지체없이 브로드 소드를 휘두르며 달려들었다. 그 모습을 본 데미안은 재빨리 스펠을 캐스팅했다. 그리고는 자신을 향해 달려드는 오거를 향해 불덩이를 집어 던졌다.

"파이어 볼 세퍼레이션!"

오거를 향해 날아가던 불덩이가 공중에서 돌연 네 개로 분리됐다. 불덩이를 발견한 오거들이 재빨리 걸음을 멈추었지만 불덩이는 사정없이 오거들을 덮쳤다. 불길은 오거들의 털을 삽시간에 태우며 타 들어갔고, 그 모습을 본 다른 오거들의 눈에는 불에 대한 본능적인 두려움이 떠올랐다. 오거들이 잠시 멈칫하는 사이 데미안은 오거들을 향해 바스타드 소드를 휘두르며 달려들었다.

20마리에 가까웠던 오거들은 순식간에 모두 처참한 죽임을 당했고, 가장 많이 해치운 사람은 단연 데보라였다. 헥터의 검술은 강한 힘을 이용한 검술이지만 보는 사람으로 하여금 절도가 있고, 깔끔하다는 인상을 주는 것이었다. 그러나 데보라의 검술은 그것을 검술이라고 부를 수 있을지 모를 정도로 마구잡이 식이었다.

"너, 이제 보니 마법사였구나? 그런데 검은 왜 차고 다니는 거지? 그것도 두 자루씩이나 말이야."

"남이야 검을 두 자루를 차고 다니든 말든 무슨 상관이야? 자기는 수십 개도 넘게 가지고 다니면서."

"너 정말 언니한테 까부는구나."

데보라는 무서운 척하려는지 눈을 부라렸다. 그러나 옆에 있던 헥터의 눈에는 귀엽게만 보였다. 데미안은 가볍게 한숨을 쉬더니 곧 데보라가 들고 있는 브로드 소드를 보았다.

"그 브로드 소드를 잠깐 들어봐도 될까?"

"무거울 텐데 괜찮겠어?"

"나도 보기보다는 힘이 세니까 걱정하지 마."

데보라가 브로드 소드를 넘겨주자 데미안은 조금은 조심스럽게 검을 받아 들었다. 겉보기에는 30킬로그램이 넘을 것 같더니 막상 들어보니 15킬로그램쯤 되었다. 보기와는 달리 자신의 바스타드 소드와 비슷하다는 것을 안 데미안은 공터로 나가 천천히 브로드 소드를 휘두르기 시작했다. 오른손, 왼손, 위로, 아래로, 빠르게, 늦게, 부드럽게, 날카롭게……. 다소 검이 큰 것이 눈에 거슬리기는 했지만 곧 익숙해져 휘두르는 데 거침이 없었다. 잠시 후 브로드 소드를 거두고는 데보라에게 다시 내밀었다. 그 모습에 데보라는 데미안의 손놀림이 마음에 드는지 고개를 끄덕였다. 데미안이 마법으로 오거들의 시체를 모두 숲에 던져 놓고 하다 만 식사를 계속했다.

"헥터, 그런데 오거들이 원래 떼로 몰려다녀? 책에서는 그저 한두 마리씩 다닌다고 했는데 말이야."

"글쎄요, 저도 저렇게 많은 오거들을 한꺼번에 본 것은 처음입니다."

"그 이유를 내가 가르쳐 줄까?"

"그럼 데보라는 그 이유를 안단 말이야?"

"오거들이 저렇게 떼로 몰려다니는 이유는 이곳이 침묵의 숲 가까이 있기 때문이야."

데보라의 말에 데미안은 그저 그녀의 얼굴만 바라보며 눈만 끔벅였다. 상대가 자신의 말을 전혀 이해하지 못하자 데보라는 다시 설명을 했다.

"침묵의 숲에 대해서는 들어봤지? 그곳에 무엇이 있는지는 모르지만 내 생각에는 상당히 강한 무엇인가가 있는 것이 아닌가 예상이 돼. 오거들의 힘으로도 도저히 상대할 수 없는 무엇인가가 있기 때문에 오거들이 몰려다니는 걸 거야."

데보라의 말을 종합해 보면 침묵의 숲에 사는 것으로 추정되는 몬스터가 사람이나 다른 몬스터들을 공격한다는 말인데, 그것은 좀처럼 믿기 힘들었다. 거의 트렌실바니아 왕국의 크기에 육박하는 거대한 숲에 그 정체 불명의 몬스터가 얼마나 많이 살기에 숲에 들어오는 사람들은 모조리 실종이 되고, 몬스터들이 겁을 먹어 몰려다닌단 말인가?

"그건 그렇고 데보라는 여기 무슨 일로 온 거야?"

데미안의 질문에 데보라의 얼굴이 어두워졌다. 한동안 아무 말도 하지 않던 그녀가 이야기를 시작한 것은 회색 하늘에서 내리던 눈발이 더욱 굵어졌을 때였다.

"우리 부족은 오랜 세월 동안 아레네스의 가호를 받으며 평화롭게 살아왔었어. 물론 외부와 전혀 접촉하지 않은 것은 아니지만 될 수 있으면 자제하려고 많은 노력을 했어. 그러다 세상 사람들에게 조금씩 우리의 소문이 퍼졌고, 네가 읽은 것과 같이 이상한 소문이 세상에 퍼져 나갔어. 개중에는 우리 땅에 엄청난 보물이 있다는 소문도 있었지. 그 소문을 사실로 믿은 탐욕에 물든 인간들이 수백 번이나 아마존을 침범했고, 그때마다 우리들은 목숨을 걸고 싸워 그들을 물리쳤어. 그러다 일이 터진 거야. 우리 부족을 보살피는 여신 아레네스로부터 받은 '순결의 검'이 사라져 버린 거야. 신전에 보관되어 있던 그 검을 무녀 중에 하나가 가지고 도망을 친 거지. 그로 인해 부족 전체가 발칵 뒤집혔고, 치밀하게 조사한 후 밝혀진 사실에 우린 다시 한 번 놀라지 않을 수 없었어. 그 무녀가 외부의 남자와 사랑에 빠져 부족 전체를 배신했다는 것을 알게 된 거야. 회의가 며칠 동안 계속되었고, 회의를 거듭해 내린 결론은 누군가 외부로 나가 그 검을 찾아와야 한다는 것이었지. 그래서 뽑힌 사람이 바로 나야."

"그 '순결의 검'이란 것이 상당히 귀한 물건인 모양이지?"

"그 물건은 우리 아마존의 땅을 외부로부터 지켜주는 마법진에서 중요한 위치를 지닌 물건이야. 또 원하는 금속이나 물건을 찾아주는 것 외에도 놀라운 힘을 지닌 우리 부족의 신성물이지."

"그럼 그 검을 찾기 위해 아마존을 떠난 거야?"

데보라는 고개를 끄덕였지만 그녀의 얼굴은 여전히 어두웠다. 눈이 점점 쌓이자 헥터는 오두막의 문 주위에 쌓이는 눈을 대충 치우고 오두막 안으로 들어갈 것을 권했다. 오두막 안은 헥터가 주워 온 땔감으로 피운 불기운으로 금세 공기가 훈훈해졌다.

"그 배신한 무녀의 행방은 찾았어?"

"그 동안 조사한 바로는 이 침묵의 숲으로 향했다는 것을 알아냈는데 그 후의 일은 알 수가 없어. 그런데 넌 무슨 이유로 침묵의 숲에 가려는 거지?"

데미안은 데보라에게 자신이 침묵이 숲에 들어온 이유를 말해

줄까 하는 생각을 잠시 했다가 일단은 비밀로 하는 것이 좋을 것
같다는 생각을 했다.

"누구든 이 침묵의 숲에 들어가기만 하면 없어진다기에 그걸
조사해 보려고."

데미안의 대답에 데보라는 어이가 없다는 듯 그의 얼굴을 바라
보았다. 그리고는 고개를 흔들었다.

"누가 네 부모인지는 몰라도 너 키우느라 고생 꽤나 했겠다. 그
래, 갈 데가 없어 이렇게 위험한 곳에 왔단 말이야?"

"또 누가 알아? 내가 그 침묵의 숲에 있는 비밀을 풀지 말이야."

"데미안님, 내일 침묵의 숲에 가시려면 지금 주무시는 것이 좋
을 겁니다."

"알았어."

간단히 대꾸한 데미안이 한쪽 구석에 망토를 깔고 잠을 청하는
사이, 데보라는 벽에 기대 멍하니 앉아 있었다.

다음날 데보라가 잠에서 깨었을 때 그녀의 눈에 조금은 이상한
모습에 보였다. 남자인지 여자인지 구별하기도 힘든 데미안이라는
꼬마가 희한한 자세로 앉아 눈을 지그시 감고 있는 모습이 보인
것이다. 꼼짝도 하지 않고 있는 것이 혹시 앉아서 잠이 든 것이
아닌가 하는 생각도 들었지만 일단은 지켜보기로 했다. 그때 밖에
서 헥터가 들어왔다.

"잘 잤습니까?"

"자기는 잘 잤는데, 저 꼬마, 지금 뭘 하는 거지?"

데미안이 분명 그녀보다 키가 조금 더 큼에도 불구하고 꼬마라
고 부르자 헥터는 어이가 없었다.

"지금 훈련 중입니다."

"훈련? 무슨 훈련을 자면서 해? 설마 꿈속에서 훈련을 하는 것은 아니겠지?"

그 순간 데미안의 몸에서 붉은 마나가 조금씩 뿜어져 나왔다. 페인야드를 출발한 지도 벌써 50여 일, 데미안의 몸에서 뿜어져 나오는 붉은 마나가 날이 갈수록 선명해지는 것을 느낄 수 있었다. 게다가 요즘은 붉은 마나가 단순히 뿜어져 나오는 정도가 아니라 조금씩 회전을 하는 것처럼 보였다. 무슨 방법으로 마나를 회전시키는 것인지는 모르지만 분명히 회전하고 있었다.

그 모습을 발견한 데보라는 신기한 물건을 보듯 데미안을 바라보았다. 잠시 후 데미안이 눈을 뜨자 붉은 마나는 순식간에 그의 몸 속으로 스며들었다. 어두운 밤하늘에 한 줄기 섬광이 스치듯 반짝이는 데미안의 눈빛을 보는 순간, 데보라는 데미안이 여자가 아니라는 것을 알 수 있었고, 그 순간 가슴이 두근거리는 느낌을 받았다. 지난 25년을 살아오면서 단 한 번도 느껴보지 못한 기이한 느낌이었다.

"어? 데보라, 일어났어?"

데미안의 말에 데보라는 두근거리는 가슴을 진정시키며 오히려 반문했다.

"헥터의 말로는 너의 지금 그 자세가 훈련을 하는 것이라고 하던데 그 말이 사실이야?"

"훈련이라고 말하기는 조금 이상하지만 훈련과 명상을 동시에 하는 것이라고 보면 돼."

"그런데 왜 네 몸에서는 붉은 마나가 생기지? 게다가 그 마나가 왜 회전을 하는 거야?"

"뭐? 정말? 마나가 회전을 했어?"

어느 틈에 다가와 자신의 어깨를 잡고 흔드는 데미안의 말에 데보라는 어떨떨한 표정을 지으며 고개를 끄덕였다.

"그래, 분명히 네 몸 주위를 붉은 마나가 천천히 회전을 하는 것을 봤어. 헥터에게도 물어봐."

"며칠 전부터 조금씩 움직이기는 했지만 오늘처럼 회전을 하는 것을 본 것은 처음입니다."

헥터의 대답에 데미안은 대단히 기쁜 표정을 지었다. 〈地獄二刀流〉란 책에 의하면 '마음을 다스리는 법'에는 세 단계가 있다고 적혀 있었다. 처음은 마나를 느끼며 몸 속에 마나를 쌓아 몸 안에서 움직이는 것이다. 그것을 오랫동안 반복하게 되면 마나가 몸 안에 더 이상 쌓이지 않고 몸 밖으로 빠져 나오게 되는데 그때 마나를 잡아두기 위해 회전을 시키는 것이다. 이것이 두 번째 단계인데 그렇게 되면 몸에 쌓이는 마나의 양이 몸을 빠져 나가는 마나의 양을 앞지르기에 비로소 검기를 자유자재로 이용할 수 있다고 적혀 있었다.

그렇게 해서 몸에는 점점 더 많은 마나가 모이게 되고, 마침내 그 한계에 도달하게 되면 몸 속에 있는 마나 홀이 마치 사람이 숨을 쉬듯 자연스럽게 대자연의 마나를 받아들인다고 적혀 있었다. 그렇게 되면 인간으로서의 한계를 뛰어넘어 신의 영역에 들어서게 되는데, 그 경지에 도달한 사람은 아직까지 한 사람도 없다고 적혀 있었다.

데미안은 기쁜 마음을 잠시 접어두고 자신의 바스타드 소드를 집어 들었다. 그리고는 천천히 바스타드 소드에 마나를 집어넣어 보았다. 마나 홀에서부터 올라온 마나가 오른손을 통해 바스타드 소드에 들어가자 바스타드 소드가 곧 붉은 마나에 휩싸였다. 그 모습에 다시 왼손으로 레이피어까지 뽑아 들어 레이피어에도 마나를 주입했다.

붉은 마나에 휩싸인 바스타드 소드와 레이피어, 그리고 붉은 머리를 늘어뜨린 데미안의 모습은 불의 정령 같았다. 천천히 마나를 회수해 두 자루의 검을 회수한 데미안은 다시 두 자루의 대거를 꺼내 들었다. 그리고는 오른손에 들고 있던 대거에 마나를 주입했다. 대거가 붉은 마나에 휩싸인 것을 확인한 데미안은 천천히 왼손의 대거를 향해 가볍게 내리쳤다. 그러자 왼손에 들려 있던 대거가 종이가 잘리듯 가볍게 잘려나갔다. 그 모습에 데미안은 기쁨을 감추지 못했다.

"드디어 나도 한스처럼 대거를 잘랐어. 헥터, 이것 봐."

"이제 데미안님도 소드 익스퍼트 중에서도 상급에 들어가는 실력이 되신 겁니다."

"소드 익스퍼트의 상급?"

"그렇습니다. 이제 데미안님의 검을 막을 수 있는 상대는 같은 실력을 가진 사람들이 아니면 결코 막을 수 없을 겁니다. 축하합니다."

헥터의 말에 데미안은 연신 웃음을 짓고 있었고, 옆에서 그 모습을 지켜보던 데보라는 데미안이 자신과 같은 소드 익스퍼트의 상급에 해당되는 실력을 가지고 있다는 사실을 도저히 믿을 수 없었다.

"우선 식사부터 하시고 침묵의 숲으로 가시지요."

그 말에 정신을 차린 데보라가 데미안에게 말했다.

"저어, 방해가 되지 않는다면 같이 가도 될까?"

"그러지 뭐."

세 사람은 간단하게 요기를 하고 오두막을 떠났다. 밤에는 눈이 내리지 않았는지 그리 많이 쌓이지는 않았다. 그런데 문제는 말이 두 마리밖에 없다는 점이었고, 그보다 더 큰 문제는 데보라가 전혀 말을 타지 못한다는 사실이었다. 결국 데미안과 데보라가 같이 타고 가기로 결정을 내렸는데, 처음 말을 탄 탓인지, 아니면 다른 이유가 있는지 데보라는 데미안의 등에 찰싹 달라붙은 채 눈을 뜨지 못했다. 데미안은 데보라가 너무 달라붙자 어색함을 느꼈지만 다른 방법이 없었다.

모든 세상이 흰 눈에 덮여 보기에는 좋았지만 뒤덮인 눈 때문에 길도 제대로 찾을 수 없었다. 결국 헥터가 앞장을 섰고, 데미안이 뒤를 따랐다. 데미안 일행은 가볍게 말을 달렸고, 오후가 되어서 거대한 숲이 자신들의 장엄하게 눈앞에 펼쳐진 것을 발견할 수 있었다.

거대한 숲이 끝도 없이 펼쳐져 있었다. 그럼에도 불구하고 아무런 소리도 들리지 않았다. 불어오는 바람에 나뭇잎만 가볍게 흔들릴 뿐, 새들의 울음 소리는 고사하고 곤충들의 모습조차 발견할 수 없었다. 데미안은 이상한 생각이 들어 둘러보았지만 마법의 흔적은 보이지 않았다. 마치 풀이나 나무를 제외하고 살아 있는 것은 아무것도 없는 것 같았다.

사람의 마음이 불안해질 정도로 조용한 숲의 모습에 세 사람은 그저 숲만 쳐다보았다. 데미안은 비교적 나무가 적게 자란 곳으로 말을 몰아가려고 했다. 그런데 무엇에 놀란 것인지 말은 뒷걸음질만 칠 뿐 전혀 앞으로 나가려 하지 않았다.

결국 일행들은 말에서 내려 걸어가야만 했다. 짐을 나누어 들고는 숲을 향해 걸음을 옮겼다. 20미터 이상 빽빽하게 자란 나무들에 가려 하늘의 모습은 보이지도 않았고, 대낮임에도 불구하고 어두컴컴하기 이를 데 없었다. 바닥에는 무릎까지 자란 풀들로 가득했고, 전날 내린 눈은 모두 녹았는지 바닥에 질퍽거렸다.

그렇게 숲에 들어선 지 한 시간이 지나자 세 사람은 자신이 어디에 있는지 동서남북을 전혀 짐작할 수 없었다. 게다가 벌써 해가 지는지 숲은 점점 더 어두워졌다. 자신의 짐 속에서 드미트리우스의 던전에서 가져온 마법등을 꺼낸 데미안은 높이 쳐 들고 다시 한 번 주위를 살폈다. 그러나 살아서 움직이는 것은 역시 자신들뿐이었다.

"플레임."

데미안의 조용한 부름에 그의 오른손에 낀 반지에서 붉은빛이 반짝하더니 곧 플레임의 모습이 보였다.

"부르셨어요, 데미안님."

"그래, 길을 찾지 못하겠어. 미안하지만 네가 길을 찾아봐 줄래?"

"잠깐만 기다리세요."

플레임은 대답을 하더니 나무 사이로 날아갔다. 그 모습을 지켜보던 데보라가 신기한 듯 물어보았다.

"저건 뭐지? 정령이야?"

"글쎄, 마법으로 탄생시킨 생명체인데 뭐라고 불러야 좋을지 모르겠어."

주위는 이제 완전히 어두워졌고, 마법등이 비추는 곳을 제외하고는 완전히 암흑에 휩싸여 마치 지옥에 떨어진 것 같다는 생각을 버릴 수 없었다.

"정말 지독하게 깜깜하군."

"그러게나 말이야. 게다가 아무 소리도 들리지 않으니까 괜히 불길한 생각만 들잖아."

데보라는 그 말을 하면서 조금씩 데미안의 곁으로 다가갔다. 헥터 역시 마음을 놓지 못한 채 연신 주위를 살폈다. 조금의 시간이 흐른 뒤 플레임이 돌아왔다.

주위가 어두운 탓인지 묘하게 그녀의 주위가 밝은 것처럼 느껴졌다. 데미안에게 날아온 플레임은 자신이 본 모습을 이야기했다.

"다른 곳은 나무가 빽빽하게 자라 전혀 길이 없었지만 서쪽으로 400미터쯤 가면 과거에는 도로였던 곳으로 보이는 장소가 있어요."

"그래? 고마워, 플레임."

"별갈씀을……."

일행들은 다시 서쪽을 향해 걸음을 옮겼고, 플레임의 말대로 얼마가지 않아 폭이 10미터쯤 되는 도로가 보였다. 넓고 네모난 돌을 깔아놓은 포석 사이로 자란 풀들 때문에 포석이 마치 풀밭에 놓은 징검다리처럼 보였다. 도로는 구불구불 나무들 사이로 이어졌고, 조금 북쪽으로 이어졌다.

일행들은 도로를 따라 조금은 편하게 걸음을 옮겼다. 침엽수림은 끝없이 이어져 있었고, 동물은 단 한 마리도 살지 않는 것인지 주위는 적막하기 이를 데 없었다. 헥터는 걸음을 옮기면서도 자신들의 식량이 부족한 것을 염려하고 있었다. 오늘 저녁과 내일 아침에 먹을 것을 제외하고는 남는 것이 없었다. 제아무리 침묵의 숲이라도 동물들은 살고 있을 거라 예상했던 것이 잘못이었다.

잔뜩 긴장하고 걸은 탓인지는 모르지만 얼마 가지 못해 일행들은 꽤나 지쳤다. 자신들이 얼마나 왔는지도 깨닫지 못하고 있었다. 데미안이 얼굴을 들어 밤하늘을 보았지만 날이 흐린 탓인지 별들조차 발견할 수 없었다.

"헥터, 오늘은 여기서 쉬어 가는 것이 어때?"

"그렇게 하시지요."

비교적 평평한 나무 밑에 주저앉은 데미안은 주위를 둘러보며 내키지 않은 듯한 표정을 지었다. 데보라 역시 주위를 둘러보다가 한마디했다.

"우리 아마존도 짙은 정글 지역이지만 여기처럼 기분 나쁜 곳은 처음 봤어. 우리가 사는 곳에는 그래도 밝은 햇살이 있고, 지저귀는 새가 있고, 동물이 있고, 먹을 수 있는 열매들이 얼마든지 있어."

"새들이나 동물들이 없는 것은 그래도 이해할 수 있지만 곤충마저 없다니, 대체 이유가 뭐지?"

"곤충?"

데미안의 말에 데보라의 얼굴이 묘하게 일그러졌다. 세상에, 곤충이라니? 생각만 해도 솜털까지 곤두서고 헛구역질이 날 것 같았다. 데보라는 억지로 참으며 아무런 이야기도 하지 않았지만 기분이 점점 나빠지는 것을 어쩔 수 없었다. 당장이라도 나무 위에서 무엇인가가 뚝 떨어져 자신의 몸 위를 꿈틀거리며 기어다닐 것 같다는 생각을 떨쳐 버릴 수가 없었다.

헥터가 남은 음식으로 식사를 준비하는 동안 데미안은 다시 아침과 마찬가지로 눈을 감고 명상에 빠졌다. 찜찜한 생각을 버리지 못한 데보라는 조금씩 데미안 곁으로 자리를 옮겼고, 주위에서 무슨 소리만 들리면 그의 품으로 뛰어들 만반의 준비를 마쳤다. 그러나 애석하게도(?) 그녀의 예상과는 달리 아무런 일도 일어나지 않았다.

천천히 식사를 하는 동안에도 그녀는 연신 주위를 살폈다. 그때까지 깨어나지 않은 데미안의 모습을 힐끔 본 데보라가 헥터에게 물었다.

"당신들 단순한 모험가가 아니지?"

"무슨 말입니까? 데보라 양."

"내가 생각하기에 당신들은 단순한 모험가 같지 않아. 뭔가 나에게 숨기는 것이 있는 것 같지만 그것이 뭔지 굳이 알고 싶진 않아. 다만 이 숲을 빠져 나갈 때까지 당신들과 같이 갈 수 있도록 해주면 고맙겠어."

무식하게 커다란 브로드 소드를 휘두르던 그때의 모습은 다 어디로 갔는지 데보라는 조금은 풀이 죽은 모습이었다. 무엇 때문인지는 모르지만 일단 그녀를 안심시키는 것이 먼저라고 생각한 헥터는 희미한 미소를 지으며 고개를 끄덕였다.

"걱정하지 마십시오. 무슨 일이 있어도 결코 데보라 양을 두고 가지는 않겠습니다."

헥터의 말의 데보라는 안심을 한 듯 보였지만 그래도 얼굴에서 걱정스러움이 완전히 사라진 것은 아니었다.

"이제서야 말하는 거지만 당신은 참 좋은 사람 같아."

"별말씀을……."

"아니야, 정말 당신은 좋은 사람 같아. 당신 같은 눈빛을 한 사람은 절대 거짓말을 하지 않거든. 순결과 풍요의 여신인 아레네스가 우리 종족에게 내려준 능력 가운데는 상대가 어떤 사람인지 알아볼 수 있는 능력이 있어. 당신은 진심으로 저 데미안이란 청년을 사랑하고 아끼는 것 같아."

데보라의 말에 헥터는 조금은 어색한 듯 미소를 지었다.

"비록 만난 지 하루밖에 지나지 않았지만 당신들이 좋은 사람들이라는 것은 충분히 알 수 있어. 그리고 당신들을 만나게 해준 아레네스께 진심으로 감사드려."

데보라가 그런 말을 하는 사이 데미안이 눈을 떴다. 그리고 재빨리 마법을 캐스팅했다. 뜻하지 않은 모습에 데보라는 약간 놀랐고, 헥터는 긴장했다.

"무슨 일입니까?"

"나도 모르겠어. 하지만 뭔가가 우리가 있는 곳으로 다가오는 것이 갑자기 느껴졌어."

데미안이 대답을 하는 순간 그의 목에 걸려 있던 목걸이가 희미하게 붉은빛을 뿌리며 진동하기 시작했다. 그리고 그 진동은 시간이 지날수록 심해졌다. 데미안은 재빨리 캐스팅을 해 도로 위에 커다란 마법진을 만들었다.

"저 마법진은 몸을 투명하게 만들어 상대에게 보이지 않게 해 주는 마법진이야. 만약 견디기 힘든 상대를 만나면 저 마법진으로 뛰어들어 잠시 피해 있도록 해."

데미안이 말을 하는 사이에도 목에 걸려 있는 목걸이는 계속 붉은빛을 뿌렸고, 심하게 진동하고 있었다.

웅!

긴장하고 일던 일행들은 비록 눈에 보이지는 않았지만 뭔가가 어둠 속에서 다가오는 것이 느껴졌다. 그리고 그들의 눈에 뭔가가 보였다. 가장 놀란 사람은 데보라였다.

"저, 저것은?"

제16장
다크 나이트 Dark Knight

사사사삭!

　미약한 소리와 함께 데보라와 일행들의 눈에 비친 것은 헤아릴 수 없이 많은 개미 떼였다. 물론 개미 떼야 어디서든지 흔히 볼 수 있는 존재지만, 지금 이들의 눈에 보이고 있는 이 커다란 개미는 일반적으로 사람들이 알고 있는 개미와는 판이하게 다른 모습이었다.

　우선 거대한 집게는 마치 두 자루의 쇼트 소드를 붙여놓은 듯 날카로워 보였고, 붉고 칙칙한 색으로 번들거리는 몸은 보는 것만으로도 기분을 불쾌하게 만들었다. 또 세 쌍의 다리는 소리도 없이 움직였고, 결정적으로 이들을 공포스럽게 보이게 하는 것은 그들의 끔찍하도록 커다란 몸뚱이였다. 한 쌍의 더듬이부터 뾰족한 엉덩이 끝까지의 길이가 무려 1미터가 넘어 보였다. 그런 녀석들이 하나둘도 아니고 엄청나게 떼를 지어 숲에 나타난 것이다. 데미안은 개미의 번들거리는 피부를 바라보며 잠시 멍한 표정을 지었다.

"어서 피해! 이들은 거인 개미의 일종인 포이라Poira야. 공격적이고, 또 수천 수만 마리씩 떼를 지어 다니기 때문에 어떤 몬스터도 이들의 상대가 될 수 없어. 이것들을 상대해 싸우려는 것은 멍청한 생각이야."

창백하게 질린 표정을 짓던 데보라가 데미안의 팔을 뒤로 끌며 외쳤다. 그녀의 말에 잠시 고민을 하던 헥터도 싸우기보다는 피하기로 결정을 내렸다. 그 역시 데미안의 한쪽 팔을 잡고 재빨리 마법진으로 뛰어들었다.

자신들의 눈앞에 있던 세 사람이 갑자기 사라져 버리자 포이라들은 일제히 더듬이를 움직이며 주위를 돌아다녔다. 데미안 등이 있는 마법진 근처에도 왔지만 그저 더듬이만 열심히 움직일 뿐 일행을 찾지는 못했다. 잠시의 시간이 지나고 포이라들이 일제히 어디론가로 사라지자 데보라는 안도의 한숨을 쉬었다. 마법진을 벗어난 데보라는 데미안과 헥터에게 포이라에 대해 자세히 설명을 했다.

"옛날 우리가 살던 아마존에도 저 포이라가 살았던 적이 있었다는데 그 빌어먹을 포이라 때문에 아마존에 있는 모든 생명체들이 거의 멸종 위기까지 간 적이 있었다고 들었어. 지독하게 빠르게 번식을 하고, 보이는 것은 모조리 먹어치우는 데다가 움직이는 것은 그것이 무엇이든 공격을 하는 호전적인 성격 때문에 아마존은 황폐해져 갔고, 결국 아레네스께서 개입을 해 아마존의 땅에서 모든 포이라를 사라지게 했다는 전설이 있는데 설마 여기서 포이라를 보게 될 줄은 나도 몰랐어."

"정말 저런 녀석들이 수천 수만 마리가 떼를 지어 몰려다닌단 말이야?"

데미안이 기가 막힌 듯 묻자 데보라는 고개를 끄덕였다.

"내 생각에 여기가 침묵의 숲으로 불리게 된 것은 저 포이라 때문이 아닌가 생각해. 저 포이라라는 놈은 비록 육식을 주로 하는 놈이지만, 몬스터나 인간, 그리고 동물들을 모두 잡아먹고 나면 나무와 풀, 돌까지 먹어치우는 잡식성으로 식성이 변해. 그래도 먹을 것이 없다면 땅을 파고 들어가 수개월에서 수년 동안 잠을 자면서 자신들의 먹이가 다시 풍부해지기를 기다리는 지독한 놈들이야."

데브라의 말에 데미안은 어이가 없었다. 먹이가 부족하면 식성이 잡식성으로 바뀌어 나무나 돌까지 먹어치운다니 도저히 믿을 수가 없었다.

"먹을 것이 없으면 자신들의 동족까지도 잡아먹겠군."

"어떻게 알았지? 과거 아레네스께서 저것들을 아마존에서 내쫓을 때 일부러 저 녀석들을 몽땅 사막으로 이동시켜 서로 잡아먹게 만들어 없애버렸다고 들은 적이 있어."

데보라의 대답에 데미안은 정말 기가 막혔다. 오로지 먹기 위해서만 존재하는 몬스터라니…….

"조금 전 우리가 저 녀석들에게 들키지 않은 것은 정말 행운이야. 냄새를 잘 맡지 못한다는 점이 저 녀석들의 유일한 약점이거든."

"데보라 양, 다른 곳으로 옮기지 않아도 되겠소?"

"내가 알고 있는 상식으로는 저 녀석들은 끊임없이 먹이를 찾아다니기 때문에 저 녀석들이 지나간 이곳은 일단 안심을 해도 될 것 같아. 그렇지만 자신은 없어."

"헥터, 이런 밤중에 이동을 하는 것은 위험하니 오늘은 그냥 이 곳에서 하루를 보내는 것이 어떨까?"

"그러는 것이 좋겠습니다."

대답을 한 헥터는 자신들의 짐을 우선 챙겼다. 먹을 것이 조금밖에 없어서인지는 모르지만 짐은 대체로 멀쩡했다. 결국 세 사람은 뜬눈으로 밤을 세웠고, 날이 밝는 것을 확인하고는 다시 도로를 따라 이동했다.

여전히 숲은 침묵 속에 싸여 있었다. 헥터는 도로 주위에 있는 나무들을 살펴보았지만 어디에도 유실수(有實樹)는 보이지 않았다. 준비했던 물도 거의 떨어졌고, 식량도 아주 약간밖에는 남지 않았다. 헥터가 데미안에게 그 이야기를 하자 데미안은 자신이 알고 있던 마법 가운데에서 물을 찾는 스펠을 캐스팅했다.

"디텍트 워터Detect Water!"

데미안의 눈에서 붉은색의 마나가 번쩍였고, 데미안은 그 모습으로 주위를 둘러보았다. 그러나 어디에도 물의 기운을 찾을 수 없었다. 마법을 해제한 데미안은 다시 플레임을 호출했다.

"플레임, 너는 불의 생명력을 가지고 있으니까 어디에 물이 있는지 느낄 수 있겠지?"

"잠깐만 기다리세요, 데미안님."

허공에 떠 있던 플레임의 몸이 붉은색으로 덮이더니 곧 사라졌다. 그리고 잠시 후 다시 나타난 플레임의 얼굴이 조금 이상했다.

"여기는 뭔가 이상해요. 분명 식물들이 자랄 수 있을 정도의 습기는 땅에 배어 있지만 연못이나 시냇물은 어디에도 보이지 않아요. 적어도 방원 3킬로미터 안에는 말이에요. 그리고 살아 움직이는 것이 아무것도 보이지 않아요."

플레임의 말에 세 사람은 기운이 빠지는 것을 느꼈다. 이제 뒤돌아서 침묵의 숲을 빠져 나갔다가 다시 올 것인지, 아니면 계속 전진을 할 것인지를 결정해야 했다. 헥터와 데보라가 자신의 얼굴만 바라보자 데미안은 어떻게 해야 좋을지 몰랐다.

그때였다.

"크아아악!"

요란한 소리와 함께 뭔가가 하늘에서 세 사람을 향해 떨어져 내렸다. 재빨리 상대를 확인한 헥터는 데미안에게 외쳤다.

"데미안님, 와이번입니다. 피하십시오."

데미안이나 데보라는 재빨리 도로 옆의 숲으로 몸을 피하면서 고개를 돌렸다. 그런 그들의 눈에 와이번의 모습이 보였다. 머리에서 꼬리 끝까지의 길이가 10미터는 넘어 보였고, 활짝 펴진 한 쌍의 날개는 거의 20미터에 가까워 보였다. 진한 암회색의 몸통에는 울퉁불퉁한 각질의 피부가 보였고, 다시 그 위에 비늘이 뒤덮여 있었다. 꼬리에는 2미터는 충분히 넘을 두 개의 뿔이 솟아 있었고, 웬만한 사람은 단숨에 삼킬 것 같은 커다란 입에는 팔뚝만한 이빨들이 빽빽하게 박혀 있었다. 궁전의 기둥 같은 뒷다리에 비해 앞다리는 앙상하기 이를 데 없었지만, 날카로운 세 쌍의 발톱이 나 있는 것이 보였다.

와이번은 자신의 공격을 단숨에 피한 세 사람의 모습에 기분이 상했는지 다시 한 번 커다란 포효를 터뜨리며 데미안과 데보라를 노려보았다.

"크아아악!"

와이번의 머리가 데미안을 향하자 고약스러운 냄새와 함께 후

끈한 열기가 전해졌다. 비록 불꽃은 보이지 않았지만 충분히 불을 붙일 수 있을 정도로 뜨거운 숨결이었다. 데보라는 벌써 옆으로 피하고는 와이번의 다리를 향해 힘껏 자신의 브로드 소드를 휘둘렀다. 그러나 와이번의 비늘과 부딪친 그녀의 브로드 소드는 챙! 하는 금속음과 함께 너무도 쉽게 튕겨나와 버렸고, 와이번은 아무것도 느끼지 못한 것처럼 여전히 데미안만을 노리고 있었다. 데미안은 와이번이 자신만을 노리자 은근히 약이 올랐다.

'너, 내가 그렇게 맛있어 보이냐? 좋아, 그렇다면 오늘 널 훌륭한 와이번 구이로 만들어주마.'

재빨리 스펠을 캐스팅한 데미안은 와이번을 향해 파이어 볼을 날렸다.

"파이어 볼!"

펑! 화르르르—

데미안이 던진 파이어 볼은 정확히 와이번의 안면에 적중했지만 와이번은 꿈쩍도 하지 않았다. 3싸이클에 이르는 마법에도 꿈쩍도 하지 않는다면 결국 자신의 마법 실력으로는 와이번에게 상처조차 입힐 수 없다는 것을 깨달은 데미안은 재빨리 바스타드 소드를 뽑아 들었다. 그 모습을 본 와이번은 다시 한 번 데미안을 향해 뜨거운 숨결을 내뿜었다. 그러나 이미 데미안은 피신한 후였고, 와이번의 뜨거운 숨결을 재차 받은 나무들에게서는 희미한 연기와 함께 결국 불이 붙었다.

와이번은 맛있어(?) 보이는 데미안이 자신의 공격을 두 번이나 피하자 재빨리 몸통을 틀더니 꼬리를 휘둘렀다. 데미안은 바스타드 소드에 마나를 있는 대로 집어넣고는 몸을 피함과 동시에 힘껏 휘둘렀다.

와이번의 뿔과 바스타드 소드가 부딪히는 순간 데미안은 마치 자신의 손이 부러져 나가는 듯한 극심한 통증을 느끼며 뒤로 날아갔다. 그러나 뜻밖에도 바스타드 소드와 부딪힌 와이번의 두 개의 뿔은 멀쩡했다.

데미안과 데보라가 양 옆에서 공격을 하는 동안 헥터는 자신의 바스타드 소드가 부서질 정도로 마나를 집어넣고는 지면을 박찼다. 그러자 헥터의 몸은 거의 5미터를 뛰어올라 와이번의 등에 소리도 없이 내려섰고, 지체없이 푸르게 물든 바스타드 소드를 비늘과 비늘 사이를 겨냥해 힘껏 박아넣었다. 헥터의 바스타드 소드는 거의 손잡이 부분까지 틀어박혔고, 와이번은 극심한 고통에 머리를 쳐들며 울부짖었다. 데미안과 데보라 역시 그 기회를 놓치지 않았다. 데미안은 와이번의 오른쪽 눈을 향해, 데보라는 비교적 비늘이 적은 왼쪽 다리의 안쪽을 향해 힘껏 검을 찔러넣었다.

데미안과 데보라의 공격에 와이번은 다시 깊은 상처를 입었고, 특히 자신의 눈에 검을 찔러넣은 데미안을 떨어뜨리기 위해 머리를 마구 내저었다. 그러나 데미안은 악착같이 와이번의 목에 매달려 바스타드 소드를 마구 찌르고 있었다. 고통을 참지 못한 와이번이 날개를 활짝 펴고 도주를 하려고 하자 헥터는 지체없이 자신의 검을 뽑아 들고는 그대로 와이번의 오른쪽 날개를 내리쳤다.

비늘이 덮여 있던 몸과는 달리 와이번의 날개는 쉽게 잘려나갔고, 고통으로 인한 격렬한 몸부림에 데미안도 그만 날아가 버렸다. 하나 재빨리 자리에서 일어난 데미안은 검을 뽑아 들고는 다시 와이번에게 달려들었다. 그리고는 고통으로 울부짖는 와이번의 벌어진 입을 향해 자신의 바스타드 소드에 마나를 몽땅 집어넣고는 그대로 던졌다. 마치 화살을 쏜 것처럼 바스타드 소드는 일직선으로 날아갔고, 와이번의 입천장을 통과해 와이번의 뇌 속에 틀어박혔다.

와이번은 격렬하게 몸을 한번 떨고는 요란한 소리를 내며 바닥에 쓰러졌다. 그 모습을 본 데보라는 꽤나 지친 듯 그 자리에 주저앉았고, 헥터도 조금은 가쁜 숨을 몰아쉬고 있었다. 세 사람 모두 와이번의 피를 뒤집어써 온통 피투성이였다.

완전히 숨이 끊어지지 않았는지 꿈틀거리고 있는 와이번에게 갑자기 다가간 데미안은 와이번의 다리에 난 상처에 얼굴을 대고는 와이번의 피를 마셨다. 그 모습에 데보라는 놀란 듯 멍하게 쳐다보았고, 헥터는 오크들과 싸움을 벌이던 데미안의 모습을 다시 한 번 기억해야만 했다.

"헥터, 조금 마셔봐. 그런대로 마실 만해."

"너, 너, 제정신이야? 와이번의 피를 마시다니. 무식하기 이를 데 없는 바바리안들도 짐승의 피는 마시지 않아."

데보라는 입가에 와이번의 피를 잔뜩 묻히고 있는 데미안의 모습에 충격을 받았는지 말을 더듬었다. 데보라에게 무슨 말을 하려던 데미안은 그냥 몸을 돌려 와이번의 머리 속에 박힌 자신의 바스타드 소드를 뽑아 들었다.

말없이 와이번 쪽으로 다가간 헥터는 대거를 꺼내 와이번의 가죽을 벗기고는, 커다랗게 살덩이를 잘라 나무에 걸어 피를 제거했다. 데보라는 갑자스런 두 사람의 행동에 할말을 잊은 듯 멍하니 바라보고만 있었다.

갑자기 데미안과 헥터의 행동이 멎더니 한쪽 방향을 노려보았다. 그러더니 헥터는 재빨리 다시 살덩이를 챙겼고, 데미안은 데보라에게 다가갔다.

"왜 그러는 거야?"

"빨리 이 자리를 떠나야 돼. 아무래도 아까 그 포이라들이 다시 돌아온 것 같아."

데미안의 말에 데보라와 헥터는 도로를 따라 재빨리 뛰어갔다. 불과 그들이 40미터도 벗어나기 전 그들의 뒤에서는 신경을 자극하는 낮은 소음이 들렸다. 달리면서 뒤를 확인한 데보라는 얼굴이 새하얗게 변했다.

어느 틈에 나타났는지 수백 마리가 넘는 포이라들이 나타나 와이번의 시체를 빽빽하게 뒤덮고 있었다. 데보라의 브로드 소드를 막아내던 와이번의 비늘은 포이라들이 내뿜는 이상한 액체와 그들의 날카로운 집게에 의해 조각조각 잘려나갔다. 게다가 서너 마리의 포이라가 무엇을 느꼈는지 달아나는 데미안들을 뒤를 따라왔다.

"더 빨리! 포이라가 뒤에 따라붙었어!"

데보라의 외침에 데미안과 헥터는 더욱 속도를 내어 질주했다. 와이번과의 격전을 치르고 한숨을 돌릴 사이도 없이 데미안 일행은 도망을 쳐야 했다. 데미안도 궁금함을 이기지 못하고 뒤를 돌아보았다.

모든 소리가 죽어버린 숲에서 수백 마리의 포이라들에게 쫓기는 상황을 언제 데미안이 상상이나 해봤겠는가? 데미안은 자신이 조금(?) 크기는 하지만 개미한테 쫓겨 도망을 친다는 사실에 자존심이 상했다. 걸음이 느린 데보라의 팔목을 잡고 달리던 데미안은 몸 속에 남은 마나를 두 다리로 보내 좀더 속도를 냈다. 헥터도 일행들의 짐을 든 채 빠르게 달렸다. 얼마나 달렸을까? 데미안은 날이 어둑어둑해진 것을 느끼고야 걸음을 멈췄다.

세 사람은 온몸이 땀으로 범벅이 되었고, 극심한 갈증에 시달렸다. 데미안은 다시 플레임을 불러 주위에서 물을 찾게 했지만 역시 물은 보이지 않았다. 곰곰이 뭔가를 생각하던 데미안은 품에서 대거를 꺼내 나무 옆에 작은 구덩이를 팠다. 그리고는 그 구덩이에 넓게 천을 깔고는, 다시 그 위를 깨끗한 수건으로 덮었다. 그리고는 그런 구덩이를 서너 개 더 만들었다. 데보라는 지친 얼굴로 데미안을 바라보았다.

지금 그가 하는 짓이 무슨 짓을 하는 것인지는 모르지만 그녀가 정작 궁금해하는 것은 그것이 아니었다. 자신의 가슴을 두근거리게 만들었던 데미안과 오싹한 기분을 들게 했던 데미안, 그 둘 가운데 어느것이 진짜 데미안의 모습인지 그것이 더 궁금했다.

와이번의 피를 뒤집어써서 엉망이 된 세 사람은 목욕을 하고 싶다는 생각이 굴뚝 같았지만, 마실 물도 없는 터에 목욕이라니…… 일단은 참을 수밖에 없었다. 이곳에 도착한 지도 두 시간은 족히 지난 것 같았다. 데미안은 자신이 만들어놓은 구덩이를 덮고 있던 수건을 조심스럽게 들었다.

"역시 교관의 말대로야."

구덩이 안에는 절반쯤 깨끗한 물이 차 있었다. 조심스럽게 물을 떠서 마신 데미안은 너무나 행복한 표정을 지었다. 그 모습을 본 헥터와 데보라도 각자 하나의 구덩이를 차지하고 물을 마셨다.

겨울이니 물이 찬 것이야 말할 필요도 없었지만, 가슴속 깊은 곳까지 뻥 뚫리는 듯한 상쾌함에 없던 힘까지 솟는 것 같았다. 비로소 살았다는 느낌이 들자 저절로 행복한 미소가 지어졌다. 헥터는 자신들의 짐 속에서 수통을 있는 대로 꺼내 조심스럽게 물을 채웠다.

"헥터, 우리가 침묵의 숲에 얼마나 들어온 것 같아?"

"대략 120킬로미터는 들어온 것 같습니다."

"그럼 얼마나 더 가야 중심에 닿는 거지?"

데미안의 말에 헥터는 고개를 돌려 서쪽을 가리켰다.

"서쪽으로 약 60킬로미터쯤이 이 침묵의 숲의 중심에 해당됩니다. 하지만 그곳에 무엇이 있는지는 아무도 모릅니다."

"아직도 더 가야 한단 말이지."

가벼운 한숨과 함께 데미안은 또 어떤 것이 자신을 기다리고 있을까 하는 생각을 했다.

드미트리우스가 만든 선더버드의 던전에서는 자신과 헥터의 목숨이 위험했던 순간이 꽤나 여러 번 있었다. 만약 두 사람이 아니라 혼자 그곳을 찾았더라면 목숨을 잃어도 여러 번 잃었을 것이다. 데미안의 마법과 용병 교육을 통해 알게 된 지식, 헥터의 뛰어난 검술 실력과 경험이 하나로 뭉쳐 어려운 상황을 차례로 이겨 던전을 발굴할 수 있었던 것이다. 그 일을 통해 데미안은 어쩌면 던전을 찾는 일이 자신에게 잘 어울릴지 모른다는 생각을 했었다. 무엇이 있을지 모르는 미지의 상황에 오로지 자신의 지식과 실력, 그리고 경험만으로 도전을 해야 한다는 사실이 너무나 매력적이었다. 적어도 그 순간만은 다른 생각이 들지 않았고, 또 할 수도 없었다. 또 다음엔 무엇이 자신을 기다리고 있을까 기대를 하게 만드는 긴박감 넘치는 상황이 좋았다. 그러나 이 침묵의 숲은 달랐다.

난데없이 포이라가 나타나고, 와이번과 싸우고, 식량과 물이 떨어져 고생을 하고……. 그럼에도 불구하고 신인의 던전이 어디에 있는지 확인조차 하지 못했다. 게다가 선더버드의 던전처럼 한정

된 장소를 찾는 것이 아니라 트렌실바니아 왕국 크기만한 숲 전체를 뒤져야 한다니 저절로 한숨이 흘러나왔다. 찾아야 될 던전에 대한 단서는 어디에도 없고 포이라에게 쫓기는 신세가 됐다는 것 등 하나에서 열까지 모두 신경질 나는 일뿐이지만 현재로써는 별다른 방법이 없었다.

데미안이 고심에 싸인 사이 헥터는 조금 전 들고 온 와이번의 고기 중 일부를 구웠다. 별로 양념을 안 한 탓인지는 모르겠지만 조금은 역한 냄새가 났다. 헥터는 말없이 구운 와이번 고기를 데보라에게 내밀었고, 데보라는 그 고기를 먹어야 할지 말아야 할지를 결정해야 했다. 그러나 냄새 때문에 거부하기에는 하루 종일 먹은 것이 아무것도 없기에 어쩔 수 없이 받았다. 그런 반면 데미안은 결국 자신의 결심대로 와이번 구이를 먹게 되었다는 사실에 희미하게 웃음을 지었다.

세 사람은 간단히 식사를 마치고 피곤한 몸을 누이곤 잠을 청하려 했다. 하지만 너무나 피곤해서일까? 좀처럼 잠이 오지 않았다. 그러던 그들의 귓가에 뭔가가 돌 위를 스치는 소리가 들렸다. 세 사람은 자신도 모르게 서로의 얼굴을 바라보았다.

"설마?"

"이렇게 빨리?"

"제기랄!"

재빨리 자리에서 일어난 세 사람은 조금은 불안한 눈으로 자신들이 달려왔던 길을 바라보았다. 그들의 눈이 조금씩 어둠에 적응해갔고, 뭔가가 폭풍우 치는 밤의 해일처럼 빠른 속도로 자신들에게 다가오는 것을 발견할 수 있었다. 틀림없는 포이라였다. 일행들은 각자 자신의 짐을 들고는 다시 정신없이 도망치기 시작했다.

얼마나 도망을 쳤을까? 주위는 여전히 어두웠고, 사방에 빽빽했던 침엽수림이 언제 없어졌는지 아무도 알지 못했다. 게다가 포석으로 덮여 있던 도로도 어느새 사라졌고, 눈에 보이는 것이라고는 앙상하게 말라비틀어진 이상한 덩굴들뿐이었다. 칙칙한 회색으로 끝도 없이 얽혀 있는 덩굴이 10미터 이상의 높이로 자라 있었고, 그 길이도 끝없이 이어져 있었다.

데미안과 데보라가 땀을 흘리며 가쁜 숨을 몰아쉬는 동안 재빨리 헥터가 지면을 박찼다. 그러자 그의 몸이 마치 한 마리 새처럼 가볍게 덩굴 위로 올라섰다. 뭔가를 살피던 헥터는 땅으로 내려와 데미안에게 자신이 본 것을 이야기했다.

"데미안님, 이 덩굴은 마치 담처럼 자라 있습니다. 길이는 수십 킬로미터까지 뻗어 있고, 폭은 약 2킬로미터쯤 됩니다. 어떻게 하시겠습니까?"

"폭이 2킬로미터쯤이라면 덩굴 위를 통과하는 것은 어때?"

"지금은 그 방법 외에 다른 방법이 없을 것 같습니다."

"데보라는?"

"데미안, 네가 결정해. 결정에 따를게."

데보라는 여전히 가쁜 숨을 몰아쉬고 있었다. 헥터가 덩굴 위로 가볍게 올라선 반면 데보라와 데미안의 모습은 조금 위태스러웠다. 그들이 덩굴 위로 올라서서 주위를 둘러보았다. 그러다 데보라가 어느 한곳을 가리키며 외쳤다.

"저, 저길 봐!"

데미안과 헥터는 데보라가 손으로 가리킨 곳을 보다가 마치 해일처럼 밀려드는 포이라들을 발견했다. 비록 어둠 속이기는 하지만 새까맣게 밀려드는 포이라들의 모습을 분명하게 확인할 수 있었다. 처음 자신들을 공격했던 포이라들이었는지는 모르지만 아무리 적게 잡아도 5만 마리는 넘어 보였다. 이제 그들과의 거리는 불과 1킬로미터도 떨어지지 않았다.

"빌어먹을, 이렇게 맥없이 도망치자니 정말 신경질 나서 못 살겠군."

데미안의 푸념에 데보라는 핀잔을 주었다.

"왜 포이라들과 한바탕 춤이라도 추게?"

"그럴 수야 없지만 숲에 불이라도 지른다면 이렇게 도망을 치지 않아도 될 거 아니야."

"숲에 불을 지르고 나서 넌 어디로 피하려고?"

데보라의 말에 말문이 막힌 데미안은 신경질적인 표정을 지으며 말을 내뱉었다.

"어디 두고 봐. 나중에 대마법사가 되어 저놈들을 모조리 몰살시켜 버리고 말 거야."

세 사람은 미련없이 몸을 돌리고는 덩굴 위를 헤치고 나아갔다. 덩굴은 헥터의 말대로 대략 2킬로미터쯤 이어졌고, 멀리 푸른 숲의 모습이 보였다. 세 사람은 덩굴 위에서 뛰어내려 숲으로 달려갔다. 그리고는 덩굴 위를 쳐다보았지만 포이라들의 모습은 보이지 않았다. 안도의 한숨을 내쉰 세 사람은 쓰러지듯 주저앉았다.

숨을 몰아쉬던 데미안은 덩굴을 넘어오기 전의 숲과 지금 자신들이 있는 이 숲이 어딘가 다르게 느껴졌다. 뭐랄까? 생명의 기운이 느껴지는 것 같았다. 헥터나 데보라 역시 데미안과 마찬가지였는지 주위를 두리번거렸다. 잠시 숨을 진정시킨 세 사람은 서쪽으로 이동했다.

1시간 정도가 지나고 세 사람은 완만하게 경사진 풀밭을 만날 수 있었다. 워낙 빽빽하게 자란 나무만 보아온 탓인지는 모르지만 풀밭을 보자 왠지 반가운 생각이 들었다. 비록 지치기는 했지만 일행들은 조금 더 전진하기로 했다. 몇 개의 작은 구릉을 넘자 마침내 데보라가 그 자리에 주저앉아 버렸다.

"이만큼 왔으면 됐으니까 그만 쉬어 가는 것이 어때?"

데브라의 말에 대충 주위의 지형을 살펴본 헥터가 짐을 내려놓으며 고개를 끄덕였다.

"데미안님, 그렇게 하는 것이 좋겠습니다. 사방이 트인 데다 현재 우리가 있는 지형이 비교적 높으니 주위를 감시하기도 좋을 것 같습니다."

"그럼 오늘은 이곳에서 쉬자고."

데미안 역시 지쳤는지 힘없이 주저앉았다. 헥터와 데보라가 물통의 물을 마시는 동안 데미안은 조금 이상한 느낌이 들었다. 누군가가 어둠 속에서 자신을 쳐다보고 있다는 느낌이 든 것이다. 그러나 자신보다 뛰어난 검술 실력을 가진 헥터가 느끼지 못할 정도라면 혹시 자신이 뭔가를 착각하지 않았나 하는 생각이 들어 조심스럽게 주위를 살폈다. 그러나 보이는 것은 풀과 군데군데 서 있는 키 작은 나무들이 전부였다.

"헥터, 이상한 느낌 들지 않아?"

"예?"

"확신할 수는 없지만 누군가 우릴 지켜보고 있는 것 같아."

데미안의 말에 헥터는 주위를 찬찬히 살폈지만 아무것도 발견할 수 없었다. 데보라 역시 데미안의 말에 주위를 둘러보았지만 이상한 것은 보이지 않았다.

"데미안, 뭔가 착각한 것 아니야?"

"착각이라면 다행이지만……."

데미안은 대답을 하면서도 찜찜한 생각을 지울 수 없었다.

"오늘은 정말 대단한 하루였어. 이만 쉬자고."

데보라의 지친 음성에 헥터는 땔감을 주워 와 모닥불을 지폈다. 그리고는 그때까지 주위를 두리번거리는 데미안에게 말을 건넸다.

"데미안님, 제가 불침번을 설 테니 눈을 붙이십시오."

"아니야, 이런 기분으로는 잠이 올 것 같지 않아."

데미안은 눈을 감고 마음을 다스리는 법에 따라 주위의 마나를 받아들여 온몸에 쌓였던 피로를 풀기 시작했다. 데미안의 말 때문인지 헥터도 조금씩 이상한 기분이 들기 시작했다. 자신의 곁에 바스타드 소드가 놓여 있는 것을 확인하고는 다시 주위를 살폈다.

겨울답지 않은 날씨에 바람도 불지 않아 밤을 지세우기에는 더할 나위 없이 좋았지만 현재 자신들이 있는 곳이 침묵의 숲이기에 한시도 마음을 놓을 수 없었다. 만약 이런 곳에서 포이라들에게 포위라도 된다면 그야말로 끝장이라는 것을 잘 알고 있기 때문이었다. 헥터가 잠시 타오르는 모닥불을 바라보고 있는 사이 데미안이 눈을 떴다. 이미 잠들어 있는 데보라를 힐끔 보고는 헥터에게 물었다.

"정말 헥터의 말대로 이 침묵의 숲에서 던전을 찾는 것은 보통 일이 아닐 것 같아. 무슨 방법이 없을까?"

"침묵의 숲에 대한 지도라도 있다면 모르겠지만 지금으로써는 막막하군요."

"그래도 무슨 방법이 생기겠지."

"피곤하실 텐데 일단 쉬십시오."

"알았어. 내가 조금 있다가 교대해 줄게."

데미안이 자리에 눕는 것을 보고 헥터는 다시 주위로 눈을 돌렸다.

다음날 데미안은 고기를 익히는 냄새에 눈을 떴다. 눈을 떠보니 데보라가 와이번의 고기로 식사 준비를 하고 있었다. 식사 준비라야 남은 고기를 불에 익히고 수통을 꺼내놓은 것이 전부이긴 했지만 데미안은 충분히 만족했다.

"데미안, 일어났어?"

"불침번 서느라고 고생 많았어. 그런데 헥터는 어디 있어?"

"주위를 둘러보고 오겠대."

데미안과 데보라가 아침 식사를 하고 있을 때 헥터가 뭔가를 잔뜩 들고 왔다. 사과였다.

"그거 사과잖아? 한겨울이 웬 사과야?"

"어제는 저희가 밤에 포이라를 피해 올 때 주위를 살필 겨를이 없어 몰랐는데 주위에 유실수가 상당히 많습니다."

사과를 본 데보라는 그중 하나를 자신의 옷에 대충 문지른 다음 열심히 먹기 시작했다. 데미안도 한 입 베어 물었다. 사과의 달콤한 맛에 이렇게 반가운 느낌을 가지게 될 줄은 몰랐다.

전날 피로를 완전히 푼 세 사람은 다시 서쪽을 향해 걸음을 옮겼다. 그러면서 데미안은 전날 자신이 느꼈던 느낌이 맞다는 것을 확인할 수 있었다. 초원을 가로지르는 동안 그리 많은 숫자는 아니지만 살아 있는 동물들과 새들을 발견한 것이다. 게다가 오랫동안 사람을 본 적이 없는지 데미안 일행을 보고도 도망치지 않아 덕분어 싱싱한 고기로 포식을 할 수 있었다. 날이 어두워져 야영할 곳을 찾아 막 저녁 식사를 마쳤을 때였다.

"헥터, 오늘이 며칠이지?"

"12월 28일, 그러니까 이틀만 지나면 새해가 되는군요."

"그럼 페인야드를 떠난 지 벌써 50일이 훨씬 지났다는 말이잖아. 정말 세월 빠르군."

마치 인생의 황혼에 선 노인과 같은 말에 헥터는 쓴웃음을 짓지 않을 수 없었다. 그 순간 헥터의 귀에 무엇인가가 자신들을 향해 빠르게 달려오는 것을 발견했다. 비록 사방이 어두워 확실하게 구별은 가지 않았지만 그것이 말을 탄 사람이라는 것은 알 수 있었다. 잠시 후 말발굽 소리가 확실히 들렸다.

두두두두—!

지면을 박차는 말발굽 소리에 일행은 각자 자신의 무기를 들고 정체 불명의 상대가 다가오기를 기다렸다. 말을 탄 상대는 데미안 들과 약 10미터쯤 되는 곳에 도착해서는 말고삐를 움켜잡아 말을 그대로 멈췄다.

히히히힝!

힘찬 말의 울음 소리와 함께 말이 멈추자 비로소 상대를 확인할 수 있었다. 왼손에는 유니콘Unicorn이 그려진 카이트 실드(Kite Shield : 아래 부분이 뾰족한 방패)를 들고 있었고, 오른손에는 보기에도 섬뜩한 대형 글레이브가 들려 있었다. 검은 가죽으로 만든 옷 위에 체인 메일을 걸치고 있었고, 손에는 검은 건틀릿Gauntlet을, 발에는 검은 가죽으로 만든 부츠를 신고 있었다. 게다가 길고 검은 망토에 붙어 있는 검은색의 후드로 얼굴을 가리고 있어 상대를 조금도 확인할 수 없었다. 머리끝에서 발끝까지 검은 색 일색인 모습은 마치 이야기 속에서나 나오는 어둠 속의 악마와 같은 모습이었다. 게다가 나타난 자는 데미안 일행에게 강렬한 적의를 숨기지 않고 있었다.

"너희는 누군데 내 땅에 침입을 했느냐?"

모습만큼이나 음산한 음성이었다.

"이 침묵의 숲이 당신의 땅이란 말이오?"

"그렇다."

"그럼 당신이 이 침묵의 숲을 만든 장본인인가?"

데미안의 질문에 흑기사는 고개를 저었다. 그 모습에 데미안은 상대의 얼굴을 확인하려고 했지만 발견한 것은 후드 안에서 빛나는 두 개의 붉은빛뿐이었다. 조심스럽게 캐스팅을 마친 데미안이 갑자기 큰 소리로 시동어를 외쳤다.

"라이트Light!"

데미안의 외침이 끝나자마자 주위는 대낮처럼 밝아졌고, 비로소 세 사람은 상대의 얼굴을 확인할 수 있었다. 뜻밖에도 상대는 사람이 아니었다. 붉은빛을 뿌리는 동공을 제외하고는 앙상한 뼈가 드러난 해골이었다.

"스켈레톤?"

"저게 스켈레톤이야?"

데미안의 중얼거림에 데보라의 눈이 커졌다. 그러나 헥터가 보기에는 그가 알고 있던 스켈레톤과는 다르게 뭔가 이질감이 느껴졌다. 게다가 저렇게 말을 유창하게 하는 스켈레톤이라니 믿을 수 없는 일이었다.

정체를 알 수 없는 흑기사는 데미안이 라이트 마법을 사용하자 글레이브를 잡은 팔이 갑자기 떨리기 시작했다.

"마법사냐?"

갑작스런 질문에 데미안은 고개를 끄덕였고, 그 순간 흑기사는 글레이브를 높이 쳐들고 미친 듯이 데미안을 향해 말을 몰았다. 흑기사의 갑작스런 공격에 데미안은 자신의 바스타드 소드에 마나를 불어넣고 글레이브에 맞부딪쳤다. 순간 데미안은 어마어마한 충격을 받으며 뒤로 거의 4미터 이상을 날아갔고, 그 모습을 본 헥터가 지체없이 옆에서 흑기사를 공격했다.

단숨에 두 쪽으로 갈라질 줄 알았던 데미안이 뜻밖에 자신의 공격을 쉽게 막아내자 흑기사는 의외인 듯 잠시 멈칫했다. 그사이 날카로운 소리와 함께 날아드는 헥터의 바스타드 소드를 흑기사는 고개도 돌리지 않은 채 카이트 실드를 뻗어 헥터의 공격을 막았다. 그러는 동안 데보라는 무식하게 커다란 브로드 소드를 휘둘러 흑기사가 타고 있던 검은 말의 다리를 향해 휘둘렀다. 그러나 뜻밖에 보통 말이 아닌지 검은 말은 재빨리 뒤로 물러섰고, 공격에 실패한 데보라는 멍하니 검은 말을 쳐다보았다.

데미안은 흑기사가 갑자기 자신을 공격한 이유를 알 수 없었지만 그렇다고 당하고 참고 있을 만큼 착한 성격의 소유자도 아니기에 그 자리에서 벌떡 일어나 흑기사에게 달려들었다. 그리고는 공중으로 뛰어올라 있는 힘을 다해 카이트 실드를 향해 바스타드 소드를 내리쳤다. 붉은색 마나에 휩싸인 데미안의 검이 카이트 실드에 부딪히기 전, 카이트 실드가 잠시 푸른색으로 덮였다. 데미안은 더욱 커다란 충격을 받고 뒤로 날아갔다. 이번의 충격으로 데미안은 온몸에 격렬한 통증을 느껴야 했다. 그리고 한 모금의 피를 토했다.

헥터와 데보라는 쉴새없이 흑기사를 공격했지만, 상대는 방패 하나로 가볍게 두 사람을 막아내고 있었다. 헥터는 바닥에 쓰러져 피를 토하는 데미안이 걱정되어 마음이 조급하기 이를 데 없었다.

어금니를 깨문 헥터는 데보라에게 뒤로 물러서라고 눈짓을 하고는 자신의 검에 마나를 있는 대로 주입하고는 그대로 휘둘렀다. 그러자 주위의 대기가 무섭게 흔들리며 눈에 보이지 않는 무엇인가가 흑기사를 향해 날아갔다.

순간 흑기사는 자신의 손에 들고 있던 글레이브를 재빨리 땅에 꽂고는 허리에 차고 있던 롱 소드를 뽑아 휘둘렀다. 그러자 선명하게 보이는 반원형의 마나 덩어리가 헥터를 향해 날아가는 것이 보였다. 두 사람의 공격은 중간 부분에서 부딪쳤고, 그 충격으로 지면이 패이며 강제로 뽑혀진 풀들이 마구 날아다녔다. 데보라 역시 그 충격을 이기지 못하고 뒤로 몇 걸음이나 물러서 두 사람의 모습을 살피고 있었다.

은근히 자신의 검술에 자신을 가지고 있던 헥터는 자신이 충격과 함께 몇 미터나 뒤로 밀려나자 상대의 실력이 자신보다 월등히 뛰어나다는 것을 인정하지 않을 수 없었다. 흑기사는 여전히 말 위에서 검과 방패를 든 채 세 사람을 내려다보고 있었다.

헥터는 바닥에 쓰러져 있는 데미안을 일으키며 그의 상처를 살폈다. 천천히 일어난 데미안은 자신의 내장이 심하게 충격을 받아 피를 토했을 뿐 별다른 상처를 입지 않은 것을 확인하고는 입에 묻은 피를 닦았다. 금방이라도 자신을 죽일 듯 보였던 흑기사가 공격을 멈추고 자신들을 바라보자 데미안이 물었다.

"무엇 때문에 우릴 공격한 것이오?"

"그댄 레토리아 왕국 사람인가?"

데미안의 질문에는 아랑곳하지 않고 흑기사는 헥터에게 질문을 했다.

"그렇소."

“검술을 보건대 조금 바뀌기는 했지만 티그리스 가문의 검술 같던데, 내 말이 맞는가?”

상대가 어떻게 자신의 검술을 아는지 궁금하기는 했지만 헥터는 순순히 고개를 끄덕였다.

“그렇소. 본인의 검술은 분명히 티그리스 가문의 검술이오.”

“그렇다면 아직도 프렉티우스 국왕의 후손들이 왕국을 다스리고 있는가?”

낮고 음산하기는 했지만 왠지 회한이 깃든 듯 느껴지는 음성이었다. 그렇지만 헥터는 애써 잊고 있었던 과거의 원한을 되새기는 괴인의 말에 순순히 대답할 수 없었다.

“그대는 누구인데 그런 것을 묻는 것이오?”

“이 카이트 실드에 새겨진 문장을 그대는 모르는가?”

흑기사의 말에 헥터는 유니콘을 문장으로 사용하는 가문을 기억해 보았다. 그러나 좀처럼 기억해 낼 수 없었다. 헥터가 대답을 하지 못하자 흑기사가 다시 입을 열었다.

“그대는 페리우스 가문을 아는가?”

“페리우스 가문?”

고개를 갸우뚱거리던 헥터는 갑자기 머리를 들더니 의문에 찬 음성으로 되물었다.

“페리우스 가문은 이미 100여 년 전에 사라진 가문이오. 당신이 그 가문을 어떻게 아시오?”

헥터의 반문에 흑기사는 들고 있던 카이트 실드를 바닥에 떨어뜨렸다. 카이트 실드에서 울린 날카로운 소리가 밤하늘로 퍼졌고, 흑기사는 떨리는 음성으로 다시 물었다.

“페리우스 가문이 이미 멸망했다니, 그게 무슨 말인가?”

"그러고 보니 페리우스 가문의 문장이 유니콘이었다는 말을 들어본 적이 있는 것 같군. 그렇지만 지금은 페리우스 가문뿐만 아니라 레토리아 왕국도 멸망하고 이 세상에 없소."

"말도 안 돼! 불과 200년밖에 흐르지 않았는데 페리우스 가문은 사라지고 레토리아 왕국도 멸망했다니……. 도저히 믿을 수 없어!"

커다란 울부짖음과 함께 흑기사는 다시 검을 휘둘렀고, 헥터가 황급히 바스타드 소드를 들어 막았다. 그사이 양 옆에 있던 데미안과 데보라는 신속하게 자신의 검을 뽑아 흑기사의 옆구리를 베었다. 그런데 뜻밖에도 흑기사는 신경도 쓰지 않고 헥터만 공격할 뿐이었다.

사각!

검은 가죽은 두 남녀의 검에 한 뼘 이상 맥없이 잘려나갔지만 인간이라면 당연히 흘려야 할 피는 한 방울도 보이지 않았다. 그러는 사이 흑기사의 롱 소드는 헥터를 한껏 찍어누르고 있었다. 헥터는 얼굴이 시뻘겋게 변한 채 자신이 가진 마나 전부를 바스타드 소드에 밀어넣었다. 만약 검에 쏟아넣는 마나의 흐름이 잠시라도 끊이기라도 한다면 그 순간 흑기사의 검에 몸이 두 쪽으로 잘려질 것이란 것을 헥터도 잘 알고 있었다.

데미안은 헥터가 위급한 것을 발견하고는 다급한 마음에 두 사람 사이로 뛰어들며 왼손으로 레이피어를 뽑아 그대로 흑기사의 머리를 향해 힘껏 찔러넣었다. 데미안의 동작이 너무 빨랐는지, 아니면 공격을 무시한 것인지 흑기사는 피하지 않았고, 레이피어는 그대로 흑기사의 머리 부분을 꿰뚫었다. 동시에 흑기사의 어깨로 데보라의 브로드 소드가 떨어졌다.

흑기사는 자신의 어깨로 떨어지는 데보라의 검을 어깨에 반동을 주어 퉁겨버렸고, 그 탄력을 이용해 데미안의 레이피어의 옆면을 주먹으로 쳐냈다. 그 바람에 흑기사의 얼굴을 가리고 있던 후드가 찢어지며 허연 두개골이 보였고, 어깨 부분의 옷이 잘려나가며 허연 어깨뼈가 드러났다. 그러나 헥터를 짓누르던 검은 꼼짝도 하지 않았다. 그리고 그 힘을 견디지 못하고 구부러지던 헥터의 무릎은 거의 땅에 닿기 직전이었다.

그 모습을 발견하고는 데미안이 흑기사의 목을, 데보라는 흑기사의 허리를 향해 각자의 검을 휘둘렀다. 슬쩍 고개를 돌려 그 모습을 발견한 흑기사는 헥터를 포기하고 빠르게 뒤로 물러섰다. 그리고는 수평으로 크게 롱 소드를 휘둘렀다. 그러자 흑기사가 휘두른 롱 소드의 궤적에 따라 푸른색을 띤 반월형의 마나가 생겨나 데미안 등을 향해 마치 부메랑이 회전을 하듯 맹렬한 속도로 회전하며 날아갔다.

세 사람은 있는 힘을 다해 자신의 검에 마나를 집어넣고는 흑기사의 공격에 부딪혀갔다. 순간 데미안은 무엇인가가 폭발하는 듯한 격렬한 통증을 온몸으로 느끼며 정신을 잃었다.

데미안은 정신을 차리자 전신에 격렬한 통증을 느껴졌다. 마치 온몸의 근육들과 뼈들이 일제히 비명을 지르는 것 같았다. 깊게 숨을 들이킨 데미안은 다시 눈을 감고 자신이 호흡을 통해 받아들인 마나를 마나 홀로 인도했다. 그리고 마나 홀에 쌓여 있던 마나를 자극해 천천히 온몸으로 이동시켰다. 마나의 흐름을 느낀 곳에는 곧 통증이 사라졌고, 근육에 새로운 힘이 솟아나는 것이 느껴졌다. 10분 정도가 지나자 데미안은 자신의 몸에 이상이 없다는 것을 확인하고서야 눈을 떴다.

자신이 얼마나 정신을 잃고 있었는지는 모르지만 자신이 쇠사슬에 의해 벽에 매달려 있다는 것을 확인한 데미안은 자신의 오른쪽에는 헥터가, 왼쪽에는 데보라가 정신을 잃고 쇠사슬에 묶여 있는 것을 발견할 수 있었다. 힘을 주어 쇠사슬을 끊으려던 데미안은 현재 자신의 실력으로는 흑기사의 상대가 되지 못한다는 것을 깨닫고 일단 상황을 지켜보기로 했다.

"헥터, 데보라, 정신차려."

몇 번에 걸친 데미안의 부름에 정신을 차린 두 사람의 얼굴은 창백하기 이를 데 없었다. 헥터는 자신의 부상보다 일단 데미안의 안위부터 살폈다.

"데미안님, 다치신 곳은 없으십니까?"

"응, 특별히 불편한 곳은 없는 것 같아."

데미안의 대답에 헥터는 안심을 하면서도 자신이 정신을 잃기 전 데미안이 피를 토하던 모습이 기억났다.

"그래도 다시 한 번 살펴보십시오."

헥터의 말에 고개를 끄덕이며 데미안은 다시 한 번 자신의 몸을 확인해 봤다. 역시 특별히 불편한 곳은 없었다.

"나는 괜찮아. 헥터는?"

데미안의 물음에 헥터는 고개를 숙인 채 대답을 하지 못했다. 데미안이 살펴보니 다시 기절을 한 것 같았다. 자신이 정신을 잃기 전 흑기사가 마지막 공격을 할 때, 가장 앞쪽에 서 있던 헥터가 공격의 대부분을 막아냈기에 데미안이나 데보라보다 훨씬 심한 충격을 받았을 것이다.

데미안은 안타까운 마음으로 데보라를 바라보았다. 데보라는 몽롱한 상태에서 누군가 자신을 부르는 소리에 억지로 정신을 차리고 상대를 확인했다.

"데보라, 정신차려! 날 봐. 내가 누군지 알겠어?"

잠시 몽롱한 시선으로 데미안을 본 데보라는 바싹 마른 입으로 데미안의 이름을 불렀다.

"데, 데미안, 우리가 지금 죽은 거야, 산 거야?"

"일단은 살았어."

"그렇구나."

데보라는 그 말을 마지막으로 다시 정신을 잃었다. 그러는 사이, 그들이 묶여 있는 방으로 흑기사가 들어왔다. 그는 데미안이 정신을 차리고 있는 것을 보고는 그 앞으로 다가갔다.

"무슨 일로 이곳에 난입했느냐?"

"난입이라니? 우리는 던전을 찾아왔단 말이야."

"던전? 그럼 보물을 노리는 트레져 헌터(Treasure Hunter : 보물 사냥꾼)들이냐?"

"닥쳐! 난 싸일렉스 백작가의 아들이야. 보물 따위를 노리고 던전을 찾으려는 게 아니란 말이야!"

데미안은 화를 참지 못해 얼굴이 벌겋게 변했다. 그러나 후드를 눌러쓴 흑기사의 태도는 조금의 변화도 없었다. 다만 데미안이 팔팔한 모습을 보인 것이 조금 의문인 듯 보였다.

"레토리아 왕국의 이야기를 해주겠나?"

흑기사의 물음에 헥터는 정신을 차렸지만 고개도 들지 못하고 지친 음성으로 그에게 질문을 했다.

"그보다 혹시 당신의 이름이 라일 페리우스가 아닙니까?"

"흐흐흐, 라일 페리우스? 내 이름이 라일 페리우스였던가? 거의

200년 만에 들어보는군."

혹기사의 태도에 헥터는 자신의 짐작이 맞았다는 것보다 상대가 라일 페리우스라는 사실에 더욱 놀랐다. 레토리아 왕국이 배출한 최강의 기사가 지금 자신의 눈앞에 있는 것이다. 하지만 그가 200년 전의 인물이라는 생각이 들자 아무 말도 할 수 없었다. 흑기사, 라일 페리우스가 다시 물었다.

"레토리아 왕국은 어떻게 멸망을 했는가?"

비록 낮고 음산한 음성이었지만, 그의 음성에는 희미한 그리움이 묻어 있었다. 그런 라일의 질문에 헥터는 뭐라고 그에게 설명을 해야 좋을지 몰랐다. 한참을 머뭇거리다가 결국 그에게 설명을 해주었다.

"레토리아 왕국은 지금으로부터 10년 전 루벤트 제국의 침공을 받아 멸망했습니다."

"루벤트 제국? 내가 레토리아 왕국의 떠날 때 루벤트는 겨우 신생국에 불과했는데 그런 나라에게 멸망을 당했단 말인가? 나보고 지금 그걸 믿으라고 하는 소린가?"

라일은 두 주먹을 움켜쥐고는 부들부들 떨었다. 그 모습을 지켜보던 데미안이 헥터에게 조용히 물었다.

"헥터, 저 사람을 알아?"

"레토리아 왕국에서 배출된 기사 가운데 처음으로 소드 마스터의 경지까지 검술을 익혔던 분이십니다. 레토리아 왕국의 유일한 공작이었던 페리우스 가문의 주인이었습니다. 지금은 이미 사라지고 없는."

제17장
태양과 달과 별은 형제일까

핑! 휘익! 퍽!

청년 하나가 신중한 모습으로 활시위를 당겼다가 손을 놓았다. 그와 동시에 화살 하나가 빠른 속도로 날아가 과녁에 꽂혔다. 이미 십여 발의 화살이 과녁에 박혀 있었지만 중심에 맞은 것은 단한 발, 나머지는 모두 외곽에 박혀 있었다. 방금 날아온 화살 역시 외곽에 틀어박혔다.

"제기랄!"

청년은 신경질적으로 활을 집어 던졌다. 부드러운 금발을 짧게 자른 머리에 커다란 눈을 가진 청년이었다. 그러나 짧고 치켜 올라간 눈썹이나 엷은 입술, 그리고 조금은 튀어나온 광대뼈가 청년의 얼굴을 조금은 탐욕적이고, 조급하고, 신경질적인 인물로 보이게 했다. 화를 내는 청년의 모습을 지켜보고 있던 뚱뚱한 체격의 중년 사내가 얼굴에 미소를 지으며 그에게 다가왔다.

“오늘은 별로 성적이 좋지 않으시군요, 전하.”

“무슨 일로 왔지? 모린트 남작.”

“현재의 불리한 상황을 단숨에 역전시킬 좋은 생각이 났기에 제가 직접 보고를 드리기 위해 왔습니다.”

“좋은 생각?”

신경질을 내던 청년은 비조앙의 말에 관심을 보였다. 그렇지 않아도 요즘 제대로 되는 일이 하나도 없었는데 잠시라도 지금의 상황을 잊을 수 있다면 더 이상 바랄 게 없었다.

“요즘 알렉스 왕자님을 따르는 사람들이 조금씩 늘고 있다는 사실은 알고 계실 겁니다.”

“그것이 좋은 생각이란 말인가?”

“아닙니다. 제가 드리려는 말씀은 이제부터입니다. 7인 위원회에 계시는 분들이 정치적 개입을 꺼리고 있는 지금 상황에서 가장 유리한 분은 누가 봐도 제로미스 왕자님이십니다.”

청년은 비조앙이 무슨 말을 하기 위해 이렇게 뜸을 들이는 것인지 알 수 없었다.

“그리고 지금 가장 불리하신 분은 바로 전하이십니다. 그렇지만 한 사람만 전하의 사람으로 만든다면 전하께서도 단숨에 두 분 왕자님께 뒤지지 않는 막강한 세력을 순식간에 거느릴 수가 있습니다.”

“한 사람만 포섭을 하면 나도 막대한 세력을 거느릴 수 있다고? 그게 무슨 말이지?”

“지금 트렌실바니아 왕국에서 가장 영향력이 있는 사람이라면 누가 뭐라 해도 7인 위원회의 일곱 분과 귀족원의 니컬슨 후작님이십니다. 그러나 그분들에 못지않은 영향력을 지닌 사람이 한 사람이 있습니다."

청년의 얼굴이 비조앙의 말에 묘하게 찌푸려졌다.

"지금 싸일렉스 백작을 말하는 것인가?"

"그렇습니다, 전하. 바로 그 사람입니다."

"하지만 싸일렉스 백작은 절대 정치적인 문제에는 참견을 하지 않겠다고 선언하지 않았는가? 그래서 처음부터 싸일렉스 백작은 포기한 것이 아닌가?"

청년, 기난의 말에 비조앙은 의미 심장한 미소를 지었다.

"전하, 싸일렉스 백작이 비록 고지식한 사람이지만 결코 딸이 불행해지기를 원하지는 않을 겁니다."

"딸이 불행해지기를 원하지 않다니, 그건 또 무슨 말인가?"

기난이 다시 자신에게 묻자 비조앙은 겉으로는 미소를 지었지만 속으로는 엄청나게 욕을 퍼부었다.

'빌어먹을 자식, 욕심은 하늘을 찌르면서 그렇게 간단한 말 하나 듯 알아듣는 이런 멍청한 인간을 위해 이 몸이 고생을 해야 한다니……. 그들만 아니라면 지금 당장이라도 때려치고 싶은 생각이 굴뚝 같군.'

애써 부드러운 표정을 지으며 설명을 했다.

"싸일렉스 백작에게는 엘프보다 더 아름다운 딸이 하나 있습니다. 만약 전하께서 그녀와 결혼을 하게 되신다면 싸일렉스 백작은 전하께서 왕위 계승에서 밀리지 않도록 전하를 돕지 않을 수 없을 겁니다. 또 그렇게 된다면 싸일렉스 백작을 지지하는 귀족들이 많으니 자연스럽게 전하께서도 막강한 세력을 거느리시게 되지 않겠습니까?"

비조앙의 열띤 설명에는 아랑곳하지 않고 기난은 엘프만큼 아름답다는 말에 더 관심을 보였다.

"정말 싸일렉스 백작의 딸이 그렇게 아름다운가?"

"그녀를 직접 본 사람들은 그녀가 이 트렌실바니아 왕국에서 가장 아름다운 여인이라고 서슴지 않고 인정합니다. 그들 가운데 에서는 오히려 엘프보다 더욱 아름답다고 하는 사람들도 있을 정 도입니다."

"호오~ 그래? 그녀의 이름은?"

"제레니 드 싸일렉스입니다."

"제레니라? 이름에서도 벌써 아름다움이 느껴지는군."

곰곰이 무엇인가를 생각하던 기난은 곧 좋은 방법이 생각났는 지 손가락을 퉁겼다.

"그렇다면 얼마 후에 있는 내 생일 파티에 그녀를 초대하는 것 은 어떤가?"

"제 생각에 그건 결코 좋은 생각이 아닙니다. 적어도 공식적인 자리에서 싸일렉스 백작과 관계가 있다는 것을 밝히는 것은 위험 합니다. 결정적인 순간까지는 싸일렉스 백작과의 관계는 일단 숨 기는 것이 좋습니다."

"아니야, 그렇지 않아. 제로미스 형은 이미 니컬슨 후작의 손녀 인 에이드리안과 약혼을 한 상태가 아닌가? 이런 상황에서 싸일 렉스 백작이 본인을 지지한다는 것을 밝힌다면 박쥐처럼 기회만 엿보던 자들이 나에게 충성을 맹세하지 않겠나? 좋아. 자네는 싸 일렉스 백작에게 내 이름으로 된 정중한 초청장을 보내도록 하 게."

그리고는 뭐가 그렇게 좋은지 가벼운 웃음을 터뜨렸다. 그 모습 에 비조앙은 머리를 흔들고는 그들을 만나 이 문제를 상의해 봐야겠다고 생각했다.

"백작님, 비조앙 드 모린트 남작께서 찾아오셨습니다."

"안으로 모시게."

사내의 말에 곧 응접실의 문이 열리고 뚱뚱한 체격을 한 사내 하나가 눈을 잔뜩 찌푸린 채 조심스럽게 안으로 들어왔다. 전체적으로 방안이 어두웠기 때문에 비조앙은 실내에 누가 있는지 제대로 구별할 수 없었다.

"어서 오게. 연락도 없이 오다니 무슨 일이 생긴 것인가?"

"예, 기난 왕자가 싸일렉스 백작과 그 딸을 이번 자신의 생일에 초대하려고 합니다."

"싸일렉스 백작을? 그 일은 좀더 시간을 두고 진행하기로 한 일 아닌가? 어떻게 된 일인가?"

조금은 질책이 섞인 상대의 말에 비조앙은 긴장을 하고 이마에 맺힌 땀을 손으로 닦으면 변명을 했다.

"저도 그 방법이 좋지 않다고 말을 했습니다만 전혀 들으려 하질 않습니다. 어떻게 처리하면 좋겠습니까?"

비조앙의 말에 상대는 잠시 생각을 하는 듯 아무런 말도 하지 않았다.

"기난 왕자의 생일이 3월이던가?"

"그렇습니다. 싸일렉스 백작을 파티에 초대를 하려면 며칠 후에는 그에게 초대장을 발송해야 합니다."

"자네의 생각으로는 어떻게 하는 것이 좋을 것 같은가?"

상대의 질문에 비조앙은 뒷머리를 긁적이다니 곧 대답했다.

"제 생각에는 지금 제로미스 왕자의 진영을 자극하는 것은 별로 이롭지 못한 행동이라고 판단됩니다. 싸일렉스 백작과의 일은 좀더 은밀하게 처리하는 것이 좋을 것 같습니다."

"음…… 그건 그렇고 데미안 싸일렉스에 관한 보고가 한동안 없었던 것 같은데 어떻게 된 건가?"

"그렇지 않아도 안개의 골짜기에서 다시 침묵의 숲으로 향했다는 중간 보고가 있었습니다."

"그럼 안개의 골짜기에는 무슨 일로 들어갔는지 그 이유를 알아냈는가?"

"정확한 이유는……."

"우리가 자네를 남작으로 만들고, 또 여러 가지 도움을 준 것은 우리가 하는 일에 도움을 얻기 위해서지 지금처럼 변명을 듣기 위해서가 아니라는 것을 모르는가? 게다가 데미안이 이렇게 은밀하게 움직이는 것이 싸일렉스 백작의 뜻인지, 아니면 다른 어떤 세력이 개입을 한 것인지 그것도 모른대서야 말도 안 되는 소리가 아닌가?"

사내의 음성이 커진다고 느낀 순간 비조앙의 등뒤로 검은 마스크로 얼굴을 가린 검은 그림자 하나가 내려섰고, 소리도 없이 비조앙의 목에 날카로운 대거를 대고 있었다. 비조앙은 자신의 목에서 느껴지는 서늘한 느낌에 얼굴은 움직일 생각도 못 하고 그저 눈동자만 굴려 대거를 확인하고는 자신도 모르게 침을 삼켰다.

"자네의 보고대로라면 안개의 골짜기나 침묵의 숲이나 모두 몬스터들이 많고 위험하다고 세상에 이름이 난 곳. 데미안 싸일렉스가 갑자기 미쳐서 몬스터 사냥이라도 한다고 말하고 싶은가? 특히 침묵의 숲은 200년 전부터 황제의 명령으로 출입이 금지된 곳이야. 데미안 싸일렉스가 그곳에 갔다면 뭔가 특별한 이유가 있기

때문에 간 것이 분명한데, 그것 하나 알아내지 못한다면 우리가
자네를 지원해야 할 아무런 이유가 없다는 것을 잊지 않는 것이
좋을 거야. 그리고 자네를 대신할 사람은 얼마든지 있다는 것도
잊지 말도록 하게."

"며, 명심하겠습니다."

비조앙의 퉁퉁한 얼굴은 창백하게 질려 있었다.

"기난 왕자에 관한 문제는 며칠 후 자네에게 연락을 해주겠네.
그때까지 기난 왕자를 잘 다독거리게. 알겠나?"

"명심하겠습니다. 그럼, 저는 이만……."

비조앙은 인사를 하는 둥 마는 둥하고는 황급히 응접실을 빠져
나갔다. 묵묵히 그 모습을 지켜보던 마스크를 쓴 사내가 어둠에
가려져 있는 책상을 바라보며 말했다.

"저 비조앙이란 자는 그저 욕심만 많을 뿐 별 쓸모가 없습니다.
차라리 절 보내주십시오. 제가 데미안 싸일렉스를 처리하겠습니
다."

"진정하게. 비록 욕심 많고, 돈밖에 모르는 자이기는 하지만 그
런대로 잔머리가 돌아가는 작자 아닌가? 적당히 겁만 주면 어떻
게든 우리가 원하는 것을 알아와 줄 것이니 일단은 그냥 두게. 우
리에게도 적당한 꼭두각시가 필요하니까."

"그렇지만 데미안 싸일렉스의 행동은 누가 봐도 의심스럽기 이
를 데 없습니다. 저는 좀더 은밀하고 정확한 조사가 있어야 한다
고 판단됩니다."

"그래, 데미안 싸일렉스의 행동이 이상하기는 확실히 이상하지.
그렇지만 섣불리 행동하게 되면 자렌토 싸일렉스를 자극하게 되
니 그 일만은 피해야지. 어떤 면에서 보면 7인 위원회에 있는 일

곱 명의 늙은이나 안토니오 후작보다 자렌토 싸일렉스가 훨씬 위험한 자이니 말이야."

"그렇지만 윗분들께서 독촉하시니 별다른 방법이 없지 않습니까? 백작님께서도 빨리 이 일을 마무리 지으시고 본국으로 돌아가셔야 될 것 아닙니까?"

"그거야 그렇지만 그렇다고 함부로 일을 처리할 수는 없지 않은가. 그럼 이렇게 하지. 자네가 몇 명을 데리고 데미안 싸일렉스의 뒤를 쫓으며 그가 무슨 목적으로 여행을 하는 것인지 알아보도록 하게. 그의 여행 목적이 개인적인 이유가 아니라면 누가 그에게 명령을 내린 것인지 확실하게 알아내도록 하게. 그리고 데미안 싸일렉스가 조기 졸업 시험에서 네 과목을 동시에 응시해 모두 이수했다는 것은 이 페인야드에서도 유명한 일이니 그자를 대할 때 절대 방심하지 말도록 하게."

"알겠습니다."

마스크를 쓴 사내는 순순히 대답하기는 했지만 겨우 왕립 아카데미를 졸업한 졸업생과 자신을 비교하는 백작의 말에 자존심이 상하는 것을 감출 수 없었다.

"그럼 저는 오늘 저녁 출발하겠습니다."

"수련 마법사라도 데려가 중간 보고를 잊지 말도록 하게."

"알겠습니다."

마스크를 쓴 사내가 응접실을 빠져 나가자 백작은 의자에 자신의 몸을 깊숙이 파묻으며 자신이 해야 할 일을 다시 한 번 점검했다.

*　　　　*　　　　*

"라일 폰 페리우스 공작 각하, 티그리스 가문의 아들 헥터 티그리스가 인사드립니다."

쇠사슬에 매어 입을 여는 헥터의 말에 라일은 고개도 들지 않은 채 손을 저었다. 그러자 눈에 보이지 않는 어떤 힘에 의해 세 사람의 쇠사슬이 끊어지며 지면에 떨어졌다. 세 사람은 자리에서 일어나 쇠사슬에 묶여 있던 몸을 어루만지며 혈액을 순환시켰다.

"티그리스 가문의 아들 헥터여! 레토리아가 멸망하게 된 일을 자세히 말해 주겠는가?"

라일의 물음에 헥터는 자신이 알고 있던 이야기를 최대한 객관적으로, 그리고 자세히 이야기해 나갔다. 이야기를 진행시킬수록 라일의 떨림은 잦아들었다. 헥터의 말이 끝나고 한참이 지나도록 라일은 한마디도 하지 않았다.

"그대는 무슨 이유로 던전을 찾는 것인가?"

상대의 질문에 데미안은 자신이 그에게 던전을 찾는 이유를 말해도 좋은지 생각을 해보았지만 쉽게 판단을 내릴 수 없었다. 다만 자신의 능력으로, 아니, 세 사람이 힘을 합쳐도 라일을 이길 수 없다는 사실을 상기하고는 자신이 던전을 찾는 이유를 천천히 설명했다. 묵묵히 데미안이 하는 이야기를 듣던 라일은 간간이 질문을 했고, 그때마다 헥터와 데미안이 번갈아 대답을 했다. 두 사람의 이야기를 듣고도 아무 말이 없다가 한참의 시간이 지나서야 라일의 입이 열렸다.

"그러니까 그대들의 이야기는 트렌실바니아 왕국의 장래를 위해 신인들의 던전을 찾고 있다는 것인가?"

"그렇습니다, 공작 각하."

"날 공작이라고 부르지 말게. 난 이미 200년 전에 죽은 사람이야. 지금 날 기억하고 있는 사람이 하나도 없지 않은가?"

"그런데 어떻게 해서 그런 모습이 되신 겁니까?"

"호호호."

데미안의 조심스런 물음에 라일은 음산한 웃음을 터뜨렸다. 그리고는 헥터에게 물었다.

"자네는 쉐이난이란 마법사의 이름을 들어봤는가?"

"쉐이난이라면 200년 전 궁정 마법사를 말씀하시는 겁니까?"

"잘 알고 있군. 오십도 안 된 나이에 6싸이클의 마법까지 익힌 천재 마법사였기에 레토리아 왕국에서는 궁정 마법사로 임명을 했었지. 그렇지만 그자가 루벤트의 첩자일 줄 누가 알았겠는가? 우연한 기회에 그 사실을 안 나는 그자를 추궁했고, 이곳까지 추격해 와서 그자를 죽일 수 있었지. 그렇지만 그자가 최후로 펼친 저주에 걸려 이런 모양이 되었네. 죽지도 못하는 신세가 된 것이지."

라일의 음산한 말에 헥터는 동정심을 금할 수 없었다. 200년 전만 해도 레토리아 왕국 최초의 소드 마스터로 그 이름을 날리던 사람이 이렇게 뼈만 남은 모습으로 200년을 보냈다니, 직접 자신의 눈으로 보고도 믿기 힘들었다. 또 그에게 어떤 위로의 말을 해야 좋을지 몰랐다.

"사람이 죽을 수 있다는 것이 얼마나 축복받은 일인지 이런 꼴이 되어서야 비로소 깨닫게 되었네."

"그럼 죽을 수 있는 방법이 하나도 없다는 말인가요?"

데보라의 조심스런 질문에 라일은 고개도 돌리지 않은 채 대답했다.

"태양 아래는 나갈 수도 없고, 또 신력을 가까이 할 수도 없네. 접하는 순간 내 몸은 모래처럼 부서져 나가게 되니까."

"그럼 죽는 게 아닌가요?"

"죽는 것이 그렇게 간단한 문제라면 내가 지금까지 이렇게 비참한 꼴로 살아 있을 까닭이 없지 않은가? 방금 말한 대로 태양빛을 쬐거나 신력을 가까이 하게 되면 엄청난 고통을 느끼며 내 몸은 산산이 부서진다네. 그렇지만 태양이 사라지고 세상에 어둠이 찾아오면 내 몸은 고통과 함께 어둠 속에서 다시 태어나지. 그리고 그때마다 조금씩 마력이 증가해 어둠에 동화되는 자신을 느낀다네. 죽으려 할 때마다 고통은 점점 더 심해지고, 그런 고통이 반복될 때마다 나는 점점 인간으로서의 본성을 잃어가지."

라일의 말에 데보라는 안타까운 표정을 지었다.

"순결의 검만 찾으면 원래의 모습을 찾을 수도 있을 텐데."

"원래의 모습을 찾다니? 그게 무슨 말이야?"

"순결의 검은 순결과 풍요의 여신 아레네스의 권능이 깃들어 있기 대문에 모든 것을 원래의 상태로 돌릴 수 있단 말이야. 순결의 뜻이 뭐야. 최초의 깨끗하고 순수한 상태를 말하는 거잖아. 그럼 지금 페리우스 공작 각하의 원래 상태가 뭐겠어? 이미 이 세상을 떠났어야 함에도 불구하고 아직 살아 있다는 거잖아. 순결의 검은 그 상태를 해제하는 힘이 있으니 쉽게 말하자면 죽을 수 있다는 거지."

"레이디의 말이 사실인가?"

무식하기 이를 데 없는 브로드 소드를 휘두르는 데보라의 모습을 보았을 텐데 그래도 그녀를 레이디라고 부르다니, 확실히 라일의 정신 상태에 문제가 있다고 데미안은 생각했다.

“내가 공작님을 속일 이유가 없잖아요? 그리고 나보고 레이디 니 뭐니 그렇게 부르지 말아요. 닭살 돋으니까.”

자신의 말을 의심한다고 생각을 했는지 데보라는 퉁명스럽게 대답을 했다. 그러나 라일은 그런 것에는 신경도 쓰지 않고 다시 그녀에게 물었다.

“그럼 그 순결의 검은 어디에 있는가?”

“도난당했어요. 그래서 범인을 추적하던 중이었어요.”

데보라 역시 자신의 사연을 간략하게 설명했다. 그 이야기를 듣던 라일이 그녀에게 질문했다.

“혹시 그 여인이 당신처럼 보라색 머리에 폭이 굉장히 좁은 네로우 소드Narrow Sword를 사용하는 여인이 아닌가?”

“맞아요. 그리고 이마에는 세 개의 점이 있는데, 그녀를 본 적이 있나요?”

“4년 전인가 5년 전인가 당신이 말한 것과 비슷한 여자가 남자 하나와 함께 이 침묵의 숲 외곽을 통과한 적이 있다.”

“그들이 어디로 갔는지 아세요?”

데보라의 질문에 라일은 곧 대답을 했다.

“이 숲의 외곽을 통과해 서쪽으로 향한 것으로 기억나는군.”

“그럼 그녀와 함께 있었던 남자를 기억하세요?”

“긴 은발에 꽤나 잘생긴 청년이었지.”

라일의 대답에 데미안은 헥터를 바라보았다. 라일의 말대로 그들이 서쪽으로 향했다면 루벤트 제국으로 향한 것이 틀림없기 때문이다. 헥터 역시 그렇게 생각을 하는지 데미안에게 고개를 끄덕여 주었다.

“비앙카, 이 배신자. 내가 널 꼭 찾아내 아레네스의 이름으로, 또 위대한 아마조네스의 이름으로 처단해 주마."

데보라는 이를 갈았다. 잠시 정적이 그들을 감쌌고, 먼저 입을 연 것은 라일이었다.

"자네들은 이곳이 어딘지 아는가?"

세 사람이 아무런 말도 못 하자 라일은 조용히 그들에게 설명을 해주었다.

"아까 내가 쉐이난을 추적해 이곳까지 왔다고 했는데, 그렇다면 쉐이난은 왜 자신의 조국인 루벤트 제국으로 피하지 않고 이곳으로 온 것일까? 바로 여기에 레토리아 왕국의 정신적인 지주인 타울의 신전이 있다는 것을 알고 이곳을 파괴시키기 위해서였네."

라일의 말에 헥터는 고개를 끄덕였다. 레토리아 왕국에서 전쟁의 신 타울에 관한 일은 국왕조차 간섭을 할 수 없었다. 분명 레토리아 왕국을 다스리는 것은 국왕이었지만 국민들의 정신을 지배하는 것은 타울을 모시는 신관들이었다. 다만 왜 타울의 신전이 여기에 있는 것인지에 대해서는 알 수 없지만 말이다.

"그럼 왜 타울의 신전이 레토리아 왕국이 아닌 이곳에 있는 것입니까?"

"나도 자세한 것은 알 수 없지만 뮤란 제국이 무너진 이후 최초로 타울의 신전이 세워진 곳이 이곳이고, 레토리아 왕국에서 타울을 모시는 역대 대신관들이 성지(聖地)로 생각하는 곳이 바로 이곳이라는 사실이네. 결국 쉐이난은 내 손에 죽었지만 나 역시 이곳을 떠나지 못했지."

라일의 낮은 음성을 듣던 데미안은 왠지 루벤트 제국과 자신에겐 끊을 수 없는 무엇인가가 있는 게 아닌가 하는 생각이 들었다.

"한 가지 묻고 싶은 말이 있습니다."

“무엇인가?”

“저희들은 이 침묵의 숲에 들어와서 포이라를 만나게 되었습니다. 혹시 그 포이라 때문에 이곳이 침묵의 숲이라고 불리게 된 것은 아닙니까?”

“아마 자네의 말이 맞을 거네. 내가 쉐이난의 저주로 다크 나이트가 된 후에 알게 된 사실이지만 이 침묵의 숲에는 몇 종류의 포이라들이 살고 있더군.”

“그럼 이곳은 안전합니까?”

데미안의 질문에 라일은 음산한 웃음을 터뜨렸다.

“호호호, 자네는 방금 내가 다크 나이트가 되었다는 말을 듣고도 무슨 의미인지 깨닫지 못하는 것 같군. 비록 낮에는 꼼짝도 할 수 없지만 어둠이 이 대지에 뒤덮을 때가 되면 나를 죽일 수 있는 존재는 아무것도 없단 말이네. 이곳에서 다크 나이트로 지내는 동안 나를 공격했던 포이라들은 한 마리도 남김없이 모조리 죽음을 당했지. 그런 일이 지난 200년 동안 계속되자 언제부터인가 내게 겁을 먹었는지 더 이상 신전 주위에 접근하는 포이라는 없더군.”

라일의 말을 들은 세 사람은 그의 음성을 듣는 순간 자신들의 마음도 깊은 수렁 속으로 빠져드는 듯한 느낌을 받았다. 저주받은 몬스터인 포이라조차 죽일 수 없는 존재. 세 사람은 라일의 심정이 어떤 것인가는 짐작할 수도 없었다.

“혹시 근처에서 신인들의 던전을 보신 적은 없습니까?”

“신인들의 던전? 적어도 사방 30킬로미터 안에 인간들이 세운 건축물은 이것이 유일한 것이네.”

라일의 대답에 데미안은 실망감을 감출 수 없었다. 분명 타울의 신전이 있는 것을 보면 신인들의 던전이 이 주위에 있을 법도 한

데 혹시 지상이 아니라 지하에 있는 걸까? 데미안은 어떻게 해야 할지 쉽게 판단을 내릴 수 없었다.

"이 타울의 신전에 아직까지 내가 가보지 못한 곳이 있네. 그곳은 신력으로 보호되고 있는 곳이라 나로서는 접근조차 할 수 없었지. 내가 생각하기에 레토리아 왕국의 역대 대신관들이 이곳을 찾은 것에는 나름대로 이유가 있기 때문이라고 생각을 하네. 자네들이 그곳을 확인하기를 원한다면 내가 그곳으로 안내해 줄 수도 있네."

"감사합니다. 그럼 부탁을 드리겠습니다."

라일의 말에 데미안은 어떻게든 던전에 대한 단서를 찾아야 된다는 생각에 부탁을 했다.

"그럼 일단 이곳에서 잠시 몸을 추스르고 있게. 자네들의 물건을 가지고 다시 오지."

라일이 방을 빠져 나가자 이를 악물고 참고 있던 데보라는 기어코 그 자리에 주저앉고 말았다. 그리고 헥터 역시 별로 얼굴빛이 좋지 않았다.

"두 사람 괜찮은 거야?"

"어떻게 넌 멀쩡할 수 있지? 어제는 피까지 토했잖아."

데보라의 말에 데미안은 어떻게 설명해야 좋을지 몰랐다. 그녀에게 '마음을 다스리는 법'에 대해서 설명을 해줄 수도 없는 일이고, 설사 설명을 한다고 하더라도 그녀가 이해할는지 의문이었다.

"지금 가장 불편한 곳이 어디야?"

데미안의 물음에 데보라는 태연한 얼굴로 자신의 가슴을 가리켰다.

"여기."

데미안은 뻔뻔스러운 데보라의 말에 조금 얼굴을 붉혔다가는 다시 그녀에게 물었다.

"그럼 데보라는 마나를 움직일 줄 알아?"

"완전하게는 아니지만 어느 정도는……."

"그럼 마나를 천천히 움직여서 가슴으로 보내도록 해. 통증이 느껴지는 곳으로 말이야. 그리고 상처 주위를 부드럽게 감싼다는 생각으로 마나를 움직여봐. 호흡을 통해 천천히 마나를 받아들이면서 말이야."

데미안의 말에 데보라는 처음 그가 무슨 말을 하는지 이해를 할 수 없었다. 그러나 비슷한 수준에 있는 데미안이 먼저 상처를 회복했다는 사실을 떠올리고는 그의 말대로 마나를 움직여보았다. 처음에는 꿈쩍도 하지 않았던 마나가 시간이 지날수록 조금씩 움직이더니 나중에는 데보라의 의도대로 상처로 마나를 보낼 수 있었다. 데미안의 말대로 상처를 마나로 감싼다는 생각을 하자 신기하게도 통증이 일던 가슴 부분에서 서서히 통증이 사라지는 것을 느꼈다. 그리고 잠시의 시간이 지난 뒤 상처가 있었던 곳에서 더 이상의 통증을 느낄 수 없었다. 데보라가 눈을 뜨자 데미안이 물었다.

"어때? 상처는 나은 것 같아?"

"응, 다 나은 것 같아. 그런데 이런 치료 방법은 어떻게 알고 있는 거지?"

"치료 마법을 응용해 본 거야. 마법으로 치료를 하려면 먼저 일정한 방식으로 마나를 모은 다음 환자의 상처를 감싸야 하거든. 그러면 환자가 원래 가지고 있던 생명력과 마나가 공명을 해 상처를 치유하는 거지. 겉으로 드러난 상처가 아니면 치료하기가 곤란하다는 단점도 있지만 말이야. 데보라 정도의 실력이라면 충분히 마나를 움직일 수 있을 것이고, 마나를 움직여 상처를 감싼다면 예상보다는 훨씬 상처가 빨리 나을 거라고 생각을 한 거야."

데미안의 말을 들은 데보라는 이해할 듯 말 듯했다.

"날 따라오게."

어느새 라일이 들어와 데미안들에게 말을 건넸다. 데미안 일행을 안내하는 라일은 여전히 검은색 망토와 후드를 뒤집어쓰고 있었다. 어둠에 싸인 복도를 걸어가는 라일의 모습은 어둠과 동화가 되어 불과 2미터도 떨어져 있지 않았지만 마치 유령처럼 전혀 존재감을 느낄 수 없었다. 간혹 일렁이는 불빛 속에서 그의 모습이 나타났다 사라지기를 반복해 데미안 일행은 자신도 모르게 긴장한 눈으로 라일의 등을 바라보았다.

얼마나 갔을까? 앞장서서 걸음을 옮기던 라일의 발걸음이 갑자기 멈춰졌다. 데미안은 갑자기 멈춘 그곳이 그가 말하던 신력으로 보호를 받고 있는 지역임을 깨달을 수 있었다. 그들이 발걸음을 멈춘 곳은 커다란 홀로 들어가는 입구였고, 데미안 일행들은 왠지 부드러운 기운이 자신들을 감싸는 것처럼 느꼈다. 그런 반면 라일은 가볍게 떨고 있었다.

"이곳이 바로 레토리아 왕국의 대신관들이 성지로 여기는 곳이라네. 내가 이 타울의 신전에서 생활하고 난 후 두 번 정도 레토리아 왕국의 대신관들이 이곳을 찾아왔지. 처음에는 그들에게 레토리아 왕국의 소식을 물으려고 했지만 이런 모습으로는 그들 앞에 나설 수가 없었네. 마지막으로 대신관이 찾아온 것이 지금으로부터 80년 전이었지."

라일의 음성에는 희미하게 회한이 어려 있었다. 데미안 일행도 왠지 숙연해져 입을 열 수 없었다. 그런 세 사람의 모습을 본 라일이 다시 말을 이었다.

"어서 안으로 들어가 보도록 하게."

"알겠습니다. 그럼 다녀오겠습니다, 공작 각하."

"나를 더 이상 공작이라고 부르지 말라고 하지 않았는가? 게다가 이젠 레토리아 왕국마저 멸망해 버렸으니 이젠 더 더욱 그렇게 불릴 수 없는 일이지."

"알겠습니다, 라일님."

헥터가 대표로 인사를 했고, 그들은 곧 몸을 돌려 홀로 들어섰다. 입구에서 본 모습만 하더라도 엄청나게 커다란 홀이라는 것을 쉽게 짐작할 수 있었지만, 막상 안으로 들어서고 보니 그 넓이나 높이가 보통이 아니었다.

바닥에는 타일로 이루어진 모자이크가 깔려 있었고, 벽에는 벽화가, 천장에는 거대한 천장화가 그려져 있었다. 그 모습은 대부분 악마와 싸우고 있는 타울의 모습을 묘사한 것인데, 얼마나 세밀하게 그려졌는지 그림 속의 악마나 타울이 금방이라도 뛰쳐 나올 것만 같았다.

특히 정면에 보이는 거대한 벽화는 압권이었다. 거대한 악마와 그를 따르는 작은 악마들, 그리고 타울과 그를 추종하는 하위신들의 처절한 혈투를 그린 것으로, 커다란 바스타드 소드를 휘둘러 몇십 마리의 악마들을 단숨에 처치하는 타울의 모습이 너무나도 선명하게 그려져 있었다.

그 그림을 발견하는 순간, 세 사람은 그림에 압도되어 꼼짝도 할 수 없었다. 그림 속에 그려진 타울의 검에 당장이라도 자신의 목이 날아갈 것 같다는 느낌을 받은 것이다. 게다가 바닥과 벽, 천장에 그려진 그림 속의 악마들과 하위신들이 금방이라도 자신들에게 덤벼들 것 같은 착각이 들어 꼼짝도 할 수 없었다.

가장 먼저 정신을 차린 사람은 헥터였다. 물론 그의 검술 실력이 가장 뛰어난 이유도 있었지만 그보다 타울이 자신에게 뭔가를 말하려는 듯 보였기 때문이라는 말이 맞을 것이다. 데미안이나 데보라가 마치 타울이라는 존재와 싸우려 듯 팽팽하게 긴장을 하고 있는 것에 반해 헥터는 그의 존재를 인정하고 받아들이려 했기 때문에 그림 속에 깃든 미묘함을 발견할 수 있었는지도 몰랐다. 헥터는 숨을 깊이 들이마시고는 크게 한 발 앞으로 옮겨 데미안과 데보라의 앞을 가로막고 섰다. 그러자 얼마 지나지 않아 벽면에 틈이 생기더니 문이 나타났다.

다가가 문을 열자 긴 통로가 보였고, 통로를 보는 순간 데미안과 헥터는 드미트리우스가 만든 선더버드의 던전을 발굴했을 때의 기억이 생각났다. 세 사람은 신중하고 조심스럽게 통로로 향했고, 통로는 얼마 가지 않아 두 갈래로 갈라졌다. 통로의 상단 벽에는 데미안이나 데보라로서는 알 수 없는 레토리아 왕국의 글로 뭔가 쓰여 있었고, 헥터가 그 내용을 살피고 있었다.

"뭐라고 쓰여 있는 거야?"

"레토리아의 대신관은 오른쪽 통로로 타울을 믿고 따르는 자는 왼쪽 통로로 들어오라고 되어 있습니다. 단, 다른 신을 믿는 자는 들어올 수 없다고 쓰여 있습니다."

"그래? 그럼 뭐가 있는지 들어가보자고."

데미안은 대수롭지 않게 대답을 하며 걸음을 옮겼고, 그 뒤를 헥터와 데보라가 따라갔다. 그러나 데미안은 갈림길에서 앞으로 단 한 걸음도 옮길 수 없었다. 마치 눈에 보이지 않는 어떤 방어막이 통로 전체를 감싸고 있는 듯 데미안의 발걸음을 가로막고 있었다. 데미안이 무리해서 들어가려고 하면 그 반발력도 점점 강해져 마침내는 뒤로 몇 걸음이나 튕겨 나와버렸다.

"제길, 왜 날 튕겨내는 거지?"

"데미안님, 혹시 데미안님이 선더버드를 믿고 따른다고 생각했기 때문에 거부하는 것은 아닐까요?"

"내가 선더버드를 믿는다고?"

헥터의 말에 데미안은 혹시 그럴지도 모른다고 생각을 했다. 그와 함께 드미트리우스가 만든 선더버드의 던전에 들어갔을 때 헥터는 거부당했지만 자신은 받아들여지지 않았던가? 그렇다면…….

"그럼 헥터가 들어가봐. 헥터는 레토리아 왕국 사람이었으니까 거부하지 않을 것 아니야."

헥터도 그런 생각을 하고 있었다. 그사이 데보라가 통로로 접근을 했지만 그녀 역시 데미안과 마찬가지로 거부당했다. 그 모습을 본 헥터는 자신의 생각이 맞을 거라고 판단했다. 데보라도 순결의 여신 아레네스를 믿고 따르는 사람이 아닌가. 헥터는 심호흡을 하고는 조심스럽게 통로에 접근을 했다. 그러나 데미안이나 데보라가 느꼈던 어떤 반발력도 느낄 수 없었다. 헥터는 곧 통로 속으로 사라졌고, 데보라와 데미안은 통로를 다시 빠져 나와 자신들을 기다리고 있던 라일에게로 돌아갔다.

"자네들은 왜 돌아온 것인가?"

라일의 물음에 데미안은 통로 안에서 일어났던 일들을 설명했다. 툴툴거리며 대답하는 데미안의 모습을 보고 라일은 고개를 끄덕이더니 그에게 다시 물었다.

"어제 저녁 자네의 검술을 보니 상당히 독특하던데 트렌실바니아 왕국의 검술이 맞는가?"

"아닙니다. 그 검술은 옛 이스턴 대륙에서 전해지던 이스턴의 검술입니다."

"이스턴의 검술?"

데보라는 이해가 가지 않는지 데미안에게 되물었고, 데미안은 짧고, 간결하게 설명을 해주었다. 데미안이 불과 2년 몇 개월 만에 소드 익스퍼트의 상급에 해당되는 검술 실력을 가졌다는 말에 라일이나 데보라는 믿을 수 없었다. 게다가 그가 익힌 것은 검술만이 아니지 않는가? 적어도 3싸이클 급에 해당되는 마법까지 사용할 줄 아니 마검사(魔劍士)라 부르는 것이 정확한 호칭일 것이다.

데보라는 자신이 10년 만에 소드 익스퍼트에서도 상급에 해당되는 검술 실력을 가지게 되었다는 사실에 은근히 자부심을 가지고 있었다. 아닌게아니라 10년 만에 소드 익스퍼트 가운데 상급의 실력을 가지게 된 그녀를 부족 사람들은 천재라고 인정할 정도였다. 그런데 데미안은 불과 3년도 안 돼 자신과 비슷한 실력을 가지게 됐다고 하니 도저히 믿을 수 없었다. 물론 상대의 검술이 상당히 독특하다는 것을 인정하기는 했지만, 또 마법까지 사용할 줄 안다는 사실도 인정했지만, 그렇다고 상대가 자신보다 뛰어난 재능을 가지고 있다는 것은 도저히 인정할 수 없었다.

"내가 보기에 자네의 검술은 상당히 독특하네. 게다가 이해할 수는 없지만 자네 몸에는 저 데보라 양의 몸에 있는 마나보다 거의 두 배가 넘는 마나가 있거든. 실력은 헥터라는 청년보다 떨어질지 모르지만 같은 실력을 가진 저 여전사보다는 체력적인 면이나 마나를 사용하는 면에서 확실히 앞서 있는 것만은 사실이야."

"이스턴의 검술은 명상을 통해 마나를 몸 안에 모을 수 있게 해

주기 때문입니다. 그렇지만 라일님처럼 그렇게 푸르고 선명한 검기를 만들어내지는 못합니다."

데미안의 말에 라일은 머리를 흔들었다.

"자네가 잘못 생각하고 있는 것이 있네. 내가 소드 마스터가 된 것은 200년 전 쉐이난을 처치할 때였다. 그것도 겨우 초급에 불과했었지. 그리고 200년 동안 노력을 해 겨우 중급을 넘어서는 실력을 가지게 된 것뿐이야. 물론 내가 이런 몸이 된 것 때문이라는 원인도 있었지만, 원래의 내 재능이 이 정도밖에 안 되기 때문이라는 것이 더 정확한 말이겠지."

데보라는 여전히 도전적인 눈빛으로 데미안을 쳐다보고 있었다.

"제아무리 이스턴의 검술이 뛰어난 것이라고는 하지만 자네가 그것을 이해하지 못했다면 그 정도의 실력을 쌓을 순 없었겠지. 단지 자신의 몸 속에 숨어 있는 힘들을 극한까지 뽑아서 쓰는 소드 익스퍼트의 단계와는 달리 마스터의 경지는 대자연의 마나를 몸 안으로 받아들여 그것을 활용하는 것이니 확실히 다르다고 할 수 있지. 그런데 자네의 검술은 마스터의 경지에 도달한 사람들이 사용하는 검술이나 마나 사용법과 거의 비슷하거든. 그래서 하는 이야긴데 나에게서 검술을 배우고 싶은 생각은 없는가? 그렇다고 페리우스 가문의 검술을 가르치겠다는 것이 아니고 자네가 익혔다는 이스턴 검술의 완성을 보고 싶기 때문이네. 어떤가? 내 제의를 받아들이겠는가?"

뜻하지 않은 라일의 말에 데미안은 멍한 생각이 들었다.

"무슨 말씀이신지……?"

데미안의 말에 라일은 고개를 들어 천장을 보고는 천천히 입을 열었다. 그러나 예의 그 음산한 음성을 듣는 순간 소름이 오싹 끼치는 것만은 어쩔 수 없었다.

"이미 나에게 남은 것은 아무것도 없네. 내가 태어난 가문과 나라는 존재도 세상 사람들의 기억 속에서 사라졌고, 나 또한 죽은 것도 아니고 산 것도 아닌, 이렇게 괴상한 꼴로 이 세상을 살아가고 있네. 내가 바라는 유일한 희망은 이 저주에서 벗어나 죽음을 맞이하는 것뿐이네. 다만 이 라일 페리우스가 이 세상을 살았었다는 흔적을 남기고 싶다는 말이지. 예술가가 자신의 작품을 세상에 남기듯 검술이라는 형태의 작품 말이네. 물론 그러기 위해서는 자네의 허락이 있어야겠지만."

후드 속에서 빛나던 붉은 눈빛이 강렬한 빛을 띠며 데미안을 바라보았다. 데미안도 라일의 말에 약간의 감동을 받기는 했지만 자신에게는 신인들의 던전을 하루라도 빨리 찾아야 할 임무가 있었기에 쉽게 승낙을 할 수 없었다.

"저 역시 소드 마스터이신 라일님께 검술을 지도 받고 싶은 생각은 있습니다. 그러나 저에게는 던전을 찾아야 하는 임무가 있기에 이곳에서 라일님에게 검술을 배우고 있을 시간적 여유가……."

"그건 걱정할 필요 없네. 나도 자네를 따라 여행을 하도록 할 것이네. 어차피 내가 저주에서 벗어나기 위해서는 데보라 양이 말한 순결의 검이 필요한 것이 사실이고, 그녀가 검을 회수하는 데 나도 협조할 생각이었으니 말이네."

잠시 생각을 하던 데미안은 라일을 향해 고개를 숙였다. 아마 데미안이 누군가에게 진심으로 고개를 숙여보기는 태어나서 난생처음 있는 일일 것이다.

"감사합니다. 앞으로 스승님으로 모시겠습니다."

갑작스런 데미안의 말에 라일도 뜻밖이었는지 한동안 아무런 말도 하지 못했다. 데보라 역시 고집불통 같았던 데미안이 순순히 라일의 말에 승복을 하자 고개를 갸웃거렸다.

"그리고 페리우스 가문의 검술을 재능있는 사람을 찾아 그에게 가르쳐 반드시 계승시키도록 하겠습니다."

"정말 그렇게 해주겠는가?"

"예."

"고맙네."

데미안의 대답에 비록 라일이 무슨 생각을 하는지 알 수는 없었지만 데미안의 손을 잡고 부르르 떠는 것이 무척이나 고맙게 생각을 하는 것 같았다.

*　　　　*　　　　*

"한스, 자네의 생각은 어떤가?"

어금니를 악문 자렌토는 손에 편지로 보이는 종이를 든 채 분노를 이기지 못하고 부들부들 떨고 있었다. 또 그의 옆에는 마리안느가 자신의 이마에 손을 댄 채 복잡한 그녀의 감정을 숨기지 못하고 있었고, 제레니 역시 당황한 빛을 감추지 못하고 있었다. 자렌토에게 질문을 받은 한스는 심각한 얼굴로 대답했다.

"제 생각에는 이번 초대에 뭔가 계략이 숨겨져 있는 것 같습니다."

"계략?"

"백작님께서도 잘 아시고 계시겠지만 지금 세 분의 왕자님 가운데 가장 세력이 떨어지는 분이 기난 왕자님이십니다. 백작님께서 정치적 중립을 선언했다는 사실을 알고 있음에도 불구하고 백작님과 제레니 아가씨에게 초청장을 보냈다는 것은 이유야 어떻든 백작님을 자신의 진영으로 끌어들이겠다는 그분의 야심이 노골적으로 엿보입니다."

"그런데 왜 저까지 초청한 거죠?"

제레니의 조금은 불안한 음성에 한스는 안타까운 마음이 들지 않을 수 없었다. 한 떨기 여린 백합처럼 세상의 더러움이란 조금도 모르고 자란 제레니가 잘못하면 정치적인 제물로 전락할 위험한 상황에 처해진 것이다. 물론 그녀가 이런 사실을 전혀 모르고 있다는 것이 조금 안심이 되지만 말이다.

"아마도 기난 왕자님께서 제레니 아가씨가 아름답다는 소문을 어디선가 들은 모양입니다."

비록 제레니가 세상 물정을 모르기는 하지만 그렇다고 어리석은 여자는 아니었다. 한스의 말에 뭔가 칙칙한 기분이 드는 것을 숨길 수 없었다.

"그럼 기난 왕자님께서 저를 원하신다는 말인가요?"

"좀더 정확하게 말하자면 아가씨도 아가씨지만 백작님의 힘을 원한다는 것이 더 맞는 말이겠지요."

"제로미스 왕자님 다음에는 기난 왕자님이신가?"

분노 뒤에 오는 한숨이었기에 더욱 깊게 들렸는지 모른다. 옆에 서 있는 마리안느가 자렌토의 손을 잡아주었다.

"어떻게 하실 건가요?"

"일단 정중한 사과와 함께 사양할 생각이오."

자렌토의 말에 제레니의 얼굴이 어두워졌다.

"소문으로 듣기에 기난 왕자님께서는 자신의 뜻에 거슬리는 사람을 결코 그냥 둔 적이 없다고 하던데……."

"제니야, 걱정할 필요 없단다. 설사 기난 왕자님이라고 하더라도 나를 함부로 어떻게 할 순 없으니까 말이다. 귀족원에서도 날 어쩌지 못했다는 것을 너도 알고 있지 않느냐?"

"그렇지만……."

제레니의 얼굴에 물든 어둠은 여전했다. 그런 딸의 모습을 본 자렌토는 어금니를 깨물었다. 그러나 딸의 얼굴을 바라보았을 때 그의 얼굴에는 미소가 떠올라 있었다.

"하하하, 그렇게 걱정할 필요가 없다는데 그러는구나. 전장의 라이온이라고 불렸던 이 자렌토를 무시할 사람은 이 트렌실바니아 왕국에서는 아무도 없으니까 말이다. 하하하!"

자신 만만한 자렌토의 말에 제레니의 얼굴도 약간 밝아지기는 했지만 아름다운 얼굴에 긴 어둠이 완전히 사라지지는 않았다. 자렌토는 한스와 함께 응접실을 나와 자신의 서재로 향했고, 경비대장인 루안 페이먼도 호출했다. 서재에서 마주앉은 세 사람은 초청장의 내용을 다시 확인했다.

〈싸일렉스 백작 귀하.

금번 기난 전하의 서른세 번째 생신 파티에 백작님을 초청코자 하옵니다. 부디 왕림하시어 파티를 빛내주시면 영광이겠습니다. 그리고 백작님의 영애이신 제레니 양께서도 함께 왕림해 주셨으면 감사를 드리겠습니다. 전하께서 제레니 양의 아름다움을 전해 들으시고는 직접 뵙고 싶다는 말씀을 여러 번 하셨습니다. 파티 날짜는 3월 17일이오니 잊지 마시고 꼭 참석을 해주시기를 빌겠습니다. 그럼 이만. 〉

내용상으로는 정중한 생일 파티의 초청장이었다. 그러나 그것이 단순한 초청장이 아니라는 사실을 모를 사람은 그 자리에 모여 있는 세 사람 가운데 한 사람도 없었다. 정치적인 기반이 전혀 없는 기난 왕자가 자신의 입지를 굳히기 위해 싸일렉스 백작을 끌어들이려는 것임을 모를 그들은 아니었지만 문제는 상대가 바로 왕자라는 것에 있다.

"한스, 자네가 생각을 하기에 우리가 이 초대를 거부한다면 어떤 일이 발생할 것 같은가?"

자렌토의 말에 한스는 자신의 턱을 어루만지며 생각을 정리했다. 옆자리에 앉아 있던 루안 역시 생각을 해보았지만 특별한 방법이 없었다.

"제가 생각하기에는 우호가 아니면 적대, 그중 한 가지일 것 같습니다."

너무나 당연한 말에 루안은 어이가 없어 하품이 나올 지경이었다. 그러나 한스의 말은 아직 끝나지 않았다.

"이건 제 생각이기는 하지만 이번 초대에서 어떻게든 백작님을 자신의 진영으로 끌어들이려는 기난 왕자님의 계획을 엿볼 수 있습니다. 만약 백작님만 끌어들일 수 있다면 기회만 엿보던 다른 귀족들까지 끌어들일 수 있다는 계산이 있기 때문에 이런 초청장을 보내게 된 것 같습니다."

"한스님, 누가 그걸 모릅니까? 그렇지만 지금 필요한 것은 그에 대한 대책이 아닙니까?"

"이 사람아, 좀더 듣게. 그렇지만 백작님께서는 분명 왕자님들의 왕위 계승에는 절대 개입하지 않겠다고 선언을 하시지 않았던가? 그런 백작님에게 만약 무슨 짓을 한다면 아마 나머지 두 사람의 왕자들에게 지금의 상황을 굳힐 수 있는 기회를 제공하게 될 것이네. 이런 상황에서 기난 왕자님께서 생각할 수 있는 방법이라는 것은 한 가지, 백작님과 인척 관계를 맺는 것이지."

"인척 관계라니……? 그, 그럼?"

루안의 말에 한스는 고개를 끄덕였고, 자렌토의 얼굴은 어두워졌다. 한스 역시 자신의 생각과 같음을 안 자렌토는 자신이 왜 왕위 계승의 혼란 그 한가운데 있게 된 것인지 한심스럽기 그지없었다. 될 수 있으면 왕궁 내부의 일에는 개입되기 싫어 페인야드와는 가장 멀리 떨어진 이 싸일렉스 영지로 온 것인데, 그럼에도 불구하고 왕위 계승 문제가 발생하자마자 가장 먼저 들먹여지는 이름은 바로 자신의 이름이었다. 그리고 이제는 자신의 딸인 제레니의 이름까지 더러운 정치의 제물로 거론되는 상황이 닥친 것이다.

"한스, 내가 만약 기난 왕자님의 초청을 거부한다면 그분의 성격상 가만히 있지 않을 텐데, 그때 일어날 수 있는 상황에 대해 자네의 생각을 말해 보게."

"백작님이 만약 초청을 거부하신다면 기난 왕자님으로서는 강제적인 방법을 동원할 가능성이 다분합니다."

"강제적인 방법이라면 설마 싸일렉스 영지를 공격하기라도 할 거란 말입니까?"

너무도 황당한 루안의 말에 자렌토나 한스는 한숨이 나왔다. 고개를 흔들며 한스가 설명을 했다.

"내가 좀 전에 백작님을 함부로 공격할 수 없는 이유를 설명하지 않았는가? 이건 내 생각이지만 아마 백작님을 제외한 나머지 분들을 납치해 백작님을 협박해 자신의 진영으로 끌어들이려 하지 않을까 예상이 되네. 만약 그렇게 되면 가장 위험한 분은 제레니님이 되시겠지."

"절대 그런 일은 없을 겁니다. 지금 이 시간부터 당장 경비를 두 배로 늘려 수상한 자는 모조리 색출하겠습니다."

루안을 말과 함께 자리에서 일어나 당장이라도 뛰어나가려 했다. 재빨리 루안을 제지한 한스는 그를 달랬다.

"이 사람아, 갈 땐 가더라도 내 말은 마저 듣고 가야 할 것 아닌가?"

한스의 만류에 자리에 앉은 루안은 허리에 차고 있던 롱 소드의 손잡이를 잡았다 놓았다 하며 좀처럼 진정하지 못했다. 그의 어깨를 두드려준 한스가 설명을 했다.

"우선 당장 위험한 일이 발생하지는 않겠지만, 그래도 항상 조심해야 하네. 우선 백작님과 마리안느님, 그리고 제레니님의 안전이 최우선이네. 일단 백작님께서 거절의 뜻이 담긴 편지를 써주시면 제가 직접 그 편지를 전달하도록 하겠습니다."

"자네가?"

"예, 제가 직접 기난 왕자님이나 그분 주위에 있는 사람들을 직접 만나봐야 확실하게 대처할 수 있을 것 같습니다."

"자네가 직접? 너무 위험하지 않겠나?"

"물론 위험할 수도 있겠지만 설사 일이 잘못된다고 하더라도 혼자 몸이니 탈출하는 것은 그리 어렵지 않을 겁니다."

"일단은 상황을 지켜보는 것이 좋을 것 같군."

"제 생각도 그렇습니다. 게다가 귀족원에서 별다른 연락이 없는 것도 신경이 쓰이는군요. 그렇게 쉽게 물러설 리가 없을 텐데 말입니다."

자렌토는 한스의 말대로 제로미스 왕자나 안토니오 후작이 쉽게 자신을 포기할 사람들이 아니라는 것을 상기했다. 지금처럼 모든 것이 혼란스러운 이때 막강한 아군이 될 수 있는 자렌토를 그대로 둘 사람은 아마 없을 것이다. 한스는 자신과 자렌토가 예상한 대로 제로미스 왕자가 가장 활발한 움직임을 보인 현실에 나직이 한숨을 쉬었다. 또 그뿐이 아니었다.

7인 위원회의 실질적인 리더인 샤드 공작은 왜 이런 사태를 보고도 개입을 하지 않는 것인지 그의 내심을 짐작할 수 없었다. 트렌실바니아 왕국이 어떤 이유로든 흔들리게 되면 루벤트 제국만 좋아할 것이란 사실을 알면서도 왜 침묵을 지키고 있는 것인지 의문이 아닐 수 없었다. 게다가 7인 위원회의 다른 사람들까지 현상황에 대해 중립을 지키라고 명령을 했다니 더 더욱 그의 내심이 궁금했다.

"이유야 어떻게 되었든 제로미스 왕자님이나 기난 왕자님께서 백작님을 자신의 진영으로 끌어들이려 하고 있으니 잠시도 긴장을 늦출 수 없습니다. 게다가 루벤트 제국 쪽이 너무 조용한 것이 조금 의심스럽습니다. 제로미스 왕자님께서 국왕으로 등극하게 된다면 누구보다 곤란하게 될 쪽이 루벤트 제국인데 이 상태를 그냥 지켜보고 있는 것이 조금 의외입니다."

"휴우, 이렇게 작은 나라에서 왕위 다툼이라니……."

"그러게 말입니다. 그건 그렇고 여기 백작님 내외분과 제레니님이 위험하시면 데미안님도 위험하지 않을까요?"

루안의 말에 한스는 고개를 끄덕였다. 그렇지 않아도 그 생각을 하고 있었다. 물론 헥터가 옆에 있다고는 하지만 단 두 사람이 아닌가. 그런 반면 자렌토는 크게 걱정하지 않는 얼굴이었다.

"소드 마스터인 그라시아스 후작 각하께서 칭찬하실 만한 검술 실력이라면 고생도 되어도 큰 위험은 없을 것이네. 그리고 그런 경험이 축적이 돼야 한 사람의 기사가 될 수 있지 않겠는가? 나는 그 아이가 무사할 것이라고 믿네."

자렌토의 음성에는 그랬으면 좋겠다는 바람이 아니라 그렇게 될 것이라는 확신이 배어 있었다. 어떤 이유에서 그렇게 데미안을 믿는 것인지는 모르지만 그 모습에 한스나 루안도 안심이 되었다. 그리고 자렌토의 말대로 데미안이 무사할 거란 생각이 들었다.

"일단 한스는 내가 써준 편지를 기난 왕자님께 전달하도록 하고, 루안은 병사들이 방심을 하지 않도록 단단히 주의를 주게. 그리고 난 인근의 귀족들을 모아 작은 모임을 만들도록 하겠네. 될 수 있으면 정치적인 상황에는 개입하지 않으려고 했는데, 어차피 개입이 불가피하다면 나를 지킬 최소한의 방어는 할 생각이네."

그 말을 하는 자렌토의 얼굴에는 전의가 불타고 있었다. 그런 모습은 10여 년 전 루벤트 제국과의 전쟁 이후 처음 있는 일이었다. 다만 전의를 불태우는 대상이 루벤트 제국이 아니라 그를 자신의 진영으로 끌어들이려는 왕자들인 현실에 안타까운 마음이 들었다. 이미 잎이 떨어져 앙상한 가지를 드러낸 나무를 바라보며 자렌토는 속으로 데미안의 안전을 빌었다.

'지금 네가 어떤 고통을 겪고 있는지는 모르지만, 그 고통이 너를 더욱 성숙한 인간으로 키워줄 것이라고 믿는다. 아들아! 부디 무사하거라.'

제18장
산적과 사제

"기난이 싸일렉스 백작에게 초청장을 띄웠다고?"

"그렇습니다, 전하."

커다란 의자에 비스듬히 앉아 에이드리안이 건네는 과일을 받아먹고 있는 청년은 탄탄한 근육이 엿보이는 건장한 몸을 가진 30대 중반의 청년이었다. 시원스럽게 생긴 얼굴은 전형적인 기사의 모습이었다. 상대의 대답에 청년은 자신의 이마를 덮은 금발을 거칠게 뒤로 넘기고는 뭔가를 생각했다. 그런 모습을 에이드리안은 애정이 가득한 눈으로 보고 있었다.

"그래, 경이 생각하기에 멍청하고 욕심만 많은 기난이 무슨 이유로 싸일렉스 백작을 초청했다고 생각을 하오?"

"그거야 전하께서도 이미 짐작하시고 계시지 않습니까?"

안트니오의 음성은 조금의 변화도 없었다.

"내 설득에도 넘어가지 않았던 싸일렉스 백작이 기난이 초청한다고 싸일렉스 영지를 벗어날까?"

"그야 모르는 일이지요. 그리고 기난 왕자님이 전하보다 나은 점이 한 가지 있습니다."

안토니오의 말에 제로미스는 자존심이 상한 듯 자리에서 일어났다.

"기난이 나보다 나은 점이 있다니? 그게 무슨 소리요?"

"왕자님은 에린과 약혼을 하셨지만 기난 왕자님께서는 지금 혼자가 아닙니까?"

"후후후, 지금 정략 결혼을 말하는 것이오? 기난과 싸일렉스 백작이 정략 결혼을 한다고? 푸하하하."

제로미스는 배를 잡고 웃었다. 그 모습을 보면서도 안토니오의 얼굴은 조금의 변화도 없었다.

"하하하, 라이온이 탐욕스런 돼지에게 자신의 딸을 넘길 거라고 믿는단 말이오? 하하하."

"전하, 언제, 무슨 일이, 어떻게 생길지도 모르는 것이 세상일입니다. 방심하는 것은 좋지 않습니다."

"아무리 그렇다고 하더라도 싸일렉스 백작이 순순히 기난의 편에 선다는 것은 도저히 믿을 수 없는 일이오. 경이 생각하기에도 그렇지 않소?"

"전하, 할아버지의 말대로 일단은 조심하는 것이 좋아요."

에이드리안의 말에 제로미스는 고개를 돌리고는 그녀의 뺨에 손을 뻗어 어루만졌다.

"에린, 당신이 생각하기에도 싸일렉스 백작이 기난의 편에 설 것 같다는 말이오?"

"그렇게 생각하지는 않지만 만약 기난 왕자님께서 싸일렉스 백

작의 가족을 납치해 협박이라도 한다면 싸일렉스 백작으로서도
어쩔 수 없잖아요."

"싸일렉스 백작의 가족을 납치해 협박을 한다? 그렇지만 대체
누가 싸일렉스 백작의 가족을 납치한다는 거지? 7인 위원회의 일
곱 명을 제외하면 이 나라에서 가장 뛰어난 검술 실력을 가지고
있는 싸일렉스 백작의 손에서 말이오."

"그렇지만 싸일렉스 백작이 언제까지나 가족 곁에만 있을 수는
없잖아요. 그 틈을 노린다면 싸일렉스 백작도 결국 기난 왕자님의
편에 설 수밖에 없을 거예요."

에이드리안의 말에 안토니오는 고개를 끄덕였다.

"에린의 말대로입니다. 기난 왕자님께서 욕심이 많은 분이라는
것은 이미 잘 알고 있지 않으십니까? 아마 싸일렉스 백작이 이번
초청을 거절한다면 기난 왕자님께서는 틀림없이 강제적인 방법을
동원할 겁니다. 그리고 싸일렉스 백작의 아들은 지금 싸일렉스 가
를 떠나 기사 수행을 하는 중입니다."

"수행? 그럼 지금 수련 기사의 신분이란 말인가?"

"그렇습니다, 전하."

"아직 싸일렉스 백작의 아들이 왕립 아카데미를 졸업하려면 몇
개월 남지 않았던가?"

"조기 졸업 시험을 통과해 이미 수련 기사 신분으로 수행 중입
니다. 전하께도 두 달 전 제가 직접 보고를 드렸습니다만."

"그럼 얼마 전 한꺼번에 네 과목의 졸업 시험을 통과했다는 자
가 싸일렉스 백작의 아들이란 말인가?"

"그렇습니다. 데미안 싸일렉스라고 합니다."

"데미안이라…… 그럼 기난이 데미안을 노릴지도 모른다는 말

인가? 지금 데미안은 어디에 있지?"

"정확한 소재는 아직 파악하지 못하고 있습니다."

"그럼 일단 그 데미안이란 청년의 소재부터 확인하시오. 싸일렉스 백작 같은 인재가 우리 편이 아니라는 사실이 조금 아깝기는 하지만 그렇다고 남의 손에 넘어가게 할 수는 없지. 그렇지 않소?"

"맞습니다, 전하."

"그럼 상황은 거의 종결이 된 것이오?"

"그렇기는 합니다만 아직 알렉스 왕자님의 흔적을 쫓고는 있지만 정확한 위치는 파악하지 못했습니다."

"알렉스가 제아무리 발버둥을 쳐도 나를 이길 수는 없어."

"전하, 그렇지만 조심해서 나쁠 것은 없습니다."

"알았소. 그 문제는 경이 알아서 하도록 하시오. 난 지금부터 에린과 데이트를 좀 해야겠소."

자리에서 일어난 제로미스는 에이드리안과 함께 그 자리를 떠났고, 두 남녀의 뒷모습을 안토니오는 애정 어린 눈으로 바라보며 중얼거렸다.

"걱정하지 마십시오, 전하."

＊　　　　　＊　　　　　＊

챙!

날카로운 금속음과 함께 불똥이 튀었다. 데미안은 라일이 자신의 검을 막자 그 반발력을 이용해 그의 옆으로 이동하며 왼손으로 레이피어를 뽑아 그대로 라일의 머리를 향해 휘둘렀다. 라일은 자신의 롱 소드를 옆으로 이동시켜 레이피어를 막고는 데미안의 품으로 뛰어들며 검을 들지 않은 왼손으로 데미안의 턱을 노렸다.

라일이 갑자기 자신과의 간격을 좁히며 다가오자 데미안은 자신의 턱을 노리는 라일의 왼손을 막을 방법이 없었다. 당황한 데미안은 뒤로 물러서려 했지만 라일의 주먹이 훨씬 빨랐다.

데미안의 턱을 건드린 라일은 뒤로 물러서며 자신의 롱 소드를 회수했다. 데미안 역시 두 자루의 검을 회수하고는 라일에게 물었다.

"제 스스로 익힌 것이기에 무엇이 잘못되었는지 모릅니다. 스승님이 보시기에 어떻습니까?"

"내가 보기에도 상당히 뛰어난 검술인 것만큼은 사실인 것 같다. 다만 오른손에 비해 왼손의 세밀함이 조금 떨어지는 것 같고, 또 두 자루의 검이 형태나 무게가 다르기 때문에 두 검을 바꾸어 사용할 때는 세심한 주의가 필요할 것 같은데 네 생각은 어떠냐?"

라일의 말에 데미안은 자신이 알고 있던 地獄二刀流에 대해 최대한 상세하게 설명을 해주었다. 데미안의 설명을 들은 라일은 地獄二刀流가 육체적인 능력을 최대한 끌어올려 좀더 높은 경지의 검술을 익히게 해준다는 사실을 알 수 있었다. 좀더 완벽한 해석이 이루어졌으면 하는 아쉬운 마음도 들었다. 그리고 뭔가 빠진 듯한 부분만 보충이 된다면 데미안도 단숨에 소드 마스터의 경지에 도달할 수 있을 것 같은데, 그것이 뭔지 아직은 알 수 없었다.

"일단 시간을 두고 천천히 생각을 해보도록 하자. 그리고 헥터 군은 어디로 갔는지 아느냐?"

라일의 말에 대답한 사람은 데보라였다. 그녀는 자신을 제외시키고 재미있게(?) 훈련을 하는 두 사람의 모습에 심통이 나는지 퉁명스럽게 대답했다.

"헥터는 사냥을 하러 간다고 했어요."

데보라의 말을 들으며 데미안은 자리에 앉아 마음을 다스리는 법에 따라 마나를 받아들였다. 확실히 낮보다는 밤이, 밤보다는 새벽에 느끼는 마나가 더욱 강렬하고 상쾌하게 느껴졌다. 데미안은 정신을 집중해 몸 주위의 마나를 회전시키면서 발생하는 힘으로 더 더욱 많은 마나를 받아들이고 있었다. 비교적 처음 시작했을 때보다는 더욱 빠른 시간 안에 체력을 회복시킬 수 있었다. 그리고 라일에게서 훈련을 받기 시작한 지 한 달 정도가 지나자 힘에만 의존했던 데미안의 검술도 약간씩 부드러워지기 시작했다.

"데보라 양은 왜 그렇게 화가 났는가?"

"그야 라일님께서 데미안에게만 검술을 가르쳐 주시니까 그렇죠."

데보라의 모습은 심통이 잔뜩 난 십여 세 꼬마 같았다. 라일은 붉은 마나에 휩싸인 데미안의 모습을 보고는 데보라를 다독였다.

"데미안은 내 제자가 아닌가?"

"그거야 그렇지만……."

붉은 마나가 빠른 속도로 데미안의 몸 속으로 스며들었다. 지난 한 달 동안 데미안들과 함께 행동을 하면서 지금과 같은 모습을 몇 번이나 보았지만 볼 때마다 라일은 신기한 생각이 들었다. 물론 소드 마스터에 이르게 되면 대자연의 마나를 받아들여 검술에 이용하게 된다. 그러나 그것은 전신으로 받아들여 사용하는 것이지 데미안처럼 호흡을 통해 마나를 받아들이는 것은 아니었다.

자리에서 일어난 데미안은 수련으로 헝클어진 머리를 가죽 끈으로 질끈 동여매고는 근처에서 땔감으로 사용할 만한 나무들을

주워다 불을 피웠다. 그리고 얼마 지나지 않아 헥터가 커다란 멧돼
지를 들고 나타났다. 이미 불이 피워져 있는 것을 발견한 헥터는
재빨리 멧돼지의 가죽과 내장을 제거하고 요리를 하기 시작했다.

비록 밤이었지만 보름달이 뜬 탓인지 주위는 대낮같이 밝았다.
지금 데미안 일행이 향하는 곳은 데미안의 집이 있는 싸일렉스
영지와 불과 40킬로미터쯤 떨어진 곳에 위치한 듀레스트란 상업
도시였다. 물론 넬슨이 데미안에게 준 지도에는 대략적인 위치밖
에는 표시되어 있지 않았기 때문에 잘못하면 듀레스트 전지역을
헤매고 다녀야 할 상황이었다. 데미안은 만약 던전을 찾지 못하면
듀레스트의 영주인 스타인버그 자작에게 부탁을 할 생각이었다.

스타인버그 자작은 싸일렉스 영지와 가까운 곳에 사는 귀족으
로 싸일렉스 백작이 친하게 지내는 몇 안 되는 귀족 가운데 하나
였다. 물론 데미안도 스타인버그 자작을 잘 알고 지냈었다. 그의
조상이 상인 출신이었기 때문인지는 몰라도 듀레스트에서만 생산
되는 특산품인 보석을 다른 지역에 비싸게 팔아 꽤나 부유한 생
활을 하고 있는 인물이었다. 게다가 스타인버그 자작은 특산품을
트렌실바니아 왕국 전역으로 운반하기 위해 특별히 용병들로 구
성된 호송대를 만들어 운영하는 것으로 알려져 있었다. 용병들은
자신들 스스로를 '매의 용병단'이란 거창한 이름으로 부르고 있
었다.

멧돼지 고기가 구수한 냄새와 함께 익어가는 동안 어느새 보름
달이 머리 위에 걸렸다. 고기가 거의 다 익었을 때쯤 갑자기 라일
이 자리에서 일어났다.

"잠시 어딜 다녀올 테니 자네들은 식사를 하고 일찍 잠자리에
들도록 하게."

"알겠습니다, 스승님."

데미안의 대답을 들은 라일은 자신의 말에 훌쩍 올라타고는 어디론가 쏜살같이 달려갔다. 그 모습을 보던 데보라는 고개를 갸웃거렸다.

"어딜 가시는 거지? 식사 때마다 우리끼리만 식사를 하는 것이 조금 마음에 걸리기는 했지만 오늘이 처음도 아닌데…… 그렇지 않아, 데미안?"

데보라의 말처럼 한 달 동안 계속된 여행 동안 가장 문제가 되는 것은 식사와 잠이었다. 살아 있는 인간인 이상 식사와 잠은 반드시 필요한 것이었기에 데미안이나 헥터, 데보라는 라일에게 약간은 미안한 감정을 가지고 있었다. 그러나 라일의 권유로 지금까지는 그런대로 자유롭게 행동할 수 있었다. 그런데 왜 갑자기 오늘 저녁 어디론가 가버린 것일까?

"데미안님, 혹시 라일님이 떠나신 것이 오늘 보름달이 뜨는 날이기 때문은 아닙니까?"

난데없는 헥터의 말에 대꾸를 하려던 데미안은 갑자기 라일이 걸린 저주가 생각났다.

대부분의 저주는 생명력에 반대되는 힘을 가졌다. 그렇기에 살아 있는 것을 죽이고, 죽인 것을 다시 살려내는 등 대자연의 법칙이 거스르는 행동을 하는 것이다.

저주의 힘이 가장 강해지는 시기는 만월(滿月)이 뜰 때다. 달에서 파생되는 온갖 사악한 힘이 극에 달하며 저주의 힘은 무한대로 커져 가는 것이다. 게다가 라일은 저주에 걸린 지 벌써 200년이란 시간이 지나지 않았는가? 혹시 그렇다면 라일은 저주의 힘이 강해지는 것을 느끼고 자신들을 피해 다른 곳으로 간 것은 아닐까? 다법을 배우고 라일이 저주에 걸렸다는 사실을 알면서도 아무렇지도 않게 그런 사실을 받아들인 자신의 무관심에 데미안은 라일에게 미안한 생각이 들었다.

"오늘 보름달이 뜨는 날이기 때문이란 말은 무슨 뜻이야? 나도 좀 알자고."

자신의 질문에는 아랑곳하지 않고 여전히 데미안과 헥터가 심각한 대화를 나누는 모습을 본 데보라가 치미는 화를 이기지 못하고 큰 소리로 외쳤다.

"왜 일만 있으면 너희 둘이서 얘기를 하는 거야? 나도 일행 아냐?"

데보라는 정말 화가 났는지 얼굴까지 붉어졌다.

"데보라, 마법에 대해서 알지?"

"그야 물론이지."

"그럼 저주에 대해서는?"

"자세히는 모르지만 어느 정도는 알아."

"그럼 스승님이 저주에 걸렸다는 것은?"

"아니, 애가 누굴 바보로 아나? 그야 당연히 알지."

"그럼 저주의 힘이 가장 강해지는 날은?"

"그야 오늘같이 보름달이 뜨는 밤이지."

데보라의 태연스런 대답에 데미안은 어이가 없었다.

"거기까지 대답이 나왔는데 그래도 모르겠단 말이야?"

"대체 저주가 걸린 라일님과 오늘이 보름달이 뜨는 날인 것과 무슨 연관이 있다는 거야?"

데보라의 억지에 가까운 말에 데미안도 짜증이 나기 시작했다. 자연 데미안의 음성도 커졌다.

"젠장, 그렇게도 머리가 안 돌아가냐? 스승님은 저주에 걸려 고통스러워하는 자신의 모습을 우리에게 보이고 싶지 않아 다른 곳으로 가신 거잖아. 그런데 연관이 없다니? 대체 그게 무슨 말이야."

"야, 이 바보야! 내 말은 어차피 라일님이 저주에 걸려 고통스러워하는 것을 우리 모두가 다 아는 사실인데 왜 우리를 피하느냐는 거란 말이야. 우리가 그분 곁에 있으면 어떻게 해서라도 도와드릴 수 있잖아."

"돕긴 뭘 어떻게 돕는단 말이야?"

데보라 역시 목에 핏줄을 세워가면서 외쳤다. 헥터는 잔뜩 열이 오른 두 사람을 말리기에 정신이 없었다.

"두 분 다 진정하십시오. 두 분 모두 라일님을 걱정해서 하신 말씀이라는 것 잘 알고 있습니다. 그렇지만 두 분께서 이렇게 다투시는 동안에도 라일님은 고통스러워하시고 계시다는 사실을 잊지 마십시오."

헥터의 말에 데보라는 고개를 돌리고는 자기 자리에 앉아 헥터가 해놓은 요리를 묵묵히 먹었고, 데미안은 라일이 걱정이 되는지 라일이 사라진 곳을 걱정스러운 눈초리로 바라보고 있었다.

결국 라일은 새벽이 지나서야 나타났고, 뼈밖에 남지 않은 얼굴이기에 그의 표정을 살필 수는 없었지만 그가 걸친 망토가 흙투성인 것을 보면 세 사람의 예상이 맞은 모양이었다. 돌아온 라일도, 또 그 모습을 지켜보는 세 사람도 아무 말 하지 않았다. 라일은 묵묵히 자신의 짐에서 마법사들이나 입을 커다란 후드가 달린 로브를 걸쳤다. 그렇지 않아도 라일의 복장을 보면 햇살 아래 드러나기를 꺼려하는 복장이었지만, 지금의 모습을 보면 마치 전염병에 걸린 사람처럼 보였다.

처음 햇빛을 보면 안 된다는 라일의 말을 의심한 것은 아니지만 그래도 적당히 피하면 되겠거니 생각을 했었다. 그러나 지난 한 달 동안 라일은 낮에는 꼼짝도 하지 못했다. 무엇인가 빛을 반사하는 물건이 있는 곳에는 아예 접근도 하지 않았고, 일행들이 식당에서 식사를 할 때도 가게의 구석에서만 식사를 할 뿐 창가에는 앉을 생각도 못 했다.

그러나 햇빛을 피한다는 것이 그렇게 간단한 문제가 아니라는 것을 데미안은 여행을 통해 절실하게 깨닫게 되었다. 병사들의 반짝이는 갑옷이나 투구, 그들의 잘 닦여진 무기, 건물들의 유리창, 빛이 반사될 만큼 잘 만들어진 그릇, 하다못해 햇빛에 빛나는 연못이나 시냇물조차 라일에게는 위협이 되었다. 물론 그렇다고 라일의 목숨이 위험한 것은 아니지만 그만큼 일행들의 일정에 차질을 끼친 것만은 사실이었다.

한번은 우연히 상인들의 행렬과 마주쳤고, 그들이 납품을 하기 위해 가져가는 커다란 방패 때문에 라일이 완전히 모래로 변한 적이 있었다. 상대가 자신들을 위협하거나 해를 끼칠 의도가 있었던 것이 아니라 단순히 자신들이 납품하는 방패의 우수함을 자랑하기 위해 한 행동이었기에 어떻게 손써볼 사이도 없었다.

방패에 반사되는 햇빛에 직통으로 쪼인 라일은 미처 피할 사이도 없이 그 자리에서 모래로 변해버렸고, 상인들은 갑자기 모래로 변한 라일의 모습에 놀라 그들의 물건을 호위하기 위해 동행했던 용병들과 데미안 일행이 결투를 벌인 일까지 있었다. 결국 데미안과 두 사람은 해가 완전히 질 때까지 그 자리를 떠나지 못했고, 해가 완전히 지고야 라일은 다시 살아(?)날 수 있었다. 그 후로도 데미안 일행은 언제 또 그런 일이 발생할지 몰라 꽤나 조심스럽게 행동을 했다. 그런 일이 있었기 때문인지는 몰라도 일행들은 될 수 있으면 마을을 피해 노숙을 하는 쪽을 택했다.

간단하게 요기를 마친 일행은 다시 듀레스트를 향해 길을 떠났다. 한동안 일행들은 왠지 모를 어색함 때문에 한마디 말도 없이 묵묵히 말을 몰았다. 서너 시간이 지나고 점심 시간이 가까워졌다. 그러나 누구 하나 먼저 입을 여는 사람이 없었다.

한 줄기 차가운 바람이 불어와 길가에 쌓인 낙엽을 휘감아 올렸고, 데미안 일행은 과히 빠르지 않은 속도로 말을 몰았다. 어떻게든 부자연스러운 일행들의 분위기를 바꾸기 위해 헥터가 데미안에게 질문을 했다.

"데미안님, 이번 던전은 누구의 것일까요?"

"그게 무슨 말이야?"

"첫 번째 던전은 선더버드를 모시는 신관인 드미트리우스의 던전이었고, 두 번째 던전은 타울을 모시는 신관들이 세운 던전이 아닙니까? 그런 식으로 따진다면 이번 던전도 누군가를 믿는 신관들이 세운 것일 텐데 그것이 누구냐는 거죠."

"그러고 보니 그렇네. 그렇지만 나는 예전 이반이란 상인이 이야기했던 알렉스 왕자님의 문제가 더 신경이 쓰여. 스승님께서는 그 문제에 대해 어떻게 생각하십니까?"

데미안의 물음에 라일은 고개도 들지 않은 채 대답을 했다.

"네가 말한 대로 현 상황이 그렇게 급박하다면 어떻게든 알렉스 왕자를 찾아 그가 전면에 나서도록 해야지. 그를 믿고 따르는 자들이 많고 적음을 떠나 분명히 알렉스 왕자가 존재하고 있음을 나타내야 상대가 주시하지 않겠느냐? 네가 말한 것과 같이 지금 같은 상황이라면 제로미스 왕자가 아무런 반대도 받지 않고 국왕의 자리에 오르게 될 것이다."

"그렇지만 세력도 얼마 되지 않은 알렉스 왕자님이 전면에 나서게 되면 상대의 공격을 피할 수 없을지도 모릅니다."

"하지만 적과 아군의 구별은 확실해지지 않겠느냐? 지금 같은 상황이라면 누가 적이고 누가 아군인지 구별할 수조차 없으니, 만약 제로미스 왕자가 암살이라도 할 생각을 가지고 있다면 꼼짝없이 당할 수밖에 없을지도 모른다."

"그렇지만 스승님, 설마 동생을 죽이기야 하겠습니까? 그것도 자신의 친동생을 말입니다."

"데미안, 세상은 네가 생각한 것처럼 그렇게 간단한 것이 아니란다. 때로는 자신이 원하는 것을 이루기 위해서는 하기 싫어도 해야만 되는 일이 있다는 것을 알아야 한다. 어쩌면 제로미스 왕자에게 지금이 그런 상황일지도 모르지. 난 세상 사람들이 지배하기 위한 사람과 지배당하기 위한 사람으로 구분된다고 생각을 한단다. 제로미스 왕자가 지배하기 위한 사람인 것은 이미 드러난 사실이고, 알렉스 왕자가 자의든 타의든 지배당하기 위해 태어난 사람이 아니라면 자신의 태도를 분명히 해야 할 필요가 있지. 물론 그들 서로에게는 불행한 일이지만 말이다."

라일의 말에 데미안은 고개를 갸웃거렸다. 아무리 왕의 자리가 좋다고는 하지만 그 자리를 위해 형제의 목숨을 노린다니……. 데미안은 그 점을 도저히 이해할 수 없었다. 게다가 지금 트렌실바니아 왕국은 루벤트 제국의 속국이라고 불러도 좋을 상황이 아닌가? 형제들끼리 힘을 모아도 부족할 판에 왕위에 미련을 버리지 못하는 상황을 어떻게 이해할 수 있단 말인가? 게다가 매년 100명씩의 처녀들을 비밀리에 공녀로 바치는 이런 빌어먹을 상황에서 말이다.

일행들이 나름대로 생각에 빠진 동안 갑자기 그들의 앞을 가로 막는 사람들이 있었다. 하나같이 험악한 인상에 글레이브나 팔치온, 투 핸드 소드, 모닝스타Morningstar 등으로 중무장한 십여 명의 지저분한 사내들이었다. 순식간에 데미안 일행을 포위한 사내들은 아주 흡족한 미소를 지으며 일행들을 바라보고 있었다.

"호호호, 아주 오래간만에 반가운 손님들이 오셨군. 듀레스트에 오신 것을 지극히 환영하는 바이오. 호호호~"

"헤헤헤~"

"푸하하하!"

가장 지저분한 복장을 한 사내의 말에 주위에 늘어서 있던 사내들이 웃음을 터뜨렸다. 그러나 그들의 웃음은 데미안과 데보라의 얼굴을 발견하는 순간 일제히 멈춰졌다. 그들로서는 두 사람처럼 아름다운 사람을 보는 것이 난생처음이기 때문이었다. 그러나 데미안은 갑자기 나타나 자신들의 앞을 가로막은 사내들의 행동에 영문을 몰라 어리둥절한 표정을 지었다. 그 모습을 본 사내들이 일제히 입맛을 다셨다.

"저런저런, 레이디께서 겁을 먹으신 모양이군. 레이디, 그렇게 겁을 먹을 필요는 없소이다. 우리는 그저 그대들의 물건 가운데 얼마간의 돈과 두 분 레이디만을 원할 뿐이오."

사내의 말에 데보라가 태연한 표정을 지은 것에 반해 데미안의 얼굴은 삽시간에 붉어졌다. 왜 자신은 항상 사람들에게 남자로 보이지 못하고 여자로 보이는 것일까? 그리고 왜 그때마다 이렇게 분노를 느껴야 한단 말인가? 마법 실력이 4싸이클 급에 이르게 되면 당장이라도 얼굴을 바꿀 수도 있지만 아직은 3싸이클의 마법도 완전히 익히지 못한 상태라 그런 데미안의 바람은 단지 그의 희망에 지나지 않았다.

"헥터, 저 사람들은 뭐야?"

"모습들을 보아하니 산적들 같습니다."

"그럼 산적이라는 것이 진짜 있단 말이야?"

"저들을 보면 알지 않습니까?"

헥터는 데미안의 질문에 대답을 하며 상대를 어떻게 처리해야 할지 고심했다.

"두 분 레이디께서는 그만 말에서 내리시겠습니까? 비록 기사도를 지키는 기사는 아니지만 그대들에게 무례를 저지르고 싶지는 않군요."

"헤헤헤~ 두목, 그러니까 떠돌이 기사 정도는 되는 것 같은데 그래?"

"글쎄 말이야. 아무 말도 못 하는 걸 보니 혹시 저 레이디가 두목한테 홀딱 반한 거 아니야? 후후후~"

그 말이 문제였다. 데미안은 그 말을 듣는 순간 더 이상 참을 수 없었다. 천천히 말에서 내리며 자신의 검을 안장에 묶으며 일행들에게 말했다.

"아무도 참견하지 마. 내가 죽여버릴 거니까."

그 말 때문인지는 모르지만 세 사람은 꼼짝도 하지 않았고, 그들을 프위하고 있던 사내들은 어이없는 표정을 지으며 데미안의 행동을 지켜봤다. 데미안은 천천히 그들 가운데 두목으로 보이는 사내에게로 향했다.

"흐흐흐, 레이디께서는 날 어떻게 죽여줄 생각이신가? 침대에서? 아니면 여기 풀밭에서?"

"그럴 필요 없이 이 자리에서 죽여주지."

데미안은 부드러운 미소를 지었지만 그 미소를 발견한 두목의 느낌은 아주 불길한 것이었다. 그러나 주위에 있는 부하들 때문에 애써 태연한 표정을 지었다.

"얘들아! 저분들에게 통행세를 받도록 해라. 난 이 레이디와 찐한(?) 시간을 보낼 테니 말이다."

두목의 말에 산적들은 천천히 포위망을 좁혀왔다. 그 순간 데미안은 자신의 오른쪽에 있던 산적의 가슴을 팔꿈치로 치고는 왼쪽에 있던 산적의 턱을 향해 주먹을 날렸다. 퍽! 하는 소리와 함께 쓰러지는 두 사람의 모습에 산적들의 발걸음을 주춤하는 사이 데미안은 자신이 용병 훈련을 받을 때 배웠던 맨손 격투술을 떠올리며 산적들을 공격했다.

비록 산적들이 무기를 들고 있고, 데미안은 빈손이었지만 산적들 가운데 데미안을 위험하게 만들 만한 실력을 가진 사내는 한 명도 없었다. 불과 5분도 지나지 않아 산적들은 모조리 쓰러져 신음을 토했다. 두목은 그 모습을 자신의 눈으로 직접 보고도 도저히 믿을 수 없었다. 그때 데미안이 무표정한 얼굴로 그에게 다가갔다. 두목이란 사내는 아무런 표정도 없는 데미안의 모습이 악마처럼 느껴져 자신도 모르게 뒷걸음질치며 외쳤다.

"내 형이 매의 용병단에 있단 말이야. 날 건드리면 우리 형이 널 그냥 두지 않을걸. 형한테 이르기 전에 내 말을 듣는 것이 좋을 거야! 그러니까…… 으악!"

사내는 말을 하다 말고 데미안이 내지른 주먹에 턱을 맞고는 비명을 질렀다. 데미안은 비틀거리는 사내에게 다가가며 사정없이 주먹을 휘둘렀다. 그때마다 사내는 애처로운 비명을 지르며 비틀거렸고 얼마 지나지 않아 결국 사내는 기절하고 말았다. 그때까지 바닥에 쓰러져 있던 산적들을 향해 데미안은 냉랭한 음성으로 말했다.

"만약 농담이라도 이곳을 지나는 사람들에게 이곳에 산적이 있다는 말이 들리기라도 하면 내가 지옥 끝까지 쫓아가 너희들을 죽여버릴 거다. 또 너희들말고 다른 산적들이 여행객들을 괴롭힌다는 소문을 들어도 너희들을 가만두지 않겠어. 아마 내 말을 잊지 않는 게 좋을 거야."

데미안은 그 말을 남기고 자신의 말에 올라 듀레스트를 향해 말을 몰았다. 다른 사람들도 그 뒤를 따라 말을 몰았다.

"데미안님, 정의를 지키기 위해서 강한 힘을 가져야 한다는 말씀을 드린 적은 있지만, 강한 힘으로 한 일이 모두 정의라고 한 적은 없습니다."

"그럼 내가 잘못했다는 말이야?"

"잘못했다는 것이 아니라 요즘 데미안님을 보면 모든 일을 힘으로만 해결을 하시려고 하는 것 같아 말씀드리는 겁니다."

"그렇지만 저들은 여행자들을 괴롭히는 산적들이잖아. 그런데도 내가 잘못했단 말이야?"

"그야 그렇지만 상대의 말은 들어보려 하지도 않고 무조건 윽박지른다는 것은 기사도를 지켜야 할 기사로서의 행동이 아닙니다."

"쳇, 알았어, 앞으로 조심하면 되잖아."

데미안은 퉁명스럽게 대답을 했지만 헥터의 말이 틀린 것이 아니기에 수긍할 수밖에 없었다.

“그런데 우리 점심 안 먹어?”

“데보라 양, 조금만 더 가시지요. 듀레스트가 과히 멀지 않았습니다. 식사는 그곳에서 하도록 하죠.”

헥터는 그 말을 하면서 라일 쪽을 힐끔 바라보았다. 그러나 라일은 여전히 고개를 숙인 채 말에게 몸을 맡기고 있었다. 그러는 사이 일행들은 그리 높지 않은 지역에 위치한 넓은 분지를 만났고, 그곳에 세워진 성을 발견할 수 있었다.

듀레스트는 크지는 않지만 나름대로 조형미를 갖춘 도시였다. 단단해 보이는 성벽은 둥글게 도시를 감싸고 있었고, 중앙으로 이어진 도로는 갖가지 색의 포석이 뒤덮고 있어 깔끔하다는 인상을 주었다. 그리고 많지는 않지만 끊임없이 잔뜩 짐을 실은 상인들과 여행객들의 발길이 이어지고 있었다.

일행은 천천히 듀레스트를 향해 말을 몰아갔다. 성문에는 가볍게 무장을 한 병사들이 여행객들과 상인들을 살피고 있었다. 라일의 모습이 특이한 탓일까? 라이트 레더의 가슴 부분에 철판을 댄 플레이트 메일을 걸친 사십대의 기사 하나가 일행들의 앞을 가로막았다.

“어디서 오는 길이오?”

“밀턴시에서 오는 길입니다.”

“그럼 저 사람도 당신들 일행이오?”

기사는 라일을 가리키며 물었다.

“그렇습니다만 무슨 일이신지……?”

“혹시 전염병 같은 것을 앓고 있는 것은 아니오?”

“몸이 좀 불편하기는 하지만 전염병은 아닙니다. 만약 그렇다면 저희가 같이 다닐 까닭이 없지 않습니까?”

헥터의 대답에 기사는 다시 한 번 라일을 바라보고는 일행들을 통과시켰다. 막상 성문을 통과하자 일행들은 도시 전체가 무척 깨끗하고 번화한 것을 발견했다. 듀레스트는 트렌실바니아 왕국에서도 가장 남쪽에 위치한 도시로 농경지가 대부분인 싸일렉스와는 달리 일찍부터 상업이 발달된 도시이기는 했다. 그러나 워낙 남쪽에 위치한 탓에 사람들의 왕래가 그리 많지 않다고 알려져 있었는데, 막상 와서 커다란 도시나 건물들 사이를 오가는 활기찬 사람들의 모습을 보니 그것이 잘못된 소문이었음을 알 수 있었다.

일행들은 일단 여관을 찾았다. 대부분의 여관이 그렇듯 그곳도 술집과 음식점, 그리고 여관을 겸업하고 있었다. 시간이 이른 탓인지 술을 마시는 사람은 별로 없었고, 대부분 식사를 하는 사람들뿐이었다. 일행은 간단한 식사를 주문하고는 주위를 둘러보았지만 용병이나 떠돌이 검사 같은 사람은 보이지 않았다. 일행들이 주문한 식사가 곧 나왔고, 식사를 하며 데보라가 데미안에게 질문을 했다.

"스타인버그 자작이란 사람을 찾아갈 거야?"

"비밀 임무니까 일단은 우리 힘으로 찾아봐야지."

"하지만 그곳의 위치를 정확히 모르니 찾는 데 많은 시간이 걸릴지도 모르는 일이잖아?"

"그래, 데보라의 말대로 긴 시간이 걸리지도 모르지. 그렇지만 그래도 일단은 우리 힘으로 찾아야 해."

조금은 단호하게 데미안이 대답을 할 때 그들이 앉은 옆 테이블에 두 명의 사제가 앉으며 식사를 주문했다. 그리고는 데미안 일행을 보며 미소를 지으며 인사를 건넸다.

"만나게 돼서 정말 반갑소이다. 여행하기 정말 좋은 날 아니오,

형제들?"

우렁찬 음성만큼이나 성격도 활발해 보이는 중년의 사제였다. 일반적인 사제복이 흰색인 데 반해 그가 걸친 사제복은 다시 그 위에 조금은 짙은 회색의 가운을 걸치고 있었다.

뮤란 대륙에 있는 신을 모시는 수많은 사제들 가운데 이렇게 특이한 가운을 걸치는 사제들은 오직 건강과 의술의 신인 라페이시스를 모시는 사제들뿐이었다. 특이하게 그들은 라페이시스에게 받은 권능을 사용해 사람들을 치료하기보다는 직접적인 수술을 통해 사람들의 병을 고치고 건강을 회복시켰다. 그런 탓인지는 몰라도 귀족보다는 평민 계층에서 더 많은 호응을 얻고 있었다. 때문에 십여 개로 나뉘어진 뮤란 대륙의 왕국들의 국경선을 자유롭게 드나들 수 있었다. 그들의 옷자락에서 핏자국을 발견한 헥터가 입을 열었다.

"저희도 라페이시스의 가호를 받아 무사히 여행을 하고 있습니다. 사제님의 옷자락에 피가 묻은 것으로 보아 급한 환자가 있었던 모양이군요?"

헥터의 질문에 중년 사제는 흠칫하는 표정을 짓더니 크게 웃음을 지었다.

"하하하, 그렇게 보였습니까? 그렇지 않아도 이 듀레스트로 들어오는 길에 십여 명의 산적들이 쓰러져 신음하는 것을 발견해 치료해 주고 오는 길입니다. 손을 쓴 사람이 누구인지는 모르지만 상당한 실력을 가진 사람인 것 같은데 왜 그렇게 심하게 손을 썼는지……."

중년 사제는 말을 하면서도 데미안 일행을 면면히 살폈다. 그리고 그의 눈은 헥터에게서 멈춰졌다. 아마 그가 판단하기에 데미안 일행 가운데에서 그런 만행(?)을 저지를 사람으로 헥터를 지목한 것 같았다. 그때였다. 중년 사제와 같이 있던 어린 사제가 큰 소리로 외쳤다.

"스승님, 저자는 살아 있는 사람이 아닙니다."

어린 사제가 라일을 지목하자 데미안 일행은 흠칫 놀랐다. 그가 어떤 방법으로 알아냈는지는 모르지만 주위에서 그의 말을 들은 사람들은 깜짝 놀라며 데미안 일행을 바라보았다. 데미안 일행들이 뭐라고 하기도 전에 중년 사제가 큰 소리로 웃으며 말을 했다.

"하하하, 이 녀석이 꿈이라도 꾸는 게냐? 저분은 내가 잘 알고 있는 분이야."

중년 사제의 말을 듣고 식당 안에 있던 사람들은 안심을 하고 다시 식사를 했다. 중년 사제의 말에 어린 사제는 고개를 갸웃거리면서 질문을 했다.

"정말 스승님께서 잘 아시는 분이신가요?"

어린 사제의 말에 중년 사제는 헥터를 보며 질문을 했다.

"내가 보기에 저 형제의 건강이 별로 좋지 않아 보이는데 내가 잠시 진찰을 해도 괜찮겠소?"

중년 사제의 질문에 헥터는 곤란한 표정을 지으며 라일을 바라보았다. 라일은 여전히 고개를 숙인 채 앉아 있었다.

"말씀은 고맙지만 나름대로 사정이 있어 사양하겠습니다."

"내가 여기서 저 사람이 스켈레톤이라고 말하면 어떤 일이 발생할 것 같소?"

중년 사제의 말에 헥터는 중년 사제를 노려보았다. 그러나 중년 사제는 의미를 알 수 없는 미소를 지은 채 태연하게 헥터를 바라보았다. 헥터는 불쾌한 표정을 감추지 못했다.

"신을 모시는 사제가 평범한 사람을 협박하다니 너무한다고 생각하지 않습니까?"

"나보다는 당신들이 너무한 것 아닌가? 아무리 산적이지만 그들도 사람인데 그렇게 엉망으로 만들 필요는 없는 것 아니오? 그런 당신들에 비하면 나는 지금 굉장히 예의를 지킨다고 생각을 하는데, 그렇게 생각하지 않소?"

중년 사제의 말에 데미안은 더 이상 듣고 있을 수 없었다.

"이봐, 당신, 왜 싫다는 사람에게 강요하는 거지? 게다가 산적들을 혼내준 사람은 바로 나란 말이야. 할말 있으면 나에게 하도록 해."

데미안의 말을 들은 중년 사제는 도저히 상대의 말을 믿을 수 없었다. 물론 데미안의 체격도 건장한 편이었지만, 헥터와는 비교가 되지 않았다. 게다가 저렇게 아름다운 얼굴을 가진 데미안이 십여 명이나 되는 흉악한 산적들을 물리쳤다고는 믿기 힘들었다.

"난 프레드릭이란 사람이오, 당신은?"

"데미안. 당신은 왜 우리에게 시비를 거는 거지?"

"정말 당신이 산적들을 그렇게 만들었소?"

"그래, 뭐 잘못된 거라도 있나?"

데미안의 태연한 말에 프레드릭은 분노가 치밀었다.

"지금 그걸 말이라고 하는 거요? 사람들을 그 지경으로 만들어 놓고 잘못된 것이 있냐고 되려 나에게 묻는 거요? 뼈가 부러지지 않은 사람이 단 한 사람도 없었소."

"뭣 때문에 그렇게 열을 내는 것인지 정말 이해할 수 없군. 그들은 우리 일행의 짐과 여자를 노렸고, 당연히 나는 그들을 막을 수밖에 없었어. 그 과정에서 그들이 비록 다치기는 했지만, 내가 일부러 그들에게 시비를 걸지 않은 이상 내가 뭘 잘못했다는 거지?"

"그렇지만 그렇게 심하게 손을 쓸 필요는 없지 않았소?"

"심하게? 그게 뭐가 심하다는 거지? 그럼 그들의 손에 다친 여행객들이나 목숨을 잃은 사람들은 누구에게 하소연해야 하지? 옳지 않은 일을 하는 그들이 다치는 것은 그렇게 화를 낼 일이고, 여행자들이 다치는 것은 그냥 이해하고 지나가야 한다는 건가? 옳지 않은 짓을 한 그들을 징계한 것이 그리 잘못된 행동은 아닌 것 같은데, 당신은 그렇게 생각하지 않아?"

"그거야 그렇지만……."

프레드릭의 음성은 점점 줄어들었다. 확실히 데미안의 말대로 산적들이 나쁜 것은 사실이었다. 또 데미안이 지적한 것처럼 그들에게 부상을 입거나 목숨을 잃은 사람들도 있을지 모른다. 그러나 데미안처럼 자신의 기분 내키는 대로 행동을 한다면 결국 강한 사람은 무슨 짓을 하든지 상관이 없다는 말이 아닌가? 결코 그런 일은 결코 용납할 수 없었다.

"그래도 당신의 행동은 옳다고 볼 순 없소. 보아하니 수련 기사 같은데 그런 생각을 가진 당신이 나중에 정식 기사가 된다면 보나마나 약한 자를 괴롭히는 기사가 될 거요."

"함부로 말하지 마. 아직 많은 수련을 쌓아야 되는 수련 기사이긴 하지만 옳지 않은 일을 한 적은 없어. 당신은 남에게 그런 말을 함부로 할 정도로 잘못한 것이 없는가?"

데미안의 단호한 말에 프레드릭이 아무 말도 하지 못 하자 그의 곁에 앉아 있던 어린 사제가 더 이상 참지 못하고 자리를 박차고 일어섰다.

"당신이야말로 스승님께 함부로 말하지 마. 스승님은 라페이시스를 모시는 열두 분의 신관 가운데 한 분이란 말이야."

"로빈, 그만 해라."

프레드릭의 말에도 어린 사제, 로빈은 자리에 앉을 줄 몰랐다. 제자를 말리는 것을 포기한 프레드릭이 데미안에게 질문을 했다.

"좋소, 그럼 당신에게 한 가지만 묻겠소. 당신이 스스로 생각하기에 사람이 무엇을 위해 사는 것 같소?"

뜻하지 않은 프레드릭의 질문에 데미안은 당황했다. 난데없이 이 무슨 질문이란 말인가? 그러나 프레드릭은 데미안의 대답을 기대한 것이 아닌 듯 제자와 함께 식사를 하고는 그대로 식당을 빠져 나갔다.

데미안은 프레드릭이 던진 질문을 한참 동안 생각을 해보았지만 그가 왜 자신에게 그런 질문을 한 것인지 이해가 안 갔다. 얼마나 생각에 열중했는지 프레드릭이 이미 식당을 빠져 나갔다는 사실조차 깨닫지 못했다.

"뭘 그렇게 생각해?"

"아까 프레드릭이라는 사제가 한 말을 데보라는 어떻게 생각해?"

"사람이 뭣 때문에 사느냐는 질문 말이야?"

"그래."

"나는 부족을 배신한 배신자를 처단하고, 순결의 검을 찾는 것이 무엇보다 먼저고, 다음은 부족을 위험에서 지키기 위해서 살아."

"그렇지만 그 일은 데보라가 하고 싶은 일이 아니잖아?"

"그야 그렇지. 그러나 난 부족을 대표하는 족장이야. 비록 귀찮고 힘들다고 부족을 모른 척할 수는 없는 일이잖아. 너도 네 가족을 위험에서 구하는 일을 힘들고 귀찮다고 그만두지는 않을 것 아니야?"

곰곰이 뭔가를 생각한 데미안은 헥터와 눈이 마주쳤다. 헥터 역시 데미안의 질문에 대답을 했다.

"저는 레토리아 왕국의 복수를 위해 삽니다. 그리고 그날이 올 때까지 데미안님의 곁에서 데미안님께 충성을 다하는 것이 제가 원하는 겁니다."

"난 영원한 안식을 찾기 위해 산다. 산다는 표현도 우습지만……."

저마다 다른 목적을 위해 산다는 말을 들은 데미안은 과연 자신은 과연 무엇을 위해 사는 것일까 하는 생각을 했다. 그러고 보니 넬슨에게 던전을 찾으라는 명령을 받았을 때부터 던전을 찾는 것에만 신경을 썼을 뿐 정작 자신의 앞날에 대한 생각은 한번도 하지 않았다는 사실을 기억해 냈다.

던전을 찾고 난 후에는 어떻게 해야 하는가? 단 한 번도 보지 못한 어느 왕자를 위해 충성을 맹세해야 하는 것일까? 아니면 넬슨의 말대로 트렌실바니아 왕국의 미래에 있을지도 모르는 위험으로부터 왕국을 지켜야 하는 것일까? 헥터의 말대로라면 자신이 레토리아 왕국이 멸망한 것에 대한 복수도 해주어야 할 것 같은데, 과연 자신에게 그럴 만한 힘이 있을까?

머리 속에서 소용돌이치는 생각 가운데 데미안의 뇌리를 스치는 생각이 있었다. 얼마 전 플레임이 말한 대로 자신이 드래곤의 자식이라면 자신의 부모가 되는 드래곤은 대체 어떤 드래곤들일까? 그리고 또 그들은 단순히 놀이를 즐기는 차원이기 때문에 자신을 낳고, 또 버린 것일까? 혹시 다른 이유는 없을까?

생각은 복잡했지만 데미안은 비로소 자신이 해야 할 일을 찾은 느낌이었다. 일단은 던전을 모두 찾고, 그 이후에 자신을 낳은 드래곤을 찾을 결심을 했다.

다행히 트렌실바니아 왕국에는 두 마리의 드래곤이 살고 있었다. 지금 트렌실바니아 왕국의 국경선과 옛 영토인 토바실 사이에 걸쳐 있는 산맥에 사는 화이트 드래곤이나 트렌실바니아 왕국의 중서부 지방에 살고 있는 블루 드래곤을 찾아가보면 자신의 부모가 누구인지, 둘 다 드래곤인지, 아니면 부모 중 한쪽만 드래곤인지 알 수 있을 것 같았다. 게다가 마지막 던전이 토바실에 있어 화이트 드래곤을 찾는 일은 그리 어렵지는 않을 것 같았다. 다만 그곳이 루벤트 제국의 점령지란 사실이 조금 걸리기는 했지만 조심스럽게만 행동을 한다면 그리 어려운 일도 아닐 것 같았다.

"무슨 생각을 그렇게 해?"

"우리가 찾을 던전의 위치가 이 듀레스트 동쪽에 위치해 있잖아. 찾는 것이 그리 어렵지만은 않을 것 같아. 지도상으로 보면 숲속에 있는 것 같으니 숲을 잘 아는 사람을 구해야겠어."

데미안의 대답에 데보라는 뭔가를 곰곰이 생각하더니 데미안에게 말을 건넸다.

"난 미안하지만 이번 던전을 찾을 때까지만 동행을 해야 할 것 같아."

"그럼 루벤트 제국으로 가겠다는 말이야?"

"배신자를 찾아야지. 부족을 떠나온 지도 벌써 4년이 지났어. 부족민들이 걱정이 되기도 하고."

"그렇지만 스승님의 말씀대로 은발에 잘생긴 청년이라면 너무 흔하잖아?"

"그렇지만 비앙카, 그 배신자의 머리색이 나처럼 보라색이니 숨어 지내지만 않는다면 찾는 것이 그리 어려울 것 같지는 않아. 무슨 일이 있어도 순결의 검을 찾아야 해."

"그럼 말이야, 마지막 던전이 있는 곳이 루벤트 제국의 영토가 된 토바실에 있거든? 그러니 함께 토바실로 가는 것은 어때? 사람이 여럿이면 도움이 될 수도 있잖아. 또 데보라가 우리를 도와준 것처럼 나도 데보라를 돕고 싶어."

데미안의 말에 데보라는 잠시 생각을 해보더니 곧 고개를 끄덕였다.

"그럼 그렇게 하지 뭐. 그렇지 않아도 데미안 너와 헤어지기 싫었거든."

데보라의 태연스런 고백에 데미안은 얼굴을 잠시 붉혔다가 헥터에게 자신의 생각을 말했다.

"일단 오늘은 여기서 쉬고 내일 던전을 찾아보자고. 헥터는 필요한 것을 준비하고, 난 그 숲의 지리를 잘 아는 사람을 찾아볼게. 스승님께서는 우선 쉬고 계십시오."

데미안의 말에 라일은 고개를 끄덕였다. 잠시 후 식사를 끝낸 일행은 각자 자신의 방에서 쉬었다. 데미안은 곧 방을 빠져 나와 주인에게 물었다.

"동쪽에 있는 숲에 대해 잘 알고 있는 사람이 있습니까?"

"동쪽 숲 말씀이십니까?"

"예."

데미안의 대답에 주인은 걱정스러운 표정을 지었다.

"동쪽 숲은 산적들이 많기 때문에 거의 사람들이 다니지 않는 곳입니다. 산적들이 얼마나 많은지 지금은 이름도 '산적들의 고향' 이라고 부를 정둡니다."

"이 듀레스트에는 왜 이렇게 산적들이 많은 겁니까?"

"이곳은 예로부터 땅이 척박해 아무것도 자라지 못하는 황무지였습죠. 그렇지만 철광석이나 오팔, 사파이어가 잔뜩 매장돼 있어 노천 탄광이 개발되면서부터 도시가 만들어지게 되었습니다. 이곳에서 생산된 보석들은 트레디날 제국 전역으로 팔려나갔고, 상인들이 이곳을 찾아오면서 듀레스트는 점점 규모가 커져 지금과 같은 도시가 형성되었습니다. 그런 탓에 상인들을 노리는 산적들도 자연스럽게 생겼지요. 손님께서 왜 그곳에 가려는 것인지는 모르지만 그곳은 용감한 '매의 용병단'도 건드리지 못하는 곳입니다. 그러니 그곳에 가는 것은 포기하는 것이 좋습니다."

주인의 말에 데미안은 더욱 호기심이 생겼다. 마치 듀레스트란 도시 주위를 산적들이 둘러싸고 있는 듯 산적들의 숫자가 많아도 너무 많았다. 그럼에도 불구하고 그들을 토벌하지 못하는 것은 다른 특별한 이유가 있거나, 아니면 그들의 힘이 너무 강해 토벌하지 못하는 것일 게다. 게다가 그들로 인해 듀레스트에 사는 사람들이 불편을 겪었다면 국왕에게 산적 토벌을 위해 군대를 보내달라고 했을 텐데, 그런 이야기를 듣지 못한 것을 보면 아마 특별한 이유가 있는 것 같았다.

"그래도 그곳에 가려고 하는데, 그곳을 잘 아는 사람이 어디 없을까요?"

"꼭 그렇게 가실 생각이시면 이곳에 있는 라페이시스를 모시는 신전에 가서 부탁을 해보시지요. 그곳에 계신 분들은 환자를 찾아 다른 나라까지 가시는 분들이니 그 숲에 대해 잘 알고 계시는 분들도 계실 겁니다."

데미안은 좀 전에 만났던 프레드릭의 모습을 떠올리며 못마땅한 표정을 지었지만 묻지 않을 수 없었다.

"실례지만 라페이시스를 모시는 신전은 어디에 있습니까?"

"신전은 이 길을 쭉 따라가다가 보면 광장을 만나게 되는데 그곳에서 우측에 우뚝 솟은 커다란 건물입니다. 이곳에서는 유명한 곳이니 사람들에게 물어도 쉽게 가르쳐 줄 겁니다."

주인에게 고맙다고 인사를 한 후 데미안은 가게를 빠져 나왔다. 그가 가르쳐 준 대로 가다 보니 작고 아담한 광장이 나왔고, 그곳에서 오른쪽을 바라보니 상당한 규모를 가진 신전의 모습이 보였다.

천천히 신전을 향해 걸음을 옮기던 데미안은 뭔가 특이한 점을 발견했다. 자신과 마찬가지로 신전을 찾는 사람들 중 대부분이 병색이 완연한 환자들이란 점이었다. 스스로 지팡이에 의지해 걸음을 옮기거나, 옆 사람의 부축을 받으며 걸음을 옮기는 환자들의 숫자가 하나둘이 아니었다. 그리고 멀리 보이는 신전의 정문에서는 어린 수련생 수십 명이 환자들을 맞이하며 그들의 증세에 맞게 환자들을 분류하고 있었다. 데미안이 신전에 도착을 하자 수련생 가운데 한 명이 다가오며 인사를 했다.

"좋은 날입니다. 무슨 일로 오셨는지요?"

"물어볼 말이 있어 왔습니다. 동쪽 숲으로 가려고 하는데 혹시 이 신전에 그 숲의 지리에 대해 잘 알고 계시는 분이 계십니까?"

데미안의 질문에 수련생은 뭔가를 생각하더니 곧 대답했다.

"잠시만 기다리십시오. 그 숲에 대해 알고 계신 분을 모셔오겠습니다."

수련생은 곧 사라졌고, 얼마 지나지 않아 다시 돌아왔다. 그리고 그의 곁에는 식당에서 보았던 어린 사제 로빈이 서 있었다.

"동쪽 숲에 가겠다고 한 사람이 당신인가요?"

"그래. 동쪽 숲에 가려고 하는데 그곳을 잘 아는 사람이 필요해서 왔다."

"좋아요. 스승님을 모욕한 당신 같은 사람은 도와주기 싫지만 신을 모시는 사제로서 기꺼이 당신을 돕도록 하지요. 제가 내일 아침 여관으로 가서 당신을 찾도록 하죠. 당신의 이름이 데미안이라고 했죠?"

"그래. 그럼 기다리도록 하지."

데미안의 대답을 들은 로빈은 더 이상 할 얘기가 없다는 듯 그냥 신전 안으로 사라졌다. 그 모습을 본 데미안은 그에게 뭔가 질문을 하려다가 그만두었다.

제19장
라페이시스의 신전

다음날 아침 데미안은 누군가 자신의 방문을 요란스럽게 두드리는 소리에 잠에서 깨어나야 했다. 졸린 눈을 비비며 문을 열고 보니 로빈이 별로 상쾌하지 않은 얼굴로 서 있었다.

"사람을 오라고 했으면 먼저 일어나서 기다리고 있어야 하는 것 아닌가요?"

창 밖을 힐끔 본 데미안은 하품을 하고는 조금은 짜증스럽게 대꾸를 했다.

"넌 잠도 없냐? 아함~ 빨라도 너무 빠르잖아."

"그럼 그냥 갈까요?"

그렇지 않아도 별로 내키지 않아하던 로빈은 데미안의 짜증스런 대꾸에 신경질적으로 대꾸를 했다.

"일단 내려가서 뭐라도 좀 먹고 있어."

그 말을 남기고 데미안은 세면을 시작했다. 떠날 준비를 완전히 갖춘 다음 식당으로 내려가자 이미 나머지 일행들과 로빈이 자신을 기다리고 있었다. 로빈은 라일 곁에는 가고 싶지도 않은지 데보라 곁에 앉아 있었다. 식사를 하고 있는 사람은 헥터와 데보라뿐, 라일은 그냥 앉아 있었고, 로빈은 뭔가를 중얼거리고 있었다. 간단하게 자신의 음식을 주문한 데미안은 로빈을 향해 질문을 했다.

"동쪽 숲의 지리에 대해 잘 알고 있어?"

"어느 정도는……."

"그럼 그 안에 있는 고대 유적에 대해서는?"

"역시 어느 정도는……."

"그럼 그 유적을 찾는 사람들이 많아?"

"당신은 지금 고대 유적을 찾아가는 거예요?"

로빈의 질문에 데미안은 고개를 끄덕이고는 자신이 주문한 음식을 먹기 시작했다. 그러나 로빈은 데미안의 대답에 어이없다는 표정을 지었다.

"세상에…… 당신은 고대 유적이라는 것이 뭘 말하는 건지나 알고 있어요?"

데미안이 대수롭지 않게 고개를 흔들자 로빈은 가볍게 한숨을 쉬고는 대답을 했다.

"물론 동쪽 숲에는 고대의 유적이 있기는 해요. 그러나 그 고대 유적이 바로 산적들의 본거지라는 것을 당신은 알아야 해요. 그래도 가겠단 말이에요?"

"산적들이 고대 유적을 차지하고 있어?"

"그래요. 그것도 거의 300명이 넘는 숫자예요."

로빈에 생각하기에는 당연히 놀라서 그곳을 찾아가겠다는 자신의 생각을 포기하리라고 예상을 했다. 그러나 데미안의 태도는 예상 밖이었다.

"300명이나 된다고? 그럼 좀 조심해야겠는데?"

"이봐요, 세 명이 아니라 300명이라고요. 그런데 좀 조심이라니? 혹시 당신 미친 것 아니에요?"

그러나 데미안도, 헥터도, 또 데보라도 로빈의 말에는 별로 신경을 쓰지 않았다. 상대의 태도가 너무 태연했기 때문일까? 로빈은 데미안 등이 무엇 때문에 고대의 유적을 찾는지 궁금해졌다.

"매의 용병단이나 이 도시의 경비 부대도 산적들을 만나면 피하는게, 당신들 네 명이 어쩌겠다는 거죠?"

"그것은 네가 걱정할 필요 없고, 그곳에 있는 고대 유적이 누구를 모시는 신전이지?"

"그야 두말할 것도 없이 라페이시스를 모시는 신전이죠. 그렇기 때문에 라페이시스를 믿고 따르는 사제들만 그 숲을 다닐 수 있는 거예요."

자랑스럽게 말하는 로빈의 모습에 데미안은 그가 라페이시스의 사제라는 것에 상당한 자부심을 가지고 있다는 것을 알 수 있었다. 한참 부모 곁에서 사랑을 받아야 할 나이에 신을 모시는 사제가 되었다는 사실을 너무도 당연하게, 게다가 자부심까지 가지고 있는 로빈의 모습이 데미안으로서는 쉽게 이해가 가지 않았다.

잠시 후 식사를 마친 데미안은 일행들과 함께 듀레스트의 동쪽 숲을 향해 길을 떠났다.

*　　　*　　　*

“자네가 힝기스 백작님의 편지를 가지고 온 사람인가?”

“그렇습니다.”

스타인버그는 눈만 드러난 검은 마스크를 쓴 채 자신의 면전에 서 있는 사내를 조금은 불쾌한 눈으로 바라보았다. 아무리 힝기스 백작이 자신보다 상관이라고는 하지만 이렇게 자신을 무시할 줄은 몰랐다. 무조건 협조하라니…….

“내가 뭘 협조하면 되는 거지?”

“아마 데미안 싸일렉스가 이곳에 이미 왔거나, 아니면 곧 오게 될 겁니다. 우선 그의 행방을 수소문해 주십시오.”

“데미안 싸일렉스라니? 싸일렉스 백작의 아들 말인가?”

“그렇습니다. 본인은 그의 행적을 조사하고, 포섭하는 임무를 맡았습니다.”

“하지만 싸일렉스 백작은 될 수 있으면 건드리지 않는 것이 좋을 텐데…….”

“그건 자작께서 걱정하지 않으셔도 됩니다. 부하들을 풀어 데미안의 행방부터 찾아주십시오.”

“그가 듀레스트로 온다는 정보라도 입수했단 말인가?”

“그렇습니다. 붉은 머리의 아름다운 얼굴을 한 청년 하나와 근육질의 청년, 보라색 머리를 한 여전사 한 명, 그리고 검은 가죽으로 온몸을 가린 사내 하나. 이들 네 명을 찾으시면 됩니다. 밀턴시에서 침묵의 숲으로 가던 그들이 갑자기 왜 이곳으로 향한 것인지 이유를 알 수는 없지만, 듀레스트로 향하고 있다는 정보를 입수했습니다.”

자신을 안중에도 두지 않는 듯한 사내의 태도에 스타인버그는 은근히 열이 받았지만 애써 삭히며 부하에게 그들 네 명에 대해 수소문해 보도록 지시를 내렸다. 그리고는 다시 마스크를 쓴 사내에게 질문했다.

"자네를 뭐라고 부르면 되나?"

"블랙이라고 불러주십시오."

"좋아, 블랙. 내가 알고 있는 데미안은 고집이 대단한 아인데, 만약 데미안 싸일렉스를 포섭하지 못하면 그때는 어떻게 할건가?"

"비밀은 오직 시체만이 지키는 법이라고 배웠습니다."

무감정한 블랙의 말에 스타인버그는 소름이 오싹 끼쳤다. 이건 자신단의 생각이기는 하지만 힝기스 백작의 명령만 있으면 아무런 죄책감도 느끼는 일 없이 사람의 목숨을 빼앗을 인간이란 느낌이 들었다. 그런 생각과 함께 혹시 자신의 목숨마저 노리는 것은 아닐까 하는 생각이 들자 자신도 모르게 잔뜩 긴장이 되었다. 그러는 사이 부하 중 하나가 다가오며 스타인버그에게 보고를 했다.

"경비부장의 보고에 의하면 어제 저녁 무렵 듀레스트에 도착해 오늘 아침 동쪽 숲으로 향했다고 합니다."

"동쪽 숲? 그곳에는 산적들의 본거지가 있는 곳인데 그들이 무슨 이유로 갔다고 하더냐?"

"보고에 의하면 동쪽 숲에 있는 고대 유적을 살펴보기 위해서라고 합니다."

"유적?"

"예, 그래서 숲의 지리를 잘 아는 라페이시스의 신전에 있는 사제 하나와 함께 동쪽 숲으로 향했다고 합니다."

옆에서 자작의 부하가 보고하는 것을 들은 블랙은 자리에서 일어나며 스타인버그에게 인사를 했다.

"그럼 저는 이만 출발을 하겠습니다."

"잠깐!"

블랙을 잠시 세운 스타인버그는 책상 서랍에서 푸른 보석으로 치장이 된 작은 반지 하나를 꺼내 그에게 내밀었다. 블랙이 반지를 받자 설명을 했다.

"그 반지를 산적들의 두목인 라시엘스란 자에게 보여주면 자네가 하는 일을 적극적으로 도와줄 것이네."

"그럼 산적들이……?"

"내 개인 사병인 셈이지. 물론 다른 사람들에게는 비밀이지만 말이야."

블랙은 그의 말을 듣고 눈앞에 이 피둥피둥하게 살이 찐 스타인버그가 단순히 살만 찐 인물이 아니라는 것을 깨달았다. 물론 자신들이 하려는 일에는 도움이 되겠지만 자신은 스타인버그처럼 음모나 꾸미는 일은 도무지 적성에 안 맞았다. 모든 일을 직접 움직여 자신의 손으로 처리를 해야만 믿을 수 있었다. 가볍게 스타인버그에게 인사를 하고는 그대로 서재를 나갔다. 블랙의 뒷모습을 바라보며 스타인버그는 힝기스 백작이 노리는 것이 무엇인가를 신중하게 생각했다.

*   *   *

듀레스트를 떠나 10킬로미터도 되지 않아 나무들이 온통 도로를 가리고 있는 커다란 숲에 도착하였다. 빽빽하게 자란 아름드리 나무들이 가득한 숲은 겨울임에도 불구하고 파릇파릇한 나뭇잎이 보였다. 천천히 도로를 벗어나 숲길로 향하는 데미안 일행은 아무런 말 없이 앞장서서 말을 모는 로빈의 뒤를 따라가고 있었다.

로빈은 뒤에서 따라오든지 말든지 자신이 기억하고 있는 길을 우회해 산적들의 소굴로 향하고 있었다. 평소 같으면 일부러 산적들이 사용하는 길을 택해 가다가 만난 산적들에게 양해를 구한 다음 자신이 갈 길을 가겠지만 오늘은 사정이 달랐다. 물론 자신이 조심해서 데미안 일행을 안내하겠지만 산적들이 수시로 자신들의 경계 구역을 바꾼다는 사실을 알고 있는 로빈으로서는 잠시도 안심할 수 없었다.

조심스러운 로빈과 전혀 조심스럽지 않은 데미안 일행은 점심 시간을 훌쩍 지나서야 산적들의 소굴이 내려다보이는 언덕에 도착할 수 있었다. 활엽수와 침엽수가 어우러진 숲에서 데미안 일행은 몸을 숨긴 채 산적들의 소굴을 살폈다.

비탈진 산턱에 지어진 신전은 오랜 세월의 흔적을 보여주듯 기둥조차 온전히 서 있는 것이 없었다. 그렇지만 대략적인 넓이만도 가로 5킬로미터, 세로가 3킬로미터는 될 법한 상당한 규모의 신전이었다. 나무 그늘 밑에서 산적들의 소굴을 살피던 데미안은 어떻게 라페이시스를 모시는 신전이 산적들의 소굴로 변해버렸는지 의문이 일지 않을 수 없었다.

"일단 제가 안내하기로 한 곳이 여기까지니 저는 이만 돌아가겠습니다."

로빈의 말에 고개를 끄덕이려던 데미안은 갑자기 무슨 생각이 들었는지 고개를 흔들었다.

"아직은 안 돼."

"그게 무슨 말이죠? 저는 여러분들을 고대 유적지까지 안내해드리기로 했고, 동쪽 숲에서 고대 유적이 있는 곳은 이곳밖에 없어요. 그럼 된 것이지 또 제가 무엇을 해야 된다는 거죠?"

"이왕 도와주기로 했으면 끝까지 도와줘야지 여기서 그냥 돌아
간다는 것은 말도 안 돼."

데미안은 천천히 나무에 기대며 로빈에게 대답했다. 처음 볼 때
부터 마음에 들지 않았던 데미안이 자신에게 계속 시비를 걸자 로
빈은 그 동안 참아왔던 화가 한꺼번에 터져 나오는 것을 느꼈다.

"대체 뭘 끝까지 도와주어야 한다는 거죠? 당신은 나에게 안내
만을 부탁했고, 저는 그 부탁을 들어드렸어요. 설마 제가 저 산적
들까지 물리쳐 주기를 바라는 것은 아니겠죠?"

그러나 데미안은 로빈의 말에 전혀 대꾸를 하지 않았다.

"너에게 그런 것은 바라지도 않아. 일단 밤이 될 때까지 기다려
야 하니 그 전에 너에게 한 가지를 묻겠어. 이분은 내 스승님이신
데 마법사의 저주를 받아 전혀 햇빛을 보지 못하셔. 그 동안 여러
차례 그 증상을 치료해 보려 했지만 별 효과가 없었어. 네가 라페
이시스를 모시는 사제라니까 묻겠어. 마법사의 저주가 풀리기는
바라지도 않아. 다만 낮에도 스승님께서 활동할 수 있게 하는 방
법이 있는지 생각해 주길 바래."

데미안의 진지한 말에 로빈은 고개를 돌려 라일을 바라보았지
만 여전히 그에게는 암흑의 기운밖에는 느껴지지 않았다. 그러나
낮에 데미안이 자신의 스승에게 무례했던 것이 그도 스승을 보호
하려는 마음 때문이라는 것을 알게 된 로빈은 천천히 머리 속에
서 라일과 같은 경우에 사용하던 신의 권능을 생각했다. 한참의
시간이 지난 후 로빈이 입을 열었다.

"방법이 전혀 없는 것은 아니에요. 그렇지만 별로 권하고 싶은
방법은 아니군요."

"그럼 방법이 있기는 있는 거야?"

자신의 말은 전혀 들으려 하지 않는 데미안의 모습에 그와 함께 다니는 세 사람의 고충을 이해할 수도 있을 것 같았다.

"저분이 저주에 걸린 것이 사실이라면 라페이시스의 권능으로 저주를 풀 수는 없겠지만 그 상태를 조금 완화시킬 수는 있을지 몰라요. 그렇지만 그로 인해 저분께서 겪어야 할 고통은 훨씬 심해지실 거예요."

로빈의 말에 데미안은 자신도 모르게 라일 쪽을 바라보았다. 그러나 라일은 그 말을 듣지 못했는지 여전히 나무에 기댄 채 조금도 움직이지 않고 있었다. 어떻게든 라일이 조금이라도 덜 고통받기를 원하는 자신의 마음을 스승인 라일은 어떻게 생각할지 몰라 라일에게 말하는 것이 조금은 망설여졌다. 데미안이 망설이고 있을 때 라일이 조금도 움직이지 않고 말을 했다.

"데미안, 네 뜻대로 하거라."

"감사합니다, 스승님."

그 모습을 본 로빈이 데미안에게 말을 했다.

"아직 밤이 되려면 시간이 있으니 일단 이곳에서 기다리도록 하세요. 저는 지금 신전으로 가서 스승님과 함께 다시 오도록 할게요."

"스승? 네 힘으로는 안 되는 거야?"

"이봐요, 데미안! 물론 나도 몬스터를 물리칠 수 있는 간단한 터닝Turning 정도는 할 줄 알아요. 당신은 잘 모르겠지만 저분의 경우는 그렇게 간단하지가 않아요. 어차피 당신에게 협조하기로 한 이상 나도 될 수 있으면 저분에게 고통을 덜 드리고 싶어요. 게다가 당신이 말한 권능을 사용할 줄 아시는 분은 신전에서도 스승님밖에 없단 말이에요."

"알았어. 그럼 조심해서 다녀오도록 해."

데미안의 전송을 받으며 로빈은 숲 사이로 사라졌고, 일행들은 그 자리에서 로빈을 기다렸다. 그러는 사이 시간은 지나 숲에도 어둠이 찾아들었다. 겨울 해가 짧은 탓인지는 모르지만 숲은 삽시간에 어둠에 젖어들었고, 데미안 일행은 어둠 속에서 꼼짝도 하지 않았다.

달빛이 비치는 숲속은 생각보다 그리 어둡지는 않았다. 게다가 데미안 일행 가운데 그 정도 어둠을 장애로 느끼는 사람은 없었다. 주위가 점점 어두워지자 테보라는 슬금슬금 데미안 곁으로 다가갔다. 겁을 먹은 듯 보이는 그녀의 눈이 향한 곳에는 라일이 앉아 있었다.

나무에 비스듬히 기대고 앉아 있던 라일의 몸에서 갑자기 검은색의 연기 같은 것이 흘러나오기 시작했다. 그 연기 같은 것은 공기 중에 흩어지지 않고 라일의 몸을 휘감더니 다시 몸으로 서서히 스며들었다. 뿜어져 나오고, 다시 스며들기를 몇 번인가 반복했다. 그때 갑자기 라일이 자리에서 벌떡 일어섰다.

"누군가 이곳으로 다가오고 있다."

"혹시 로빈과 그의 스승이 아닙니까?"

"로빈이라는 아이와 프레드릭이라는 사제의 존재도 느껴지지만 그들과는 전혀 다른 세 사람이 오고 있다."

설사 자신들이 그 자리를 벗어난다고 해도 자신들이 타고 온 말들이 있어 자신들의 흔적이 발견되는 것은 시간 문제였다. 데미안 일행은 만반의 준비를 한 다음 상대가 좀더 다가오기를 기다렸다. 잠시 후 데미안의 눈에 로빈과 프레드릭이 조금은 지저분한 복장을 한 세 명의 사내와 함께 다가오는 것이 보였다. 데미안 일행의 모습을 발견한 세 사내는 재빨리 자신의 검을 뽑아 들었다.

"두목님께서 말씀하시던 놈들이야. 꼼짝하지 마라!"

그들의 모습에는 아랑곳하지 않고 데미안은 로빈을 바라보았다. 로빈은 뒷머리를 긁으며 변명을 했다.

"미안해요. 숲에 들어서다 이 사람들을 만나 어쩔 수 없었어요. 게다가 어떻게 된 일인지 이 사람들은 당신들을 찾고 있었어요."

로빈의 말처럼 그들이 무슨 이유로 자신들을 찾는 것인지는 알 수는 없었지만 일단은 세 명의 산적들이 자신들 패거리에게 연락을 못 하게 막는 것이 우선이었다. 그들과의 거리를 잰 데미안은 등뒤로 헥터와 데보라에게 손짓으로 신호를 보냈다.

산적들과의 거리가 6미터쯤으로 가까워지자 데미안 등 3명은 쏜살같이 앞으로 달려가 각자 한 명씩의 산적들을 제압했다. 그러나 데보라가 맡은 산적은 재빨리 뒤로 피하며 쇠뿔로 만든 호각을 꺼내 불려고 했다. 그 모습에 데보라는 자신의 허리에 차고 있던 대거를 뽑아 던졌다. 대거는 정확히 호각을 맞췄고, 호각을 놓친 산적이 당황하는 사이 데보라의 주먹이 산적을 애정 어린 손길로 전신 안마(?)를 해주었다.

로빈과 프레드릭은 데미안 일행의 날렵함과 그들의 실력에 감탄했다. 놀란 가슴을 진정시킨 프레드릭이 일행들 앞으로 다가섰다.

"로빈에게 말을 들었습니다. 낮에는 산적들 때문에 조금 흥분해 여러분에게 실례를 했습니다. 제가 진찰을 해봐도 괜찮겠습니까?"

프레드릭의 말에 라일은 아무 말도 없이 그저 고개만 끄덕였다. 프레드릭이 다가서자 라일은 얼굴을 가리고 있던 후드를 벗었다. 그러자 달빛 아래 라일의 두개골의 모습이 훤하게 드러났다. 그 모습에 로빈은 놀란 듯 뒤로 물러섰고, 묶여 있던 산적들도 깜짝 놀랐다.

짧게 기도를 한 프레드릭의 두 손에서 밝은 빛이 은은히 뿜어져 나왔고, 그 모습을 대한 라일이 잠시 움찔했다. 프레드릭은 양손으로 라일의 몸 곳곳을 살핀 다음 다시 한걸음 뒤로 물러섰다. 묵묵히 후드를 다시 덮어쓰는 라일의 모습을 대하며 프레드릭은 무슨 말부터 해야 좋을지 몰랐다.

"일단 결론부터 말씀을 드리자면 제가 가진 믿음이나 권능으로는 완치가 불가능합니다. 또 걸리신 저주가 시전자의 생명을 담보로 펼친 것이라 설사 저보다 더 뛰어난 실력을 가진 사제나 신관이라 하더라도 저주를 풀 수는 없을 겁니다."

"저주를 풀겠다는 것이 아니라 다만 낮에 태양빛을 봐도 괜찮을 정도로 치료가 가능한지, 그것을 묻는 겁니다."

"할 수는 있지만 한 가지 문제가 있습니다. 저주는 신의 권능과 반대되는 암흑의 힘입니다. 그렇기 때문에 저분께서 저에게 치유의 힘을 받아들이게 되면 아마 엄청난 고통에 시달리게 될 겁니다. 그래도 치료를 받으시겠습니까? 게다가 낮에 행동을 할 수 있다고 하더라도 원래 가지고 있는 능력 가운데 몇 분의 일이나 사용할 수 있을지 모릅니다. 어쩌면 단순히 햇빛을 볼 수 있는 것에 불과할지도 모르겠습니다."

조금은 자신없어하는 프레드릭의 말에 데미안은 자신도 모르게 라일을 바라보았다. 자신은 그저 스승을 돕겠다는 생각에서 말을 한 것이지만 그것으로 스승이 고통을 받는다면 어떻게 상대에게 권할 수 있겠는가?

"그래도 치료를 받겠소. 고통도 살아 있는 자만이 느낄 수 있는 특권이니까."

음산하게 느껴지는 라일의 말에 프레드릭은 아무 말도 못 했다. 주위에 있던 다른 사람들도 마찬가지였다.

"내가 마지막으로 햇빛을 본 것은 지금으로부터 206년 전 가을이었소. 어떤 고통이 따른다고 하더라도 햇빛으로 빛나는 세상을 꼭 한 번 다시 보고 싶소."

"알겠습니다. 그럼 이곳에 잠시 누워주십시오."

라일이 천천히 자리에 눕자 프레드릭은 천천히 그 앞에 무릎을 꿇고 앉아 기도를 드리기 시작했다. 10분 정도가 지났을까? 라일의 몸에서 희미하게 빛이 피어올랐다. 프레드릭은 그때를 놓치지 않고 근엄한 음성으로 외쳤다.

"베네딕션 오브 솔라(Benediction Of Solar : 태양의 축복)!"

프레드릭의 외침과 동시에 라일의 몸에 생겼던 희미한 빛이 그의 몸 속으로 스며들었고, 라일은 격렬하게 온몸을 떨었다. 숨을 죽인 채 그 모습을 바라보던 데미안은 치료라는 것이 뜻밖에 간단한 것을 보고 로빈에게 물었다.

"치료라는 것이 저렇게 간단한 거야?"

"아니에요. 지금 한 것은 저분이 받아야 할 치료 가운데 10분의 1에 불과해요. 단번에 많은 신력이 저분의 몸으로 흘러 들어가게 되면 그나마 형태를 유지하고 있던 저분의 몸이 부서질지도 모르기 때문에 스승님께서 조심스럽게 신력을 나누어 저분에게 주입하시는 거예요."

"그럼 열흘이 지나야 스승님께서 햇빛을 보실 수 있단 말이야?"

"그렇진 않아요. 오늘 10분의 1을 주입하고, 내일 10분의 2, 모레

10분의 3, 그리고 마지막 날 10분의 4를 주입 받게 되면 아마 저분
이 원하시는 대로 햇빛으로 빛나는 세상을 다른 분들과 함께 보
실 수 있을 거예요."

대화를 하는 사이 프레드릭과 라일이 자리에서 일어났다. 그 모
습을 보던 데보라가 로빈에게 물었다.

"그건 그렇고, 저렇게 산적들이 많은데 스타인버그 자작은 왜
저들을 토벌하지 않은 거지? 게다가 라페이시스의 사제들은 왜
신의 권능으로 산적들을 쫓아내지 않는 거지?"

"그렇지 않아도 처음 몇 번은 군대도 동원해 산적들을 토벌하
려고 했어요. 그러나 그때마다 정보가 새어 나간 탓인지 산적은
도망을 쳐버렸고, 게다가 산적들이 노리는 것은 상인들의 물건만
노릴 뿐 사람을 다치게 하지는 않았기에 토벌하겠다는 말도 흐지
부지된 것이지요."

로빈은 나무에 묶여 있는 산적들의 모습을 힐끔 보고는 말을
이었다.

"라페이시스를 따르는 저희들의 율법에는 환자나 부상자를 치
료하는 것을 제외하고는 절대 세상일에 간섭하지 말라는 교리가
있어요. 하다못해 저희는 환자를 치료하고 받는 치료비조차도 곡
식을 제외한 다른 것은 받을 수 없게 되어 있어요. 자선 사업이나
구호 사업도 못 하게 되어 있으니 다른 것은 말할 필요도 없지요.
그런 저희가 어떻게 산적들을 토벌하는 그런 일에 개입할 수 있
겠어요?"

"그럼 오로지 환자나 부상자들만을 위해 봉사하는 것이 라페이
시스를 따르는 신관들이나 사제들의 일이란 말이야?"

어이없다는 표정을 짓는 데미안의 모습에 로빈은 은근히 화가

났지만 그 말이 사실이니 화를 낼 수도 없었다.

"그런데 당신은 무슨 일로 고대 유적을 찾는 거죠?"

로빈의 반문에 데미안은 그에게 말을 할 것인지 말 것인지를 잠시 고민했다. 그러나 만약 라페이시스의 신전에 던전이 존재하고, 그것이 자신들이 찾는 신인의 던전이라면 라페이시스의 사제인 프레드릭이나 로빈의 도움이 필요한 것은 이제까지의 경우만 봐도 알 만한 일이었다.

"로빈은 라페이시스의 사제니까 누가 왕이 되는가 하는 문제나 나라가 망하는 문제 같은 것에는 별 관심이 없겠지? 그렇지 않아?"

"아닌데요."

로빈의 뜻밖에 대답에 데미안이나 데보라는 그의 얼굴을 바라보았다. 동그란 얼굴에 여드름이 가득한 것이나 짧게 깎은 갈색 머리, 호기심 많아 보이는 눈이 그가 아직 16세의 소년이라는 것을 증명하고 있었다.

"누가 왕이 되는가 하는 문제는 개입할 여지도, 또 그럴 생각도 없지만, 이 트렌실바니아 왕국이 망하는 문제는 다르잖아요. 나라가 망하려면 전쟁이 벌어질 것이고, 그렇게 되면 수많은 부상자들이 생기는 것이 당연하잖아요. 부상자와 환자를 치료하는 것이 저희 교단에서 해야 될 가장 큰 일인데 어떻게 상관이 없어요. 할 수만 있다면 전쟁을 막고 싶지만 그 일은 교단의 교리와 어긋나니 최대한 부상자가 생기지 않았으면 하는 것이 제 생각이에요."

"만약 로빈에게 전쟁이 벌어지는 것을 막을 기회가 있다면 어떻게 하겠어?"

"그야 당연히 전쟁을 막아야지요."

로빈의 말에 고개를 끄덕인 데미안은 산적들을 마법으로 재운 다음 프레드릭과 로빈에게 자신들이 고대 유적을 찾는 이유를 설명했다. 정치적인 문제는 그들에게 이야기를 해봐야 소용이 없는 일이기에 제로미스 왕자가 왕위를 계승하게 되었을 때 발생할 루벤트 제국과의 전쟁에 대해, 또 그 피해에 대해 상세히 설명을 했다.

아름답게 생긴 청년, 데미안의 말을 프레드릭이나 로빈은 처음에는 믿기 힘들었다. 그러나 그가 트렌실바니아 왕국의 영웅이라고 칭송되는 싸일렉스 백작의 아들이란 사실을 전해 듣고는 그의 말이 모두 사실이라는 것을 깨닫고 심각하게 고민을 했다.

교단의 교리와는 어긋나지만 만약 자신들이 그 문제를 모른 척했을 때 다른 사람은 고사하고 한평생 양심의 가책에서 자신이 벗어날 수 있을까 하는 생각이 들었다. 몇 번을 다시 생각해 봐도 자신이 없었다. 설사 자신이 이 일로 라페이시스 교단에서 쫓겨나는 한이 있더라도 그 일만은 막아야 한다. 결심을 한 프레드릭이 데미안에게 말을 했다.

"데미안님, 그럼 로빈을 데리고 가십시오. 저는 여기 라일님과 함께 조용한 곳을 찾아 조금이라도 치료를 빨리 끝내도록 하겠습니다."

"그렇지만 그렇게 하면 교단에서 프레드릭, 당신을 그냥 두지 않을 텐데……."

"설사 제가 교단에서 쫓겨나더라도 라페이시스를 믿고 따르는 한 라페이시스께서는 저를 사랑하실 겁니다. 그리고 그로 인해 생기는 모든 문제는 제가 책임을 질 테니 로빈을 잘 부탁드리겠습니다."

"로빈의 안전은 걱정하지 마시오."

"그럼 4일 후 이곳에서 뵙도록 하겠습니다. 라페이시스의 가호가 함께하시길……."

프레드릭과 라일이 산적들과 함께 사라지자 로빈이 조금은 걱정이 되는 얼굴로 사라져 버린 프레드릭의 뒷모습을 쫓고 있었다. 그의 어깨에 팔을 두른 데미안이 가볍게 어깨를 두드려주며 로빈을 위로했다.

"너무 걱정할 필요 없어. 프레드릭이 결코 교단에서 쫓겨나는 일은 없을 거야. 만약 그런 일이 발생한다면 내가 어떻게든 해볼 테니까. 그보다 저 신전에 대해 설명을 해주겠어?"

데미안의 말에 데보라와 헥터는 로빈의 설명을 기다렸다.

"제가 가본 것에 의하면 신전은 크게 다섯 부분으로 나뉘어져 있어요. 정문에 해당되는 남쪽은 과거 환자들을 받아들였던 곳이고, 서쪽은 신관들과 사제들이 거처로 사용했던 곳이에요. 그리고 동쪽은 식당과 환자의 치료에 필요한 약들을 보관하던 곳이고, 북쪽은 대신관이 거처하던 곳과 치료에 필요한 기구와 책자들을 보관했던 곳, 그리고 사제들의 수련장과 교육장이 있어요. 제가 기억하기에 데미안님이 말씀하신 던전 같은 것은 그 네 곳에선 본 적이 없어요. 결국 중앙밖에 없다는 말인데 문제는 서쪽의 건물을 산적들이 사용하고 있다는 거예요."

"그럼 중앙의 구조는 어떻게 되어 있지?"

"저도 직접 가본 적은 없지만 수십 개의 통로가 미로처럼 얽혀 있어 처음 가는 사람은 평생이 걸려도 빠져 나오기 힘들다는 말을 들은 적이 있어요."

"혹시 산적들 가운데 마법사가 있어?"

"제가 알기로 서너 명이 있어요. 특히 부두목인 여자가 5싸이클의 마법사란 말을 들은 적이 있어요."

"5싸이클의 마법사?"

반문을 하는 데미안은 5싸이클의 마법사가 부두목이면 대체 두목은 어떤 능력을 가진 사람인지 상상도 할 수 없었다. 트렌실바니아 왕국 전체에서도 5싸이클의 마법사는 그야말로 손으로 꼽을 정도에 불과했다. 그런데 한낱 산적의 부두목이 5싸이클의 마법사라니……. 그러나 걱정만 한다고 일이 해결되는 것은 아니기에 빨리 결정을 내려야 했다.

"로빈의 말대로라면 중앙 부분에 던전이 있는 것 같은데 일단 그곳까지 가보는 것이 어때?"

"그래, 데보라의 말대로 하자."

데미안의 말에 데보라와 헥터는 자신의 무기를 점검했다. 잠시 후 그들은 나무 그늘을 이용해 신전의 동쪽으로 접근을 했다. 헥터는 로빈을 업고도 민첩하게 행동했다. 나무 그늘에 숨은 네 사람의 눈에 경계를 서고 있는 세 명의 산적들의 모습이 보였다. 멀리서 보았을 때와는 달리 신전의 1층 부분은 그래도 대부분 온전히 남아 있었다.

데미안은 조용히 스펠을 캐스팅하고는 헥터에게 눈짓을 했다. 헥터는 바닥에서 작은 돌을 하나 주워 산적들의 오른쪽을 향해 던졌고, 돌이 떨어지며 나는 소리에 산적들의 시선이 일제히 오른쪽으로 향하는 순간, 데미안이 소리도 없이 그들의 왼쪽으로 접근을 했다. 그리고는 마법을 시전했다.

"슬립!"

붉은색 마나가 산적들의 머리 위로 쏟아지고 불과 5초도 지나지 않아 산적들은 기절하듯 잠에 빠져들었다. 데미안의 손짓에 일행들이 다가왔고, 산적들을 묶은 다음 신전 안으로 들어갔다.

너무나 오래 전의 건물인지라 곳곳에 무너진 곳도 보였지만, 남아 있는 모습은 상당히 화려했다. 일행들은 갑자기 튀어나올 산적들을 대비해 조심스럽게 앞으로 나갔다. 그러나 로빈의 말처럼 산적들의 숙소가 서쪽에 있는 탓인지 산적들의 모습은 보이지 않았다. 긴장을 한 탓인지 복도가 끝없이 이어진 것처럼 느껴졌다.

로빈은 자신의 기억을 더듬어 일행들을 안내했고, 마침내 일행들은 천장이 뻥 뚫린 홀에 도착을 했다. 바닥에는 환자들을 치료하는 사제들의 모습을 모자이크한 타일이 깔려 있었고, 그곳에 네 명의 산적들이 모여 주위를 경계하고 있는 것을 발견했다.

자세히 보니 홀을 중심으로 사방으로 통로가 뚫려 있었다. 통로를 발견한 데미안은 로빈에게 눈짓으로 물었고, 로빈은 고개를 저었다. 문제는 중앙에 있는 산적들이 아니라 통로에 숨어 있을 산적들이었다. 또 어느쪽 통로를 택해야 신전의 중앙으로 갈 수 있는지도 알 수 없었다. 데미안이 잠시 고심을 하고 있는 사이, 커다란 음성이 들려왔다.

"모두들 정신차려! 침입자가 있다."

음성과 함께 지저분한 머리와 수염을 가진 건장한 체격의 사내가 십여 명의 산적들과 뛰어들어오며 외쳤다. 그 모습에 데미안은 로빈에게 어느 통로인가 다시 한 번 물었지만 로빈은 고개를 저었다. 그러나 더 이상 망설일 시간이 없었다. 재빨리 두 사람에게 신호를 하고는 맞은편에 있는 통로를 향해 뛰어갔다.

빠른 속도로 뛰기는 했지만 홀의 넓이가 30미터나 되니 산적들의 눈에 띄지 않고 간다는 것은 애초에 불가능했다. 털북숭이 사내는 자신의 말이 끝나자마자 정체를 알 수 없는 네 명이 자신들 곁을 스쳐 통로로 뛰어가는 모습에 황당한 기분을 감출 수 없었다. 너무나 갑작스러운 일인 탓인지 부하들도 멍하니 그 모습만 쳐다보고 있었다.

"뭣들 하는 거냐! 어서 저놈들을 잡아라!"

털북숭이 사내의 말에 산적들은 일제히 데미안 일행의 뒤를 쫓아갔다. 데미안 일행은 통로를 따라 전진하다 두 갈래 길에서 왼쪽으로 향했다. 조용하던 통로가 발자국 소리로 소란스러워졌다.

데미안은 어두운 통로 안을 빠른 속도로 뛰어가며 두 갈래 길이 나올 때마다 왼쪽을 택했다. 그것이 벌써 세 번째이니 계산대로 하자면 원래의 길로 돌아와야 하지만 여전히 어두운 복도가 기다리고 있었다. 앞장서서 달려가는 데미안을 갑자기 헥터가 잡아당겼다.

"위험합니다!"

헥터의 말과 동시에 데미안은 자신의 눈앞으로 뭔가가 날아가는 것을 발견했다. 확인을 해보니 선더버드의 던전에서도 본 적이 있는 석궁용 화살인 쿼럴이었다. 데미안은 자신의 부주의를 탓하고는 헥터에게 말했다.

"고마워, 헥터. 아마도 여기에 침입자를 막기 위해 함정이 설치돼 있는 것 같아. 일단 이곳을 벗어나고 보자고. 피지컬 실드!"

데미안의 시동어와 함께 데미안과 나머지 세 사람을 감싸는 불그스름한 방어막이 생겨났다. 눈짓을 교환한 그들은 빠른 속도로 통로를 통과했고, 벽과 바닥, 그리고 천장에서 쏟아지는 화살은 붉은 막으로 쏟아졌지만 일행들에겐 아무런 피해도 주지 못했다. 데미안 일행이 사라지고 얼마 후, 그들의 뒤를 쫓아왔던 산적들은 미처 함정을 발견하지 못했는지 비참한 최후를 맞이하는 비명 소리가 들렸다. 앞서 달려가던 데미안 일행은 뒤로부터 들리는 비명 소리가 산적들의 것임을 깨닫고 발걸음을 더욱 빨리 했다.

전진하면 할수록 통로의 어둠은 더욱 짙어져 이제는 한 발자국도 내딛기 힘들었다. 재빨리 캐스팅을 한 데미안이 시동어를 외쳤다.

"퍼머넌트 러스터(Permanent Luster : 영구적인 빛)!"

그러자 일행들의 머리 위로 밝게 빛나는 둥근 물체가 생겨나 일행들의 앞길을 비추었다. 비록 데미안이 마나를 움직이는 실력이 떨어져 10미터 내외밖에 밝히진 못했지만 그것만으로도 일행들에게는 충분했다. 데보라와 로빈은 밝은 빛을 뿌리는 발광체를 신기한 듯 바라보고 있었다. 데미안은 뒤에서 더 이상 사람들의 발자국 소리가 들리지 않자 일행들에게 자신의 생각을 말했다.

"내 생각엔 여기 미로에 꽤나 많은 함정이 설치돼 있는 것 같아. 그렇지만 돌아갈 수는 없으니 전진을 해야 하는데 헥터가 앞장을 서고 로빈과 데보라가 가운데, 내가 뒤를 맡는 것이 좋겠어. 헥터 생각은 어때?"

"제 생각에도 그러는 것이 좋겠습니다."

데보라가 불만스런 표정을 지었지만 데미안은 모른 척했다. 헥터는 신중하게 앞을 살피며 나갔고, 그 뒤를 데보라와 로빈이 따라갔다. 데미안은 뒤에서 산적들이 쫓아오는가를 확인하며 일행들을 뒤따랐다. 함정이 발견될 때마다 헥터는 어김없이 일행들에게 주의를 주었고, 일행들은 별 어려움 없이 함정에서 벗어날 수 있었다.

일행들은 잔뜩 긴장한 채 전진했지만 특별히 걱정할 만한 일은 생기지 않았다. 다만 이 신전이 만들어진 연대가 그리 오래되지 않은 것 같아 그것이 마음에 걸렸다. 그리고 데미안의 예상과는 달리 함정의 숫자는 그리 많지 않았고, 또 위험하지도 않았지만 미로는 더욱 복잡해졌다.

처음 두 갈래 길로 나누어지던 통로가 이제는 방으로 연결이 되어 열 개가 넘는 문에서 하나를 선택해야 될 정도였다. 그런 방을 만날 때마다 벽면에 표시를 했지만 단 한 번도 자신이 표시를 해놓은 방을 만날 수 없었다. 거의 두 시간 동안 방에서 방으로 이동을 한 것이다. 똑같은 모양의 방과 똑같은 모양의 복도를 계속 보고 있으려니 머리까지 이상해지는 것이 정말 미칠 것 같았다. 무던한 성격의 소유자인 헥터도 조금씩 얼굴이 일그러지는 것이 그 역시 같은 생각을 하고 있는 듯 보였다.

"빌어먹을, 언제까지 이렇게 헤매야 하는 거지? 데미안, 이 미로에서 빠져 나갈 방법은 있는 거야?"

"몰라. 빌어먹을…… 대체 누가 만든 것이기에 이렇게 지저분하게 건물을 만든 거지?"

데미안의 말에 로빈이 발끈했다.

"그런 소리하지 말아요. 신전의 귀중한 물건을 지키기 위해서는 어쩔 수 없는 일이잖아요."

로빈의 말에 뭐라고 대꾸를 하려던 데미안은 그것도 귀찮단 생각이 들어 말하는 것을 포기했다. 20미터쯤 꼬불꼬불한 복도를 지나자 어김없이 문이 하나 나타났다. 그것을 본 데보라가 신경질을 냈다.

"젠장 또 문이군. 이걸 열면 또 문이 나오겠지?"

말과 함께 문을 여는 데보라를 헥터가 뒤에서 덮쳤다.

"엎드려!"

헥터의 외침에 데미안이 로빈을 뒤에서 덮치고는 그를 감싸고는 옆으로 굴렀다. 그와 동시에 그들의 머리 위로 수십 발의 화살이 아슬아슬하게 스치고 지나갔다. 재빨리 벽 뒤로 숨은 일행은 놀란 가슴을 진정시키기에 여념이 없었다. 힐끔 열린 방안을 보니 이십여 명의 산적들이 팽팽하게 활시위를 당긴 채 방문 쪽을 노려보고 있었다.

"빌어먹을, 어떻게 우리보다 빨리 왔지?"

"이 미로에 비밀 통로가 있는 것 같습니다."

"헥터, 어떻게 하지?"

"일단 되돌아가는 것이 좋겠습니다."

데미안도 곰곰이 생각을 해보았지만 별다른 방법이 없었다. 그러나 지금 데미안 일행은 산적들이 있는 방문을 경계로 양쪽으로 나뉘어져 있어 되돌아가려면 산적들이 있는 방문 앞을 통과해야만 했다.

"로빈, 내 뒤에 바짝 붙어. 피지컬 실드!"

데미안의 외침과 함께 로빈과 데미안은 붉은 방어막에 싸였고, 두 사람은 재빨리 방문 앞을 지나갔다.

"파이어 볼!"

굵은 남자의 음성과 함께 두 개의 불덩이가 데미안에게 날아왔다. 데미안은 몸을 비틀면서 로빈을 헥터에게 던졌고, 자신도 몸을 날리려고 했다. 그러나 상대의 마법 실력이 보통이 아닌지 상대방이 던진 파이어 볼은 빠른 속도로 날아와 데미안이 펼친 방어막에 부딪혔다. 펑! 하는 소리와 함께 데미안은 충격을 받고 쓰러졌고, 그 순간 산적들의 화살이 빗발처럼 쏟아졌다. 뒤로 밀리던 데미안은 재빨리 몸을 돌려 벽을 걷어차 그 반동으로 헥터 쪽을 향해 몸을 날렸다.

"매직 미사일!"

쾅쾅쾅!

요란한 소리와 함께 상대 마법사의 공격은 벽에 부딪히며 돌조각이 사방으로 튀었다. 재빨리 데미안을 끌어당긴 헥터는 데미안의 안전부터 물었다.

"몸은 괜찮으십니까?"

"응, 다행히 다치지는 않은 것 같아."

그르르릉!

데미안이 대답할 때 무거운 돌이 움직이는 소리가 들렸다. 뒤를 돌아보던 로빈이 한곳을 가리키며 외쳤다.

"데미안님, 저기 벽이……"

로빈이 가리킨 곳을 보니 통로의 천장에서 돌로 만든 벽이 빠른 속도로 내려오고 있었다. 일행들이 발견했을 땐 이미 벽이 완전히 내려와 통로를 막은 후였다. 일행들이 그 모습을 멍하니 바라보고 있을 때 산적들이 있던 방에서 굵은 남자의 음성이 들렸다.

"데미안 싸일렉스, 이미 너희들이 빠져 나갈 곳은 없다. 순순히 투항하면 고통을 주지는 않겠다."

남자의 말에 데미안 일행은 깜짝 놀랐다. 한낱 무식한 산적에 불과하다고 생각했었는데 그런 상대의 입에서 자신의 이름이 나오다니, 믿을 수 없는 일이었다. 그러고 보니 아까 로빈이 데미안 일행을 산적들이 찾고 있었다는 말을 한 것이 생각이 났다. 대체 그들은 자신의 정체를 어떻게 알게 된 것인지 의문이 일었다.

"이미 이 미로는 우리 동료들에게 완전히 포위된 상태다. 더 이상의 반항은 무의미하니 순순히 투항하라."

"데미안님, 혹시 데미안님께서 말씀하시던 스파이가……."

"나도 방금 그 생각을 했어. 일단은 여기서 벗어나는 것이 먼저야. 상대 중에는 4싸이클의 마법사가 있어."

"제가 앞장을 서겠습니다."

"안 돼, 너무 위험해. 잠깐만 기다려봐. 무슨 방법이 있을 것 같기도 하니까."

잠시 뭔가를 생각하던 데미안은 일행들에게 자신의 생각을 말했다.

"마법사는 헥터가 맡아주었으면 해. 그리고 로빈은 잠시 여기에 있도록 하고, 데보라는 나와 함께 공격하도록 하자고."

크게 심호흡을 한번 한 데미안은 신중하게 룬어를 캐스팅했다. 지금 펼치려는 마법은 원래 4싸이클의 마법으로 3싸이클의 마법을 배우고 있는 데미안의 실력으로는 불가능한 일이지만, 데미안이 이스턴의 검술을 배우며 마음을 다스리는 법으로 그 동안 몸 안에 쌓아두었던 마나를 이용한다면 전혀 불가능하지는 않았다. 다만 처음 펼쳐 보는 것이기에 성공할 것인지에 대해서는 장담할 수 없었다. 조용히 눈을 감고 캐스팅을 한 데미안이 짧게 시동어를 외쳤다.

"미러 이미지Mirror Image!"

그러자 산적들이 활을 겨눈 채 노려보고 있는 방문 앞에 갑자기 데미안의 모습이 나타났다. 깜짝 놀란 산적들은 일제히 화살을 쏘았지만, 화살은 그대로 데미안의 몸을 통과해 날카로운 소리를 내며 벽에 부딪혔다. 그 모습을 본 데미안이 일행들에게 외쳤다.

“지금이야!”

헥터가 가장 먼저 뛰어들었고, 그 뒤를 데보라와 데미안이 뒤따랐다. 산적들은 다시 활시위에 화살을 먹이려 하던 중이었기에 세 사람이 방으로 들어오는 것을 막을 수 없었다.

“매직 미사일!”

고함 소리와 함께 환하게 빛나는 빛의 막대가 헥터를 향해 날아갔고, 헥터는 재빨리 몸을 숙이며 상대를 확인했다. 상대는 과연 인간이라고 부르는 것이 맞는지 의심이 갈 정도로 뚱뚱한 인물이었다. 헥터가 자신의 공격을 쉽게 피하자 재빨리 다른 손에 준비하고 있던 파이어 볼을 던졌다. 그 모습에 헥터는 바스타드 소드를 뽑아 들고는 자신의 마나를 검에 불어넣었다. 파랗게 빛나는 헥터의 검에 부딪힌 불덩이는 옆으로 튕겨 나갔고, 애꿎은 산적 하나를 통구이로 만들어 버렸다.

뚱보 마법사는 애절한 비명을 지르며 죽어가는 부하의 모습에는 아랑곳하지 않고 재차 파이어 볼을 던질 준비를 마쳤다. 헥터는 자신의 마나를 검에 잔뜩 집어넣고는 그대로 검을 휘둘렀다. 그러자 주위의 공기가 무섭게 흔들리며 눈에 보이지 않는 무엇인가가 뚱보 마법사에게 날아갔다. 그 모습을 발견한 뚱보 마법사는 재빨리 캐스팅을 마쳤다.

“스톤 베리어Stone Barrier!”

외침과 동시에 바닥의 돌들이 일제히 치솟으며 뚱보 마법사를 보호하는 방벽을 만들었다.

데미안은 헥터가 뚱보 마법사에게 달려드는 것을 보고는 활을 집어 던지며 검을 뽑아 드는 산적들에게 달려들었다. 오른손으로는 바스타드 소드를, 왼손으로는 검집을 들고 미처 검을 뽑지 못한 산적을 공격했다. 날아오는 브로드 소드를 바스타드 소드로 막아내고는 그대로 왼손을 뻗어 상대의 목덜미를 내리쳤다. 검집에 맞은 산적은 맥없이 바닥에 쓰러졌고, 데미안은 다른 산적을 향해 신속하게 몸을 움직였다.

데미안의 조용한 움직임과는 상반되게 데보라는 무식하게 커다란 브로드 소드를 꺼내 맘껏 휘둘렀다. 그녀의 검에 부딪힌 창이나 검은 브로드 소드와 합쳐진 데보라의 힘을 이기지 못하고 모조리 퉁겨나갔다. 그녀도 브로드 소드를 오른손에, 왼손에는 대거를 들고 브로드 소드로 상대의 공격을 막고 대거로 산적들의 어깨와 다리에 깊은 상처를 냈다. 그녀와 부딪힌 산적들은 모조리 무기들을 떨어뜨리며 전투 불능 상태에 빠졌다. 26대 2의 대결이었지만 두 사람과 산적들의 수준 차이가 워낙 커 상대가 되지 않았다. 그리 크지 않은 방은 산적들이 흘린 피 때문에 비릿한 냄새로 가득 찼다.

산적들은 반수 이상이 오른쪽 어깨와 두 다리에 입은 상처를 감싸고 주저앉아 있었고, 헥터와 뚱보 마법사의 대결로 마지막을 향하고 있었다.

헥터의 공격에 뚱보 마법사가 벽을 만드는 모습을 발견했지만 데미안과 데보라도 막 산적들을 물리친 후라 헥터를 도와줄 수 없었다. 바닥에 깔려 있던 돌들이 일제히 날아들며 뚱보 마법사의 앞을 가로막았고, 헥터의 공격은 여지없이 돌과 부딪혔다. 당연히 요란한 소리가 들릴 것이라고 생각을 했었는데 헥터의 바스타드 소드는 뚱보 마법사의 앞을 가로막은 돌을 뚫고 뚱보 마법사의 배에 틀어박혔다.

"어, 어떻게……?"

"검사에게 이기는 마법사란 없다는 사실을 잊었군."

뚱보 마법사의 앞을 가로막고 있던 돌들은 그가 검에 찔림과 동시에 바닥으로 우수수 떨어졌다. 헥터는 여전히 뚱보 마법사의 몸에 자신의 바스타드 소드를 꽂은 채로 질문을 했다.

"우리의 정체를 어떻게 알았지?"

"그, 그보다 어, 어서 검, 검을 빼줘."

"먼저 질문에 대답을 하면 빼주지. 어떻게 알았지?"

질문을 하는 헥터의 얼굴이 어찌나 무표정한지 도무지 살아 있는 사람같이 느껴지지 않았다. 뚱보 마법사는 어떻게든 빠져 나가려 했지만 마치 거대한 청동 조각상이 버티고 있는 듯 헥터는 꼼짝도 하지 않았다. 짙은 회색의 옷에는 이미 상당한 양의 피가 번지고 있어 꽤나 중상을 입었다는 것을 쉽게 짐작할 수 있었다. 뚱보 마법사는 헥터가 절대 물러설 사람이 아니라고 판단하고는 순순히 입을 열었다.

"오늘 저녁에 손님이 찾아오기 전까지는 나도 몰랐다."

"손님?"

"그렇다. 페인야드에서 찾아온 손님이 너희를 사로잡아 달라는 부탁을 했다."

"그가 누구인가?"

"몰라, 나도 오늘 처음 봤으니까. 얼굴을 검은 마스크로 가린 사내였는데 나도 처음 보는 자였어. 그자가 우리에게 부탁을 했어. 생포가 불가능하다면 죽여서라도……."

뚱보 마법사는 제대로 말을 잇지 못하고 데미안과 헥터의 얼굴을 힐끔거렸다. 그사이 데미안과 데보라는 쓰러진 산적들을 차례로 끈으로 묶고 있었다. 평소와는 다른 헥터의 모습에 데보라도,

또 데미안도 아무런 말도 못 했다. 산적들을 모두 묶자 데미안은 마법의 힘을 이용해 산적들을 치료해 주었다.

상황이 모두 끝나자 그때까지 복도에 숨어 있던 로빈이 힐끔 방안을 엿보고는 들어와 데미안이 산적들을 치료하는 것을 도왔다. 산적들의 치료가 끝나자 데미안은 헥터와 뚱보 마법사가 있는 곳으로 다가갔다. 이미 마법사의 얼굴은 사색이었지만 헥터는 꼼짝도 하지 않았다.

"헥터, 잠깐만, 내가 물어볼 말이 있거든."

헥터에게는 말을 하고는 고개를 돌려 뚱보 마법사를 보았다.

"지금 검을 빼도록 할 테니 스스로 치료를 하도록 해. 할 수 있겠지? 딴 짓을 한다면 생명을 보장할 수 없어."

데미안의 말에 뚱보 마법사는 재빨리 고개가 부러질 정도로 끄덕거렸다. 그 모습을 본 데미안이 헥터에게 눈짓을 했다. 헥터가 검을 뽑자 마법사는 재빨리 지혈을 하고는 마법으로 치료를 했다. 그렇지 않아도 창백하던 뚱보 마법사의 얼굴이 더욱 창백해졌다. 가벼운 현기증을 이기지 못하고 뚱보 마법사는 그 자리에 털썩 주저앉았다.

"이 신전에 대해 묻고 싶은 것이 있는데, 신전의 지하로 가려면 어떻게 해야 되지?"

힘겹게 데미안을 바라본 뚱보 마법사는 오히려 데미안에게 자신이 궁금하게 생각한 것을 물었다.

"너가 듣기로 작년 11월에 마법 학교를 졸업했다고 들었는데 어떻게 미러 이미지 같은 4싸이클의 마법을 능숙하게 쓸 수 있는 거지? 적어도 4싸이클의 마법을 사용하려면 상당한 양의 마나를 움직일 수 있지 않으면 안 되는데 말이야?"

"그건 당신이 알 필요 없고, 어서 신전으로 가는 길이나 가르쳐 줘."

"만약 내가 거짓말을 한다면 어떻게 할 생각인가?"

"싸일렉스 가문은 남에게 모욕을 당하고 그냥 웃어 넘기는 가문이 아니야. 만약 나에게 거짓말을 한다면 당연히 당신과 당신 부하들은 살아남지 못한다는 것을 잊지 마."

데미안은 일부러 위협적인 표정을 지으려고 했지만 뚱보 마법사의 눈에는 전혀 공포스럽지 않았다. 잠시 고심하더니 곧 데미안에게 지하로 내려가는 곳을 가르쳐 주었다.

"지하로 내려가는 길은 아직 우리도 파악하지 못한 곳이야. 만약 내려간다면 절대 살아남지 못할 거야."

제20장
살인

어두운 복도를 횃불도 들지 않은 채 빠른 속도로 이동하는 열 명의 사내들이 있었다. 앞에서 일행들을 안내하는 듯 보이는 사내는 허름한 옷을 입은 반면 뒤에서 그 사내를 쫓아가는 사내들은 하나같이 가슴 부분에 철판을 댄 하프 플레이트 메일을 걸치고 있었고, 허리에는 한결같이 롱 소드를 차고 있었다. 앞서 일행들을 안내하던 사내의 이동하는 속도가 너무 처지자 뒤에서 따라오던 사내 중 하나가 투덜거렸다.

"이 신전이 자신들의 본거지면서 우리만큼이나 헤매는군."

"너구 몰아세우지 마. 그래도 나름대로는 열심히 하고 있잖아. 흐흐흐!"

"저런 걸 열심히 한다고 하는 거야? 차라리 박쥐를 데리고 다니는 것이 더 편하겠군."

사내들의 말에 앞서 일행들을 안내하던 사내는 수치심과 분노로 주먹을 불끈 쥐었지만 아무런 대꾸도 하지 못했다. 사내가 참을 수밖에 없는 이유는 자신과 함께 이들을 안내하던 동료가 이들과의 사소한 말다툼 후에 잔인하게 살해당하는 것을 바로 옆에서 목격했기 때문이었다.

"얼마나 더 가야 하나?"

갑자기 들린 음성에 일행을 안내하던 산적은 소름이 오싹 끼쳤다. 이 인간 같지도 않은 사내는 바로 자신의 곁에서 움직이고 있으면서도 아무런 기척을 느낄 수 없었다. 마치 유령 하나가 따라오는 것 같은 칙칙함을 전해주는 사내였다.

"이제 조금만 더 가면 됩니다."

그 말이 끝남과 동시에 일행들은 산적들이 화살에 벌집이 되어 쓰러져 있는 통로에 도착했다. 사내 중 둘이 그들의 시신을 살피고는 다가와 검은 마스크를 쓰고 있는 사내에게 보고를 했다.

"저들이 죽음을 당한 자세로 보아 이곳에 함정이 설치되어 있다는 것을 미처 알지 못한 것 같습니다. 쓰러진 자세로 보면 양쪽 벽면과 천장에서 화살이 발사되도록 만들어진 것 같고, 데미안 일행이 지나간 것은 30분 전쯤으로 예상됩니다. 바닥의 돌만 조심해서 밟는다면 통과하는 것은 문제가 아닙니다."

"이대로 통과한다. 데미안을 잡는 것은 우리의 일이다. 비록 이들에게 도움을 청하기는 했지만 이들이 데미안 일행을 막지는 못할 것이다."

블랙의 말에 사내들은 고개를 끄덕이고는 그대로 통로를 통과했다. 안내를 담당하던 산적은 블랙의 손에 의해 뒷덜미가 잡힌 채 통로를 지났다.

"조금만 더 가시면 미로의 방이 나옵니다. 사백여 개의 방에서 이십 개의 방을 정확히 찾아야만 그곳을 빠져 나올 수 있습니다.
아마도 그들은 그곳에서 헤매고 있을 겁니다."

　사내의 말에 일행들은 더욱 발걸음을 빨리 했다.

＊　　　＊　　　＊

　뚱브 마법사가 가르쳐 준 길은 의외로 간단했다. 어떤 방을 만
나든 들어갔던 문의 정면으로 보이는 문을 택해 계속 전진하다가
벽을 만나면 오른쪽으로 꺾어지라는 것이었다. 데미안 일행은 거
의 열다섯 개 정도의 방을 지나서야 벽을 만날 수 있었고, 그 벽
을 따라 오른쪽으로 전진했다. 한참을 전진하니 환하게 밝혀진 통
로를 발견할 수 있었다. 조심스럽게 다가가 살펴본 결과 두 명의
산적이 하품을 하며 어떤 커다란 문 앞에서 보초를 서고 있는 모
습이 보였다. 데미안은 재빨리 발광(發光) 마법을 해제하고는 주위
에 귀를 기울여 보았다. 조심해서 주위를 살폈지만 농담을 주고받
는 두 산적의 목소리를 제외하고는 아무런 소리도 들리지 않았다.
　고개를 돌려 헥터와 데보라에게 손짓으로 물어보니 그들 역시
손가락 두 개를 펴 보였다. 고개를 끄덕인 데미안은 신속하게 수
면(睡眠) 마법을 캐스팅했다.
　"슬립!"
　데미안의 낮은 외침이 끝나자 불과 몇 초가 지난 후 산적들은
계속 하품을 해댔다.
　"으하함…… 젠장할, 왜 이렇게 졸리는 거지?"
　"제길, 우리가 교대를 너무 일찍 해준 것 아니야? 아함～"
　그 말을 마지막으로 두 산적은 선 채 잠이 들었다. 작은 돌을

하나 던져 보았지만 두 사람은 이미 꿈나라를 여행 중이었다. 그 모습에 안심한 일행들은 산적들을 벽면에 기대어 놓고 천천히, 그리고 조심스럽게 문을 열었다. 높이가 5미터에 달하는 강철로 만든 문이 소리도 없이 열렸다.

손에 만져지는 차가운 느낌으로 보아 강철이 분명했는데 가볍게 움직이는 것으로 보아 강철 문에 마법이 걸려 있는 것 같았다. 일행은 재빨리 문 안으로 들어갔고, 그와 동시에 데미안은 그들의 잠을 깨웠다.

"라이즈!"

두 산적은 자신들이 벽에 기대어 잠시 잠이 들었다는 사실에 소스라치게 놀랐다. 만약 자신들의 이런 모습을 누군가에게 들킨다면 비 오는 날 먼지 나도록 얻어터질 중죄에 해당되는 일이었다. 졸리는 눈을 억지로 비비며 보초를 서던 두 산적 앞에 갑자기 열 명 가량의 사내들이 모습을 보였다.

"별 이상 없나?"

가장 앞쪽에 서 있던 허름한 복장을 한 사내의 말에 두 산적은 들고 있던 창을 바로 세우며 대답했다.

"아무 일도 없었습니다."

부하의 보고에 블랙 일행을 안내해 왔던 산적이 고개를 끄덕이며 입을 열었다.

"아직 여기까지는 오지 못한 모양입니다."

상대의 말에는 아랑곳하지 않고 블랙은 천천히 주위를 살폈다. 그리고는 부하들에게 말했다.

"이 주위를 샅샅이 수색해라. 느낌이 좋지 않다."

블랙의 말에 그의 부하들은 신속하게 주위로 흩어져 바닥과 벽을 살폈다. 자신의 말에는 아랑곳하지 않는 블랙의 태도에 안내를 맡았던 산적은 기분이 나빴지만 애써 무시했다. 바닥을 살피던 블랙의 부하 가운데 하나가 입을 열었다.

"여기 그들이 지나간 흔적이 남아 있습니다. 사람은 모두 네 명. 검술을 익힌 사람은 셋이고, 나머지 하나는 소년인 것 같습니다. 그들의 발자국이 문까지 연결이 된 것으로 보아 이미 이곳을 지나간 것 같습니다. 게다가 마나의 미미한 진동이 느껴지는 것이 이 두 사람에게 마법을 사용한 것 같습니다."

무뚝뚝한 음성으로 말하는 부하의 보고에 블랙은 강철 문 앞에 섰다.

"비키시오."

"이곳은 너무 위험합니다. 이 건물을 지은 지 너무 오래되어 작은 충격에도 금방이라도 허물어질 겁니다."

"상관없소. 만약 데미안을 잡지 못한다면 우리가 하는 일에 막대한 지장을 초래할 거요. 그것보다는 내가 조금 위험한 것이 낫지. 들어가자."

블랙의 말에 뒤쪽에 서 있던 블랙의 부하들이 그를 따라 철문 안으로 사라졌다. 그 모습을 지켜보던 산적은 무모한 블랙의 행동에 코웃음을 쳤다.

"흥! 분명히 경고를 했음에도 불구하고 들어간 사람은 당신이니 어디 혼자 지옥 끝까지 가보시오."

강철 문 안으로 들어선 블랙은 자신의 예상보다 훨씬 어두운 안의 모습에 부하들에게 명령을 내렸다.

"마법등을 꺼내라."

블랙의 명령에 부하들은 신속하게 세 개의 마법등을 꺼내 덮개
를 벗겼다. 그러자 그들 주위로 약 20미터 정도가 환해졌다. 블랙
은 먼저 주위를 돌아보았다.

천장까지의 높이는 약 12 내지 13미터쯤이었고, 폭이 약 10미터,
길이는 200미터는 넘어 보이는 거대한 홀이었다. 자신들을 안내했
던 산적의 말처럼 얼마나 오래 되었는지 곳곳에는 두꺼운 거미줄
과 부스러진 건물의 조각들이 널려져 있었다.

"삼인 일조로 움직인다. 데미안의 흔적을 찾아라."

"예!"

주위로 흩어진 블랙의 부하들은 흔적을 찾기 시작했고, 곧 찾을
수 있었다. 바닥에 두껍게 깔린 먼지 위로 서너 사람의 발자국이
선명하게 남아 있었다. 그것을 발견한 블랙은 부하들과 함께 신속
하게 이동을 했다. 데미안 일행은 홀의 오른쪽으로 난 통로를 선
택한 것 같았다. 쭉 이어진 발자국을 보며 블랙이 부하들에게 명
령을 내렸다.

"반대편 통로를 살펴봐라."

잠시 후 돌아온 부하가 자신이 살펴본 결과를 보고했다.

"아무런 흔적도 없습니다."

"전진한다."

블랙의 말에 그의 부하들은 소리도 없이 전진했다. 빠른 속도로
전진하던 블랙 일행 앞에 갖가지 색으로 치장이 된 10미터 정도의
복도가 나타났다.

"제가 먼저 살펴보겠습니다."

부하 가운데 하나가 나서며 복도와 벽을 살폈다. 그러나 별 이
상을 발견하지 못했는지 바닥의 색 가운데 빨간색만을 밟으며 복

도를 통과했다. 그러나 별 이상이 없었다. 그 모습에 안심한 일행 중 하나가 동료가 밟은 빨간색 바닥을 밟았다. 그 순간 천장과 바닥에서는 불꽃이, 벽면에서는 날카로운 화살이 쏟아졌다.

"으아악!"

애절한 비명과 함께 사내는 십여 발의 화살을 맞은 채 불덩이가 되었다. 그러나 꿈틀거리는 것도 잠시 사내는 움직임을 곧 멈추었다. 그 모습을 본 블랙은 잠시 뭔가를 생각하더니 부하들에게 명령을 내렸다.

"앞사람과 다른 색을 밟으며 통과해라."

블랙의 명령에 부하들은 제각기 다른 색의 바닥을 밟으며 통로를 지나갔다. 마지막으로 남은 블랙은 마나를 끌어올려 크게 심호흡을 하고는 몸을 날렸다. 목표로 했던 벽면이 가까워지자 블랙은 힘차게 벽면을 박찼고, 그의 몸은 다시 반대편 벽을 향해 날아갔다. 지그재그로 움직이며 단 한 번도 바닥을 밟지 않은 채 복도를 통과했다. 그들이 지나가고 1시간 후 다시 두 명의 남녀가 통로 앞에 섰다.

"어떻게 하죠?"

"어떻게 하긴 뭘 어떻게 해? 일단 블랙인가 하는 작자를 찾아야 하잖아."

"괜히 나한테 짜증내지 말아요. 난 그 뱀 같은 작자가 정말 싫단 말이에요."

"젠장, 누군 좋아서 찾나? 빌어먹을, 대단한 임무라고 생각해 자원까지 했더니 고작 산적 노릇이나 하라니……. 이게 벌써 몇 년째야?"

"나도 마찬가지라고요. 어렵게 고생해서 5싸이클의 마법사가 됐더니 이게 뭐예요?"

한동안 푸념을 늘어놓던 두 남녀는 곧 심각하게 복도를 바라보았다. 완전히 숯덩이가 돼버린 시신의 모습을 한동안 바라보던 사내는 곧 다시 투덜거렸다.

"제길, 아무리 봐도 어떻게 돼졌는지 모르겠군."

"그럼 이 몸은 마법으로 갈 테니 어서 쫓아와요. 호호호."

여자는 사내가 곤란한 처지에 있는 것이 기쁜 듯 웃고는 곧 복도의 길이와 도착 지점을 계산해 스펠을 캐스팅했다.

"점프Jump!"

여자의 음성이 들림과 동시에 그녀의 몸은 순식간에 사라졌고, 그와 동시에 10미터 밖에 모습을 드러냈다. 그 모습을 본 사내는 잠시 투덜거리더니 허리에 차고 있던 대거를 꺼낸 뒤 6미터 정도 떨어진 곳을 겨냥하고는 그대로 던졌다. 대거는 짧은 소음과 함께 그대로 바닥에 박혀들었지만 별다른 이상은 발생하지 않았다. 사내는 심호흡을 하고는 그대로 대거를 향해 몸을 날렸다. 그는 자신의 몸이 바닥으로 떨어지는 것을 느끼고는 자신이 조금 전 던진 대거의 손잡이를 박차고 다시 몸을 날렸다. 공중에서 한 바퀴를 돌고 사내가 무사히 복도를 통과한 것을 확인한 여자가 감탄을 금치 못했다.

"라시엘스, 당신은 볼 때마다 점점 날렵해지는 것 같아요."

"사브리나, 또 뭐가 필요해서 날 칭찬하는 거야? 당신도 알다시피 난 가난한 산적 두목이라고."

"흥! 그럼 난 가난한 산적 부두목 아닌가요?"

"그래, 필요한 것이 있으면 내가 부하들에게 말해 구해줄 테니 어서 그들의 뒤를 쫓아가자고."

라시엘스는 사브리나를 달래며 앞으로 나갔다.

"데미안님, 이게 마지막 식량입니다."

"헥터, 우리가 이 신전에 들어온 지 얼마나 됐지?"

"이틀 정도 지난 것 같습니다."

"이틀? 겨우 그것밖에 안 지났어? 난 이 안에서 십 년은 지난 것처럼 느껴지는데……."

헥터의 대답에 데보라는 질린다는 듯 고개를 저었다. 이들이 신전 안으로 들어와 처음 산적들과 싸운 것은 양념에 불과했다. 대체 이 건물을 만든 사람이 누군지 건물이 마치 살아 있는 듯 느껴졌다. 멀쩡하던 복도가 갑자기 내려온 벽 때문에 막혀버리고, 동시에 막혔던 벽이 올라가거나 내려가 새로운 통로를 만들기도 했다. 또 몇 시간 동안 걸어 도착한 곳이 처음 출발한 커다란 홀이라는 것을 알았을 때는 정말 힘이 빠져 죽을 것 같았다.

위험한 함정은 별로 없는 것 같았지만 미로와 같은 길은 정말 사람의 힘을 빠지게 만드는 것이었다. 그러는 동안 이틀이라는 시간이 지나가 버린 것이다. 게다가 준비한 식량마저 모두 떨어져 버렸다.

"로빈, 신의 힘이 느껴지는 곳이 어디 없어?"

"모, 모르겠어요. 배도 고프고, 잠도 오고, 온몸이 피곤해 정신을 차릴 수가 없어요. 잠깐만 자면 안 될까요?"

지난 이틀 동안 끊임없이 움직이느라 로빈은 거의 기절하기 일보 직전이었다. 게다가 이틀 동안 잔 것이라고 해봐야 겨우 두 시간, 물론 다른 사람들은 그나마도 못 잤지만 말이다. 로빈으로서는 그 동안 단 한 번도 경험해 보지 못한 지독한 경험을 하고 있는 것이다. 물론 배도 고팠지만 일단 잠시라도 자고 싶었다. 빠지고, 구르고, 엎드리고, 뛰고……. 잠시의 쉴 틈도 없었던 이틀이었다.

“우리도 좀 쉬어야 하니 그 동안만이라도 잠을 자도록 해.”

“데미안님, 고맙습니다…….”

로빈의 끝말이 길게 늘어진다고 느끼는 순간 이미 로빈은 잠속에 빠져들었다. 로빈이 자는 모습을 측은한 듯 지켜보던 헥터가 말을 꺼냈다.

“식량도 문제지만, 그보다 급한 것은 얼마 전부터 누군가 우리를 쫓는 것 같은 느낌이 자꾸 듭니다.”

“혹시 산적들 아니야?”

“아닙니다. 상당한 실력을 가진 자들 같습니다. 계속 통로가 변하는 통에 그저 그런 느낌만 들 뿐 정확한 것은 알 수 없습니다만, 그들과의 거리도 시간이 지날수록 점점 가까워지는 것 같습니다.”

“혹시 그자들이 뚱보 마법사가 말한 페인야드에서 왔다는 손님이 아닐까?”

“제 생각에도 그런 것 같습니다. 한 가지 이해가 가지 않는 것은 왜 데미안님을 죽이려는 것인지 그 이유를 알 수 없습니다. 데미안님을 설득해서 자신들이 하려는 일에 끌어들이는 것이 훨씬 좋을 텐데 말입니다.”

“뭘 그렇게 복잡하게 생각해? 데미안의 아버지가 보통 깐깐한 양반이 아니라며? 괜히 데미안을 잘못 끌어들였다가 데미안의 아버지에게 원한이라도 사면 그게 더 골치 아프잖아.”

“그렇지만 그렇다고 죽이려 한다는 것은 좀 무리한 생각이 아닐까요?”

헥터의 말에 데보라는 고개를 저었다.

"내 생각에 데미안의 아버지는 한마디로 뜨거운 감자야."

"아버지가 감자라고?"

"그래, 김이 모락모락 올라오는 것이 보는 사람의 군침을 돌게는 만들지만 먹었다가는 입 안이 홀라당 벗겨질 정도로 뜨거운 감자 말이야. 내가 보기에, 될 수 있으면 데미안의 아버지를 자극하지 않으려고 했는데 데미안의 행동 때문에 어쩔 수 없이 개입을 한 것처럼 보인단 말이야. 그렇게 생각하면 데미안의 행동 때문에 가장 피해를 볼 사람은 누굴까?"

"우선 왕위 계승권에 얽혀 있는 세 사람의 왕자를 들 수 있습니다."

"난 그렇게 생각하지 않는데. 세 사람 가운데 누가 왕이 되든 결국 트렌실바니아의 왕이 되는 것이니 작은 문제는 돼도 큰 문제는 아니잖아?"

"그럼 설마 루벤트 제국이라고 말하려는 거야?"

"네가 생각하기에는 그렇지 않아? 어쨌든 네가 지금 하는 일이 트렌실바니아 왕국으로서는 이롭고, 루벤트 제국의 입장에서는 신경을 거슬리는 일을 하고 있잖아."

데보라의 말은 설명하기 힘든 설득력을 가지고 있었다. 물론 데미안도 아니라고 말하고 싶지만 우긴다고 해결될 일이 아니었다. 게다가 트렌실바니아 왕국에는 루벤트 제국의 스파이들이 너무도 많지 않은가? 말을 하고 있는 사이에도 통로의 벽은 쉴새없이 열리고 닫히기를 반복하며 끊임없이 새로운 통로를 만들고 있었다. 그 모습을 바라보던 헥터가 다시 잠들어 있는 로빈의 얼굴을 보고는 중얼거렸다.

"이 어린 친구가 조금이라도 빨리 신력을 느껴 이곳을 빠져 나갔으면 좋을 텐데……"

벽이 묵직한 소리와 함께 움직이는 것을 꿈속에서 느낀 탓일까? 갑자기 로빈이 소스라치게 놀라며 일어났다.

"헉! 하아하아……"

"무슨 일이야?"

"꿈에 선적들이 갑자기 우리 일행을 덮치는 것을 보고 깜짝 놀랐어요."

"그렇게 걱정하지 않아도 돼. 아직 산적들은 우리의 흔적을 찾지 못했으니까."

"그렇지만 점점 산적들과 거리가 가까워지는 것은 사실이잖아요. 제 느낌에도 저희들에게 적의를 가진 사람들이 다가오는 것이 느껴져요."

"갈 수 있겠어?"

데보라가 조금은 걱정스런 얼굴로 묻자 로빈은 걱정하지 말라는 듯 손을 흔들었다.

"잠깐이지만 자고 났더니 머리가 개운해졌어요. 그리고 제 생각인데 무작정 찾는 것보다는 차라리 아티펙트Artifact를 찾는 것이 어떨까 하는 생각이 드는데 데미안님의 생각은 어떠세요?"

"아티펙트? 이 신전에 신의 힘이 깃든 아티펙트가 있단 말이야?"

"글쎄요? 저도 확신할 수는 없지만 저희 교단에 예전부터 전해지는 말에 '치유의 구슬'이라는 것이 있다는 말을 들은 적이 있어요. 혹시 이 신전에 만약 어떤 물건이 있다면 혹시 그것이 아닐까 하는 생각이 들었어요. 정확한 형태를 알면, 또 그리고 너무 멀리 떨어져 있지 않다면 그것을 찾는 것은 그리 어려운 일은 아니에요."

어떤 방법을 써서라도 이 자리를 벗어나는 것이 먼저였다. 로빈의 말에 데미안은 고개를 끄덕였다.

"디텍트 아티펙트Detect Artifact!"

로빈의 외침과 함께 그의 눈에서 푸른색의 빛이 뿜어져 나왔다. 주위를 두리번거리던 로빈은 무엇을 발견했는지 거침없이 앞으로 나갔다. 로빈이 앞으로 나감에 따라 마치 벽들이 그의 앞길을 인도하듯 막혔던 통로는 열리고, 열렸던 통로는 막히기를 반복했다. 그렇게 30분 정도를 가자 그들 앞에 넓은 방이 나타났다. 방에는 두 개의 문이 있었고, 두 개의 문 위에는 의술의 신인 라페이시스의 신전답게 '의술'이라는 말과 '치유'라는 말이 적혀 있었다.

그 말을 발견한 로빈은 심각하게 고민을 했다. 옆에서 지켜보던 일행들은 의술이라 적혀 있는 문과 치유라고 적혀 있는 문이 무슨 차이가 있는지 알 수 없었다. 잠시 고심을 하더니 한쪽 문을 가리켰다.

"데미안님께서 찾으시는 곳은 아마 저곳 같습니다."

로빈이 가리킨 곳은 치유라고 적혀 있는 문이었다. 그러나 데미안이나 헥터, 데보라는 전혀 움직일 생각을 하지 않았다. 그들은 드미트리우스가 만든 선더버드의 신전이나 타올의 신전에서 다른 신을 믿는 자들은 들어갈 수 없도록 만들어졌다는 사실을 생각했기 때문이었다. 데미안 일행들이 전혀 움직이려 하지 않자 로빈은 이상하게 생각했다.

"이상하게 생각할 필요 없어. 이곳은 라페이시스의 신전이니 당연히 그의 사제인 네가 들어가는 것이 옳기 때문이야."

데미안의 말에 로빈은 고개를 끄덕이기는 했지만 그의 말을 완전히 이해한 것은 아니었다. 로빈이 치유라고 쓰여진 문 안으로 사라지자 데미안은 비로소 안도의 한숨을 쉴 수 있었다. 그리고는 조금 전 통로의 벽들이 움직여 로빈을 인도하는 듯한 모습을 다시 떠올렸다. 그가 라페이시스의 사제였기 때문에 그의 인도를 받은 것일까?

헥터와 데보라도 벽에 기대어 휴식을 취하고 있었다. 로빈이 들어간 지 1시간이 지났지만 로빈은 좀처럼 나올 생각을 하지 않았다. 시간은 점점 흘러 6시간이 지났다. 물론 세 사람은 로빈이 들어간 문에 강제로 들어가려고 했지만 역시 문 주위에는 눈엔 보이지 않는 강력한 방어막이 쳐져 있었다. 그때 초조해하는 그들 앞에 모습을 드러내는 사람들이 있었다.

검은색 하드 레더Hard Leather를 걸치고 얼굴은 검은색 마스크로 얼굴을 가린 사내와 하프 플레이트 메일을 걸친 일곱 명의 사내들이었다. 마스크를 쓴 사내는 모습을 드러낸 시점부터 계속해 데미안의 모습을 살폈다.

"그대가 데미안 싸일렉스인가?"

사내의 질문에 데미안은 그가 페인야드에서 왔다는 손님이란 걸 깨달았다. 그러면서 얼마 전 데보라와 나눈 이야기가 생각나 오히려 그에게 다시 물었다.

"그럼 그대가 루벤트 제국의 스파인가?"

데미안의 말에 블랙은 소스라치게 놀랐다. 얼굴을 가면으로 가리고 있었기에 놀란 얼굴을 상대에게 보이지 않았을 뿐, 그야말로 영혼이 달아날 정도로 놀랐다.

"어, 어떻게 내 정체를……?"

상대가 놀라며 되묻자 데미안은 태연한 얼굴로 길게 늘어진 머리를 가죽 끈으로 묶으며 대답했다.

"그 정도야 별거 아니지. 그 정도쯤은 누구든 쉽게 짐작할 수 있는 일 아니야?"

데코라는 너무도 자연스럽게 자신의 추측을 강탈해 사용하는 데미안의 뻔뻔스러움에 아무런 말도 못 했다. 그러나 블랙의 생각은 달랐다. 데미안을 불과 3개월 전에 왕립 아카데미를 졸업한 졸업생이라고는 도저히 생각할 수 없었다.

자신을 보고 놀라지 않는 것은 이해를 할 수 있었지만, 설마 자신을 보자마자 정체를 알아낼 줄은 상상도 못 했다. 그제야 자신을 이곳으로 보낸 힝기스 백작이 자신에게 한낱 조기 졸업생에 불과한 데미안을 조심하라고 한 이유를 알 수 있을 것 같았다. 게다가 그와 함께 있는 근육질의 청년과 보라색 머리의 여전사 역시 서 있는 자세만 봐도 보통 실력이 넘는다는 것을 쉽게 짐작할 수 있었다.

"내가 상대를 너무 과소 평가했군. 무슨 이유로 안개의 골짜기나 침묵의 숲, 그리고 여기를 찾아왔는지 그 이유를 알려주겠는가?"

"이유? 내가 그걸 당신같이 피부병에 걸린 작자에게 말해 줄 거라고 생각하나?"

"피부병?"

데디안의 난데없는 말에 옆에서 그의 말을 듣고 있던 데보라가 자신도 모르게 반문했다.

"그래. 그렇지 않으면 왜 얼굴을 마스크로 가렸겠어?"

"내가 보기엔 얼굴이 너무 못생겨서 다른 사람들이 놀라 심장 마비라도 일으킬까 봐 배려하는 차원에서 가면을 쓴 것 같은데? 그렇게 생각하지 않아?"

"음, 그러고 보니 그럴 수도 있겠군."

데보라의 말에 데미안은 심각한 표정을 지으며 고개를 끄덕였다. 블랙은 자신의 앞에서 태연하게 농담이나 하고 있는 데미안의 대담함에 어이가 없었다.

"될 수 있으면 포섭을 하려고 했는데 내 정체를 알고 있으니 이제는 포기하겠다. 데미안 싸일렉스를 제외하고 나머지 두 사람은 죽여라!"

블랙의 말에 일곱 명의 사내들은 재빨리 세 사람을 포위해서는 일사분란하게 롱 소드를 뽑아 들었다. 그들의 모습을 살핀 헥터가 다른 두 사람에게 주의를 주었다.

"조심하십시오. 모두 소드 익스퍼트 중급 정도의 실력을 가진 자들입니다."

헥터의 말이 끝나기도 전에 데미안은 사내들을 향해 달려들었다. 데미안의 돌발적인 행동에 놀란 사람은 헥터뿐만이 아니었다. 데미안 일행을 포위하고 있던 블랙의 부하들, 그 가운데에서도 데미안의 공격을 받고 있던 사내의 놀라움은 이루 말할 수 없을 정도였다. 그저 본능처럼 롱 소드를 들어 데미안의 공격을 막으려 했다. 두 자루의 검이 부딪치는 순간 사내는 검에서 전해지는 충격을 견디지 못하고 뒤로 물러서고 말았다. 검이 서로 부딪치는 순간 사내는 자신의 의지와는 상관없이 손목에 부서져 나갈 듯한 충격과 함께 데미안의 바스타드 소드가 자신의 목으로 날아오는 것을 발견했기 때문이다. 사내가 물러서자 데미안은 지체없이 옆에 있던 사내의 동료들에게 검을 휘둘렀다. 그런 데미안의 모습을 본 사내는 큰 소리로 동료들에게 경고했다.

"힘이 보통이 아니야. 조심해!"

그러나 사내의 경고보다 데미안의 바스타드 소드가 훨씬 빨랐다. 데미안의 바스타드 소드와 부딪친 상대는 충격을 견디지 못하고 검을 놓쳐 버렸다. 그 모습에 처음 공격을 받았던 사내가 손목의 아픔을 참고 데미안의 옆구리를 향해 롱 소드를 휘둘렀다.

데미안은 등뒤에서 접근하는 사내의 검을 느끼는 순간 옆으로 물러서며 왼손으로 레이피어의 손잡이를 잡았다. 그리고는 사내의 오른쪽 어깨를 향해 레이피어를 빠르게 찔렀다. 레이피어가 뭔가를 꿰뚫었다는 느낌이 손에 전해지자 데미안은 레이피어를 힘껏 비틀어 뽑았다. 그리고는 지체없이 미리 캐스팅해 놓은 마법을 펼쳤다.

"파이어 볼!"

동료가 당하는 모습에 잠시 멈칫하는 사이, 사내들에게는 사람의 머리만한 파이어 볼이 날아갔다. 사내들이 당황하며 몸을 피하자 헥터와 데보라도 사내들을 공격했다. 적을 대하는 두 사람의 검에는 인정 사정이 없었다. 불과 10분도 지나지 않아 데미안의 공격을 받은 처음 두 사람을 제외하고 멀쩡히 서 있는 사람은 아무도 없었다. 순식간에 다섯 명이 목숨을 잃자 그리 넓지 않은 장소는 피비린내로 가득 찼다.

블랙은 자신의 부하들이 맥없이 당하는 모습을 보고 할말을 잃었다. 데미안의 실력도 놀라운 일이었지만 특히 헥터의 실력은 눈부신 것이었다. 사람을 검과 함께 두 토막을 내버리다니……. 왜 헥터 같은 실력자가 데미안과 함께 다니는 것인지 이해가 되지 않았다.

데미안은 헥터가 살인을 하자 눈살을 찌푸렸지만 일단 적을 상대하는 것이 우선이었다. 고개를 돌리는 사이 다시 데미안 일행에게 다가오는 두 사람이 있었다. 상대를 확인하니 산적 두목 라시엘스와 부두목 사브리나였다. 데미안은 사브리나에게서 왕립 아카데미에서 마법을 강의하던 딜케에게서 느꼈던 것과 비슷한 분위기를 느낄 수 있었다.

"저 빨간 머리가 데미안 싸일렉스인가요?"

"그렇소."

블랙의 대답에 사브리나는 데미안의 얼굴에서 눈을 떼지 못하며 고개를 끄덕였다.

"여자인 제가 보기에도 부러울 정도로 아름답게 생긴 얼굴이군요. 정말 매력적인 얼굴이에요."

사브리나가 데미안을 칭찬하자 그 말을 듣고 있던 데보라는 왠지 기분이 서서히 나빠지는 것을 느꼈다. 갑자기 모습을 드러냈을 때부터 데미안의 얼굴에서 눈을 떼지 못하는 사브리나의 모습에 데보라는 노골적으로 불쾌한 표정을 지었다. 그리곤 자신도 모르게 데미안의 앞으로 한 발 나서며 사브리나의 눈빛을 정면으로 노려봤다.

사브리나는 갑자기 보라색 머리를 한 여전사가 앞으로 나서며 자신에게 불쾌한 표정을 짓고 있는 것을 발견하고는 어리둥절한 표정을 지었다. 그리고는 곧 그녀의 마음을 짐작하고는 날카로운 웃음을 터뜨렸다.

"호호호!"

그녀의 웃음에 옆에 있던 라시엘스나 블랙은 영문을 몰라 그녀의 얼굴만 바라보았다. 그녀의 웃음에서 왠지 모를 적의(敵意)를 느낀 헥터는 다시 데보라의 앞으로 나서며 바스타드 소드를 가슴 앞에 세웠다.

뒤에 서 있던 데미안은 갑자기 데보라와 헥터가 자신 앞을 가리고 서자 그 이유를 알지 못했다. 그러나 두 사람이 자신을 무엇인가로부터 보호를 하려고 한다는 것쯤은 쉽게 짐작할 수 있었다.

"헥터가 저 여자 마법사를, 데보라는 나중에 나타난 저자를, 그리고 나머지는 내가 맡을게. 특히 헥터도 조심해. 저 여자는 5싸이클의 마법사니까."

"알겠습니다."

"데미안, 미안한 말이지만 반드시 저들을 죽여야 해. 만약 저들 가운데 도주하는 자가 있으면 틀림없이 산적 패거리를 몰고 올 것이고, 그렇게 되면 이미 지쳐 있는 우리는 꼼짝없이 당하고 말 거야. 내 말 알겠어?"

데보라의 말에 데미안은 입술을 깨물었다. 자신은 그저 상대를 전투 불능 상태로 만들면 충분할 것이란 생각을 가지고 있었다. 그러나 만약 데보라의 말처럼 저들 가운데 누군가가 도망쳐 300명이나 되는 산적들을 끌고 온다면 이미 2일이나 굶은 자신들이 불리한 상황에 빠질 것은 너무도 당연한 일이었다. 데미안이 조금은 불편한 얼굴로 고개를 끄덕이자 데보라는 천천히 발걸음을 옮겨 라시엘스에게 다가갔다.

라시엘스는 뜻밖에 여전사가 자신에게 다가오자 처음엔 기가 막혔지만 자세히 상대를 확인하니 그리 만만치 않은 상대임을 알 수 있었다. 거의 폭력에 가까운 미모나 몸매를 자랑하는 여자가 온몸에는 잔뜩 무기를 매달고 있는 것이 라시엘스의 호기심을 자극했고, 거대한 브로드 소드를 천천히 움직이는 모습을 보니 대전 경험도 그리 적은 것이 아닌 것 같았다. 상대를 무시하던 마음을 접고 천천히 자신의 롱 소드를 뽑았다. 그리고는 데보라를 지그시 노려보았다.

헥터도 천천히 움직이며 사브리나에게로 다가갔다. 데미안의 말처럼 지금 그들 가운데 5싸이클의 마법사를 상대할 수 있는 검술 실력을 가진 사람은 자신밖에 없었다. 문제는 이 여자 마법사의 실력이었다. 만약 그녀가 전력으로 도망치려 한다면 과연 자신이 그녀를 막을 수 있을까 하는 생각이 들었다.

마지막으로 데미안이 블랙 쪽으로 이동을 했다. 정면에는 블랙이, 그리고 좌우에는 살아남은 두 사내들이 롱 소드를 뽑아 든 채 호시탐탐 데미안의 빈틈을 노렸다. 좌우를 돌아보며 자신과의 거리를 생각하던 데미안은 바스타드 소드와 레이피어를 뽑아 들었다. 그리고는 심호흡을 해 최대한 냉정하게 마음을 가라앉혔다. 마나의 흐름이 이상 없다는 것을 확인한 데미안은 정면의 블랙을 노려보았다. 확실히 데보라의 말처럼 죽이지 않으면 내가 죽는 상황이었다. 살인(殺人)을 해야 한다는 막연한 두려움을 떨치지 못한 상태에서 데미안은 두 자루의 검을 움켜잡았다.

상당히 긴 시간 동안 아무도 움직이지 못한 채 자신 앞에 있는 상대만을 노려보고 있었다. 그때였다. 그때까지 열리기를 애타게 기다리던 치유의 문이 팽팽한 긴장감이 극에 달한 바로 이때 열린 것이다.

그르르릉!

묵직한 소리와 함께 문이 열리는 소리에 가장 먼저 반응한 것은 역시 데미안이었다. 소리가 들림과 동시에 데미안은 블랙의 부하 가운데 부상을 입지 않은 상대에게 먼저 달려들어 바스타드 소드를 휘둘렀고, 상대는 이를 악물고 데미안의 공격을 막아냈다. 그러나 원래의 목표가 그가 아닌 듯 데미안은 지체없이 뒤로 물러나 어깨에 부상을 입고 있는 상대에게 힘껏 바스타드 소드를 휘둘렀다.

처음 한 손으로 막아내던 상대는 데미안의 공격에 갈수록 힘이

실리자 어쩔 수 없이 부상 입은 손을 들어 데미안의 공격을 막아야 했다. 바로 그 순간을 데미안은 놓치지 않고 레이피어를 내뻗었고, 레이피어는 사내의 팔 사이를 통과해 그의 턱에서부터 정수리까지 사정없이 꿰뚫어 버렸다. 너무도 순간적으로 일어난 일이기에 사내는 비명도 남기지 못하고 목숨을 잃었다.

데미안은 자신의 손에 전해지는 끔찍한 느낌을 잊기 위해 다시 처음 자신이 공격했던 사내에게 달려들었다. 그야말로 눈 깜짝할 사이에 부하 한 명을 잃은 블랙은 분노를 참지 못하고 기합을 지르며 데미안에게 달려들었다.

"데미안 싸일렉스!"

블랙의 롱 소드가 단숨에 공간을 좁히며 날아들었고, 데미안은 재빨리 뒤로 물러서려고 했지만 어느 틈엔가 블랙의 부하가 뒤로 돌아와 데미안을 공격하고 있었다.

라시엘스는 데보라의 무식하기 이를 데 없는 공격에 정신을 차릴 수 없었다. 브로드 소드가 가지고 있는 무게도 보통이 넘었지만 그걸 사용하는 데보라의 힘도 장난이 아니었다. 검끼리 부딪칠 때마다 라시엘스는 손목이 시큰거렸다. 게다가 쉽게 그녀에게 접근하기도 쉽지 않은 것이, 그녀가 검을 휘두르는 것에 어떤 일정한 법칙이나 규칙도 없다는 점이었다. 한마디로 개망나니 검법이었는데, 그런 상대를 이기지 못하고 있는 자신이 한심하게 느껴졌다. 힘으로 보면 그녀가, 기술로 보면 자신이 유리하지만 그녀는 위급할 때마다 그 동안 쌓은 자신의 경험을 살려 잘 넘기고 있었다. 그러나 라시엘스의 마음이 급한 만큼 데보라 역시 그리 좋은 상황단은 아니었다. 자신이 공격할 때 라시엘스는 그 흐름을 교묘하게 끊거나 상황이 불리하면 지체없이 뒤로 물러서 버려 사람의 맥을 빠지게 만드는 것이었다. 게다가 그녀의 힘이 보통은 넘지만 무거운 브로드 소드를 무한정으로 휘두를 수 있는 것은 아니었다. 생긴 것답지 않게 교활한 상대의 흐름에 말려 조금씩 자신이 불리해짐을 깨달은 데보라는 마음이 급해졌다.

자신의 주위에서 들리는 소리에는 아랑곳하지 않고 헥터는 최대한 빠른 시간 안에 상대를 처치할 결심을 굳히고 사브리나를 보았다. 사브리나 역시 주위를 돌아보지는 않았지만 전체적인 상황이 자신들에게 유리하다고 할 수 없다는 것을 알고는 조급한 생각이 들었다. 그러는 사이 상대의 검이 푸른색의 마나에 휩싸이는 것을 발견하고는 긴장의 끈을 늦추지 않았다. 자신이 보기에도 상대는 소드 익스퍼트에서도 최상급의 실력. 설사 자신이 전력을 다한다고 하더라도 쉽게 승리를 장담할 수 없는 상대였다. 그렇다고 이 상황에서 자신만 도망칠 수도 없는 일이 아닌가?
데미안 일행의 실력을 너무나 과소 평가해 이런 상황을 맞이했다고 생각을 하니 블랙에게 문득 짜증이 났다. 그나 그의 부하들이 목숨을 잃는 것은 비록 같은 스파이라고 하더라도 신경 쓸 일이 아니다. 그러나 라시엘스나 자신이 목숨을 잃는다는 것은 스타인버그 자작을 도와 듀레스트를 장악하라는 상부의 명령을 어기는 것이 되지 않는가? 왜 상부에서는 이렇게 멍청한 작자를 보낸 것일까 하는 생각을 하니 상당한 짜증과 불쾌감이 치솟았다. 재빨리 캐스팅을 마치고는 헥터를 향해 뭔가를 집어 던졌다.
"플로팅 마인(Floating Mine : 부유 기뢰)!"
순간 사브리나와 헥터 사이에 수십 개의 밝게 빛나는 물체들이

둥둥 떠 다녔고, 그것들은 사브리나의 손짓에 따라 헥터에게 날아
갔다. 헥터는 자신에게 날아오는 밝은 빛덩이를 바스타드 소드의
옆면으로 쳤고, 빛덩이는 막 데미안의 뒤를 공격하려던 블랙의 부
하에게 날아갔다.

콰!

요란한 소리와 함께 블랙의 부하는 산산조각이 났고, 그 모습에
사람들이 잠시 멈칫하는 틈을 타 사브리나가 재차 시동어를 외쳤다.

"란스 오브 어스(Lance Of Earth : 대지의 창(槍))!"

사브리나의 외침이 끝나자마자 바닥에서 돌로 이루어진 날카로
운 돌창들이 수십 개나 치솟아 올랐다. 그러나 헥터는 미리 대비
하고 있었기에 가볍게 뛰어올라 그것을 피하고는 다시 돌창을 박
차고 사브리나에게 달려들며 바스타드 소드를 휘둘렀다. 너무나
기민한 헥터의 동작에 사브리나는 미처 시동어를 욀 시간도 없이
이동 마법을 펼쳤다.

"블링크 점프Blink Jump!"

헥터의 검이 그녀의 몸에 막 닿으려는 순간 그녀의 몸은 사라
졌고, 헥터의 검은 허무하게 허공을 가로질렀다.

치유의 방에서 나온 로빈은 사방에서 검이 날아다니자 그만 눈
이 휘둥그레졌다. 바닥에는 이미 목숨을 잃은 사내들이 여섯이나
쓰러져 있었고, 지금 이 순간도 네 남자와 두 여자가 서로 상대의
목숨을 노리고 치열하게 싸우고 있었다. 로빈은 자신이 들고 나온
지팡이를 굳게 움켜잡고는 한쪽으로 피했다. 그러던 로빈의 눈에
데미안의 모습이 보였다.

데미안은 붉은 머리를 휘날리며 무섭게 빠른 속도로 블랙을 몰

아치고 있었다. 블랙은 데미안의 빠른 움직임에 당황함을 감추지 못했다. 조금의 틈만 있으면 데미안은 쉬지 않고 공격을 하며 달려들었고, 매섭게 두 자루의 검을 휘둘러댔다. 블랙이 걸치고 있는 하드 레더에는 수십 줄기도 넘는 칼자국이 새겨져 있었다.

블랙은 자신이 이제 겨우 왕립 아카데미를 졸업한 데미안과 비슷한 실력이란 사실을 믿을 수 없었다. 아니, 속도 면에서는 비교도 할 수 없으니 비슷한 실력이라고 볼 수도 없는 일이다. 묵직한 바스타드 소드가 공격을 해 방어를 할라치면 어느새 레이피어가 심장으로 파고들었고, 레이피어를 방어하려고 하면 머리 위로 바스타드 소드가 떨어졌다. 게다가 두 자루의 공격이 끝없이 연결이 되어 잠시도 쉴 틈이 없었다. 레이피어를 회수한 데미안은 두 손으로 바스타드 소드를 휘둘렀고, 블랙은 연신 뒤로 밀리면서 데미안의 공격을 막아냈다. 더 이상 밀리면 위험하다고 생각한 블랙은 자신의 롱 소드에 마나를 있는 대로 집어넣고는 그대로 휘둘렀다.

쾅!

요란한 소리와 함께 데미안의 바스타드 소드는 뒤로 날아가 버렸고, 블랙은 그 순간을 놓치지 않고 자신의 롱 소드를 데미안의 가슴에 힘껏 찔러넣었다. 순간 블랙은 자신의 눈에 뭔가 은색이 순간적으로 번쩍거렸음을 발견했다. 그와 동시에 자신의 가슴이 타는 듯 뜨거워지는 것을 느끼고는 천천히 고개를 내려 자신의 가슴을 살폈다. 손가락 한마디 정도의 두께를 가진 레이피어가 어느 틈엔가 자신의 가슴 한가운데 틀어박혀 있었다.

"언, 언제?"

블랙의 말에는 아무런 대꾸도 하지 않고 데미안은 자신의 레이피어를 힘껏 잡아 뽑았다. 작은 소음과 함께 블랙의 가슴에서는 선명하게 붉은 피가 분수처럼 치솟았고, 천천히 상체가 구부러지더니 앞으로 쓰러졌다. 데미안은 지체없이 데보라를 향해 달려갔다.

라시엘스는 블랙이 데미안조차 막아내지 못하고 목숨을 잃자 검의 위력이 자신도 모르게 위축이 되었다. 그런 사실을 깨달은 데보라는 재빨리 자신의 브로드 소드를 다시 등에 메고는 두 자루의 쇼트 소드를 꺼내 라시엘스를 몰아쳤다. 모두 네 자루의 검이 자신을 노리자 라시엘스는 당황하지 않을 수 없었다. 라시엘스의 손발이 어지러워진 것을 깨달은 데미안은 재빨리 레이피어에 마나를 집어넣고는 라시엘스의 오른쪽 겨드랑이를 향해 힘껏 찔러넣었다.

데미안의 공격에 라시엘스는 옆으로 피하려고 했지만 그곳에서는 데보라가 쇼트 소드를 휘두르며 달려들고 있었다. 어금니를 악문 라시엘스는 자신의 롱 소드에 잔뜩 마나를 집어넣고는 데미안의 레이피어를 후려쳤다. 당연히 퉁겨나가리라 예상했던 레이피어에 실린 힘은 보통이 아니었다. 아차하는 순간에 레이피어는 라시엘스의 가슴에 틀어박혔고, 라시엘스가 고통에 찬 신음을 터뜨리는 순간 뒤에서 공격하던 데보라의 쇼트 소드에 의해 머리가 날아갔다.

자신의 동료마저 목숨을 잃자 사브리나는 미련없이 그 자리를 떠나려고 했다. 그러나 헥터의 방해로 캐스팅을 할 시간조차 없었다. 그 모습을 본 데미안이 큰 소리로 일행들에게 경고를 했다.

"지금 이동 마법을 쓰려고 하니까 어서 저 여자 마법사를 잡아야 해."

데미안의 말에 헥터는 더욱 빠르게 사브리나의 뒤를 쫓았다. 악착같이 자신의 뒤를 쫓는 헥터의 집요함에 사브리나는 이를 갈다가 구석에서 멍하니 자신들이 결투 장면을 보고 있는 어린 소년의 모습이 눈에 들어왔다. 사브리나는 망설임 없이 로빈에게 다가갔고, 로빈은 갑자기 자신의 눈앞에 여자 마법사가 나타나자 너무도 놀란 나머지 도망칠 생각도 하지 못한 채 멍하니 그녀의 얼굴만 바라보았다. 그때 로빈의 손에 들려 있던 지팡이가 쓰러지면서 로빈의 멱살을 잡으려던 사브리나의 손에 닿았다. 그 순간 사브리나는 처절한 비명을 지르며 그 자리에서 기절해 버리고 말았다.

갑작스런 사태에 놀란 사람은 로빈뿐만이 아니었다. 가장 강한 상대였던 사브리나가 구석에서 자신들의 싸움을 구경하던 로빈의 손에 쓰러질 줄은 아무도 예상하지 못했다. 쓰러진 사브리나를 살피던 헥터가 일행들에게 말했다.

"정신만 잃은 상탭니다."

헥터의 말에 로빈은 안도의 한숨을 쉬었다. 옆에서 흘러내린 머리를 묶던 데미안은 로빈의 손에 들고 있는 지팡이를 살펴보았다. 어린아이의 주먹만한 굵기의 지팡이의 위쪽에서 10센티미터쯤 밑에 어른의 주먹을 두 개를 합쳐 놓은 크기의 수정 구슬 하나가 박혀 있었다. 어디서나 흔히 볼 수 있는 나무지팡이였고, 흔히 볼 수 있는 수정 구슬이었다.

"이게 네가 말한 치유의 구슬이야?"

"맞아요."

"겉보기에는 일반 수정 구슬과 다를 것이 하나도 없는 것 같은데 이 여자 마법사가 기절을 해버리다니 직접 보고도 못 믿겠군. 참 그보다 왜 이렇게 늦은 거지?"

데미안이 따지듯 묻자 로빈은 뒷머리를 긁으며 대답했다.

"막상 치유의 문으로 들어서니까 라페이시스를 모시던 대신관이었던 피나투스님의 시험이 저를 기다리고 있었습니다. 그분의 시험을 통과해 치유의 권능이 깃들어 있는 물건 가운데 하나를 집어 그것을 사용하는 방법을 익히느라고 조금 늦었습니다. 그런데 여러분께서 저를 엿새 동안이나 기다려 주실 줄은 정말 몰랐습니다. 정말 고맙습니다."

"어? 무슨 소리하는 거야? 그럼 넌 저 안에서 육 일을 보냈단 말이야?"

"예, 틀림없이 저는 육 일을 보내고 나왔습니다. 이것은 라페이시스의 이름을 걸고 맹세할 수도 있습니다."

로빈의 말에 일행들은 그저 서로의 얼굴을 바라볼 뿐이었다. 일행들에게 자신이 들어간지 여섯 시간밖에 지나지 않았다는 말을 들은 로빈은 도저히 그 말을 믿을 수가 없었다. 데미안은 로빈에게 물었다.

"그렇다면 혹시 일시적으로 마법을 사용할 수 없게 만드는 방법도 알고 있어?"

"예, 다행히도 하나를 알고 있습니다. 데미안님도 마법사시면서 왜 저에게 그런 걸 물으십니까?"

"그래, 로빈의 말처럼 나도 마법사이기는 하지만 나보다 마법 실력이 뛰어난 사람에게는 아무런 소용이 없거든. 그래서 로빈에게 부탁을 하는 거야."

데미안의 설명에 로빈은 고개를 끄덕이고는 치유의 구슬에 이마를 댄 채 나직하게 기도를 했다. 그러자 치유의 구슬에서 푸른색의 밝게 빛이 새어나오기 시작했다. 로빈의 그리 크지 않은 몸이 푸른색으로 밝게 빛난다고 느끼는 순간 로빈은 엄숙하게 외쳤다.

"매직 실(Magic Seal : 마력 봉인)!"

외침과 동시에 그녀의 몸에서는 밝은 빛이 잠시 새어나왔고, 그걸로 끝이었다.

"그렇지만 다시 여기서 빠져 나가는 것도 보통 일이 아닌데 언제 빠져 나가지?"

데보라의 약간은 기운 없는 말에 나머지 사람들도 고개를 끄덕였다. 그러자 로빈이 말을 했다.

"여러분은 제가 치유의 문에 들어갔다 나왔다는 사실을 잊으셨어요? 당연히 이곳의 비밀 통로도 알고 있어요."

그 말에 데보라는 로빈을 얼싸안고 그의 뺨에 소리가 나도록 뽀뽀를 해주었다.

"아이고, 귀여운 것. 이 누나가 앞으로 사랑해 줄게."

데보라의 말에 로빈은 얼굴을 새빨갛게 붉히고는 당황해 뒤로 허둥거리며 물러섰다.

"이, 이러면 안 돼요!"

로빈은 도망치듯 일행을 비밀 통로로 안내를 했고, 데미안과 데보라가 그 뒤를, 그리고 마지막으로 헥터가 사브리나를 어깨에 걸친 채 그곳을 떠났다.

며칠 전 데미안들이 라페이시스의 신전에 들어가기 위해 잠시 머물렀던 곳에 도착을 하자 이미 프레드릭과 라일이 와 있었다. 라일을 발견한 데미안은 재빨리 그의 곁으로 다가와 그에게 인사를 했다.

"스승님, 그 동안 안녕하셨습니까?"

"그래, 너도 별일 없었느냐?"

"예, 그리고 다행히 이곳의 일도 처리할 수 있었습니다."

　　데미안은 대답을 하며 라일의 모습을 살폈지만 특별히 변한 모습은 보이지 않았다. 지금이 밤이기 때문인지는 모르지만 왠지 며칠 전보다 라일의 모습이 안정적으로 변한 것 같았다. 데미안의 눈길을 느낀 탓일까? 라일은 자신의 얼굴을 가리고 있던 후드를 벗었다. 그러자 깨끗한 붕대로 감겨 있는 라일의 얼굴이 보였다. 물론 라일을 처음 보는 사람들은 그것만으로도 놀랄 일이지만, 그의 본래 모습을 알고 있는 일행들로서는 지금의 모습이 훨씬 보기가 좋았다.

　　"그것은 치유의 구슬이 아니냐?"

　　프레드릭은 자신의 제자가 가지고 나온 물건이 치유의 구슬이라는 것을 알고는 깜짝 놀랐다. 물론 그 자체만 가지고도 놀랄 일이지만 그와 관련된 전설 때문에 신경이 쓰이는 것을 어쩔 수 없었다. 치유의 구슬이 세상에 나올 때는 반드시 세상이 혼란스러워지고 많은 사람이 목숨을 잃는 그런 일이 발생하곤 했다. 프레드릭은 로빈에게서 간단하게 그 동안 있었던 일들을 전해 듣고는 심각하게 고심을 했다. 그러는 사이 간단하게 요기를 마친 데미안은 나머지 일행들에게 자신의 계획을 말했다.

　　"이제 남은 것은 하나의 던전뿐이니 일단은 우리 집으로 가서 그 동안의 일들을 정리해 계획을 세우고 토바실로 떠나는 것이 어떻겠습니까?"

　　데미안의 말에 일행들은 특별히 반대를 하지 않았다. 일단 싸일렉스 영지로 가는 것으로 결정을 내린 일행들은 일제히 말에 올라 싸일렉스를 향해 떠나려 했다.

　　"데미안님, 잠시만 기다려주십시오."

　　프레드릭의 부름에 데미안은 말 머리를 돌리고는 그를 봤다.

"부탁입니다만 로빈을 데려가주십시오."

"그게 무슨 말이야?"

"자세한 것은 로빈이 말씀을 드리겠지만 로빈이 이 듀레스트에서 할 일은 별로 없습니다. 제 예감이 맞다면 아마 데미안님이 하시는 일에 로빈이 미약한 힘이나마 도울 일이 있을 겁니다. 이 아이가 가지고 있는 이 치유의 구슬은 교단 사람들도 가지길 원하는 물건입니다. 의당 이 물건을 교황이신 대신관께 바치는 것이 옳지만, 사정이 있어 그럴 수 없으니 로빈을 데리고 이곳을 떠나주십시오."

프레드릭의 표정을 본 데미안은 그에게 나름대로 사정이 있다고 판단하고는 길게 생각하지 않고 곧 고개를 끄덕였다.

"알았어. 로빈은 내가 잘 보호할게."

데미안은 대답과 함께 로빈을 자신의 뒤에 태웠다.

"스승님, 다녀오겠습니다."

"그래, 널 위해 라페이시스께 기도를 드리마."

"이랴!"

데미안의 외침에 함께 일제히 네 마리의 말들이 싸일렉스를 향해 달렸다.

이날은 데미안이 왕립 아카데미에 입학하기 위해 싸일렉스 영지를 떠난 지 만 3년이 되는 날이었다.

〈 3권에 계속 〉

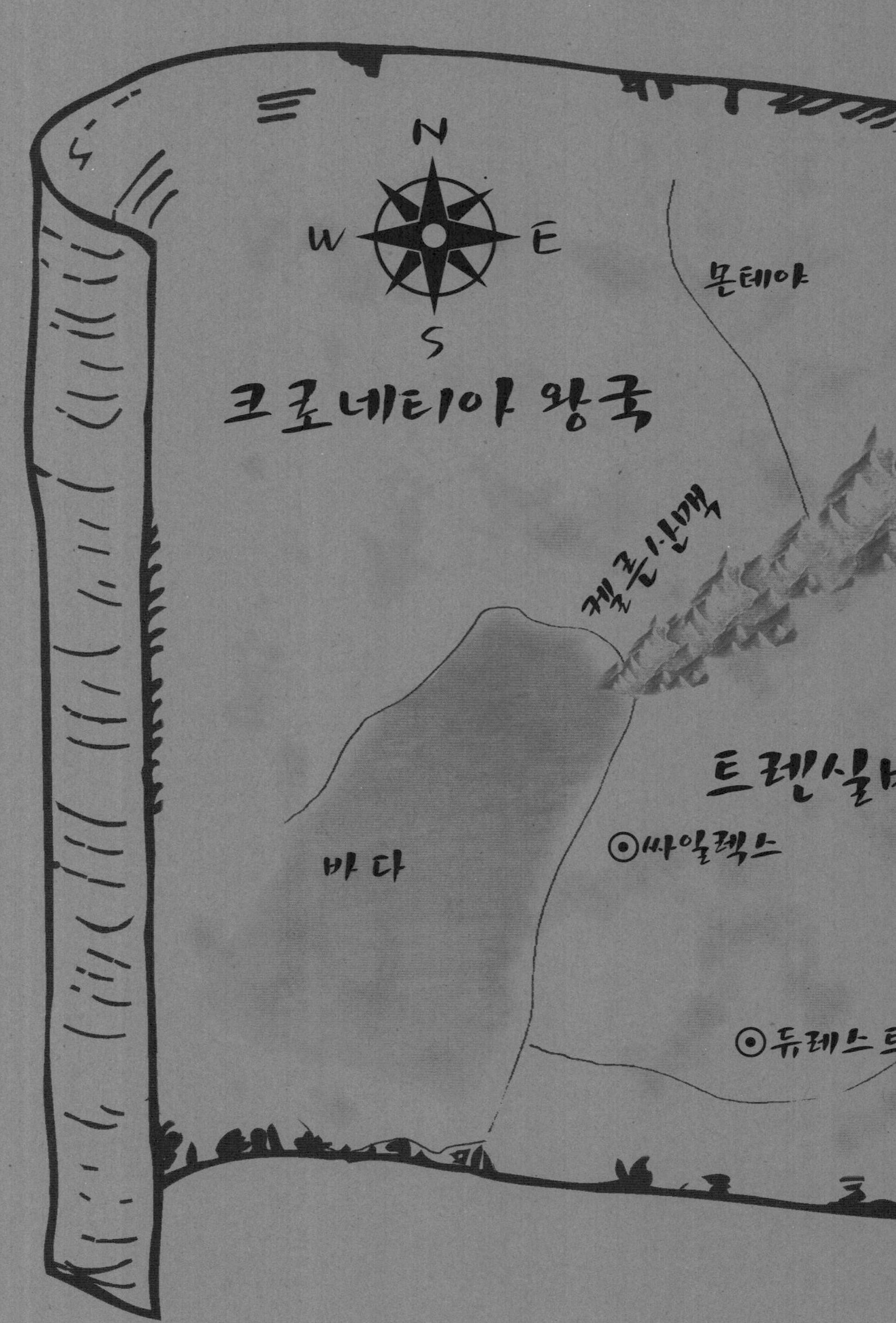
N
W
E
S
크로네티아 왕국
몬테아
켈론산맥
트렌실
바다
⊙싸일렉스
⊙듀레스트

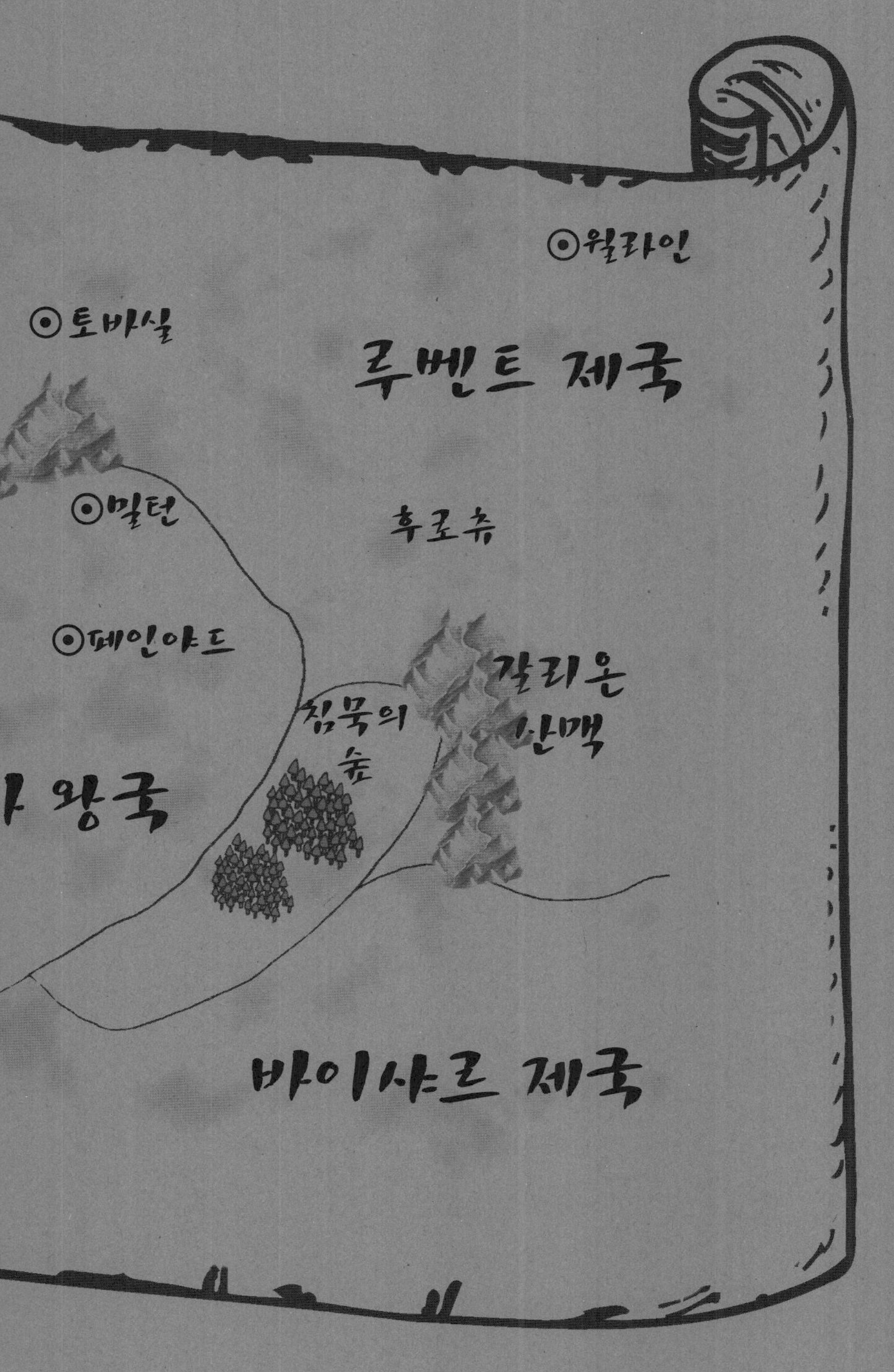

◎월라인
◎토바실
루벤트 제국
◎밀턴
후로슈
◎데인야드
갈리온
산맥
침묵의
숲
ㅏ 왕국
바이샤르 제국